Roswitha Gruber
Eine eigenwillige Bauerntochter

Roswitha Gruber

Eine eigenwillige Bauerntochter

rosenheimer

2. Auflage
© 2023 Rosenheimer Verlagshaus GmbH & Co. KG,
Rosenheim
www.rosenheimer.com

Titelfoto: © Privatarchiv Familie Egger, Hintertux
Lektorat: Christine Rechberger, Rimsting
Satz: SATZstudio Josef Pieper, Bedburg-Hau
Druck und Bindung: GGP Media GmbH, Pößneck
Printed in Germany

ISBN 978-3-475-54906-9

Inhalt

Die Vorgeschichte 7

Die Suche 9

Bei uns daheim 25

Im Pflichtjahr 41

Das Waldfest 63

Ami-Liebchen 91

Eine Vernunftheirat 109

7. Tagesmutter für Martina 135

Pflegemutter für Gerald und Harald 153

Neue Geldquellen – neue Aufgaben 183

Unruhiger Lebensabend 215

Nachtrag (Roswitha Gruber erzählt) 248

Die Vorgeschichte

Anfang Februar 2021 erhielt ich von Annemarie, einem Fan aus Dorfen, einen dicken Brief. In dem Umschlag befand sich unter anderem ein Zeitungsblatt mit einem ganzseitigen Bericht unter der Überschrift: »Es musste halt jemand machen«. Darin wurde Ursula vorgestellt, eine Frau Jahrgang 1923, die in Erding lebte.

»Vielleicht wäre das eine Geschichte für dich«, stand in dem ausführlichen Begleitschreiben. »Du könntest gewiss ein Buch daraus machen.«

In der Tat verrieten mir die Fotos und der Text so viel Interessantes über diese Frau, dass ich neugierig wurde. Sogleich begab ich mich auf »Spurensuche«. Mit »detektivischem Spürsinn« fand ich schnell die Telefonnummer der Tochter der alten Dame heraus. Meinen Anruf hielt sie zunächst für einen Scherz. Nachdem ich sie davon überzeugen konnte, dass ich es ernst meinte, antwortete sie: »Warum nicht?«, und lud mich ein, damit ich ihre Mutter interviewen konnte.

Wie immer hatte ich mir vor dem Besuch zahlreiche Fragen aufgeschrieben, die ich der Frau stellen wollte. Unter jeder Frage hatte ich genügend Platz gelassen für die Antworten.

Die alte Dame empfing mich freundlich am gedeckten Kaffeetisch. Ihre Tochter Annemie hatte bereits alles vorbereitet. Bei Kaffee und Kuchen wurde es ein gemütlicher und ergiebiger Nachmittag für mich.

Bei manchen Fragen musste sich Ursula erst besinnen, ehe die Antwort erfolgte. Bei anderen lächelte sie verschmitzt und kam nur zögerlich mit ihrer Erzählung heraus.

Bereits am folgenden Tag begann ich damit, die Antworten zu sichten, und erstellte mir, wie zu Beginn eines jeden Buches, erst einmal die Stammtafel, damit ich weiß, wer wohin gehört. Nun folgte die Einteilung in Kapitel, und schon legte ich los. Nach einigen Seiten tauchten bei mir neue Fragen auf, die mir Ursula am Telefon zu meiner Zufriedenheit beantwortete.

Das Ergebnis liegt nun vor Ihnen, und ich hoffe, dass Sie beim Lesen von Ursulas Geschichte genauso viel Freude haben, wie ich sie beim Schreiben hatte.

Roswitha Gruber

Die Suche

Ehe ich von mir erzähle, möchte ich erst etwas über meine Eltern berichten. Mein Vater Kasper, 1880 geboren, war der zweite Sohn des Bauern von Haselöd, das in der Nähe von Dorfen liegt. Wie alle Bauernkinder musste er von klein auf im Betrieb mitarbeiten. Im Gegensatz zu manch anderem Kind tat er das mit großer Begeisterung und hatte keinen anderen Wunsch, als Bauer zu werden. Zu seiner Enttäuschung erfuhr er noch vor der Schulentlassung, die damals nach siebenjähriger Schulzeit erfolgte, dass nicht er den elterlichen Hof erben würde, sondern Matthias, sein älterer Bruder. Der Gedanke, bei diesem als Knecht dienen zu müssen, behagte ihm aber gar nicht. Deshalb entschloss er sich, ein Handwerk zu erlernen, damit er sich in absehbarer Zeit sein Brot selbst verdienen könne. Die Eltern erlaubten ihm, zu einem Zimmerer in die Lehre zu gehen, wenn auch schweren Herzens. Denn sie mussten, wie das damals noch üblich war, Lehrgeld für ihn zahlen. Obwohl der Hof genug abwarf, schmerzte es sie, Geld für den Sohn auszugeben, das sie lieber in den Betrieb gesteckt hätten. Der Lehrherr wohnte so weit weg, dass Kasper den Weg nicht täglich zu Fuß zurücklegen konnte, Verkehrsmittel hatte man noch nicht. Also wohnte der junge Bursche die ganze Woche über dort und kam nur am Samstagabend heim. Mit 16 legte er die Gesellenprüfung ab und wurde von seinem Meister ob seiner Tüchtigkeit übernommen. Die Arbeit machte ihm zwar Spaß, aber im Grunde seines Herzens wäre er lieber Bauer gewesen.

Auf einem anderen Einödhof, gar nicht allzu weit von Kaspers elterlichem Hof entfernt, wuchs Anna heran, Jahrgang 1883, als zweites von sieben Kindern. Auch sie half von Kindesbeinen an tüchtig im bäuerlichen Betrieb mit. Insgeheim beneidete sie ihren älteren Bruder, weil der einst das Sach übernehmen würde. Da sie sich schon als Schulmädchen zu einer wichtigen Stütze ihrer Mutter entwickelt hatte und ihrem Vater im Stall eine große Hilfe war, durfte sie nach ihrer Schulentlassung zu Hause bleiben. Ihre jüngeren Geschwister dagegen wurden gleich nach dem Pflichtschulabschluss zu anderen Bauern als Knechte oder Dirn gegeben.

Es gehörte damals zum normalen Ablauf, dass in regelmäßigen Abständen Jakob, der Viehhändler, in den Ställen der Bauern erschien, um Vieh zu kaufen oder anzubieten. Wenn er bei Annas Vater auftauchte, rief der immer den Hoferben dazu, damit dieser ein Auge für gutes Vieh entwickelte und das Handeln lernte. Dem Vater war es auch lieb, wenn Tochter Anna an den Gesprächen teilnahm. Er gab viel auf ihr Urteil und ihr Verhandlungsgeschick.

Als Anna 22 war und der Viehhändler von ihrem Vater zwei Kälber zu einem guten Preis gekauft hatte, fasste sie sich ein Herz und wandte sich an den Händler: »Jakob, weißt du nicht einen feschen Bauernsohn für mich, bei dem ich einheiraten könnte?«

Viehhändler waren nämlich gesprächige und aufgeschlossene Personen, die sich nicht nur in jedem Stall weit und breit auskannten, sondern auch über den Grundbesitz des Bauern und über seine Familienverhältnisse Bescheid wussten – etwa wie viele Kinder jeder hatte, in welchem Alter sie waren, wie viel Tagwerk Grund vorhanden war, ob und wie viel Mitgift eine Tochter zu erwarten hatte. Daher betätigten sie sich nebenher häufig als Heiratsvermittler, die man bei uns als Schmuser bezeichnete. Durch diese Tätigkeit verdienten sie sich ein nettes Zubrot.

Sechs Wochen später erschien Jakob wieder auf dem Hof von Annas Eltern. Er konnte ihr folgenden Bescheid geben: »Auf Haselöd, einem Hof mit 15 Hektar Land, gibt es einen Erben, der nach einer Bäuerin Ausschau hält. Den könntest du dir mal unverbindlich anschauen.«

Er arrangierte dann, dass Anna an einem Sonntagnachmittag im Oktober 1905 zum Kaffee eingeladen wurde. Außer Matthias, dem Heiratswilligen, saßen an der Kaffeetafel nicht nur seine Eltern, sondern auch seine Geschwister. Der Hausherr stellte jedes seiner Kinder mit Namen und Alter vor und welcher beruflichen Tätigkeit es nachgehe. Dann machten sich alle schweigend über den Streuselkuchen und den Malzkaffee her. Es ist verständlich, dass Anna sehr befangen war, als sie die vielen forschenden Augen auf sich gerichtet sah. Daher brachte sie kaum einen Bissen hinunter. Verstohlen warf sie immer wieder Blicke zum Hoferben, der seinerseits verstohlen zu ihr hinschielte.

Wie das damals üblich war, erwartete weder er noch sie die große Liebe. Waren sich die Väter in der Frage der Mitgift einig, traten die jungen Leute vor den Altar. Während die angehende Hochzeiterin an ihrem trockenen Kuchen kaute, wanderte ihr Blick auch immer wieder zu Kasper hin, den um ein Jahr jüngeren Bruder des Hoferben, den der Vater als Zimmerer vorgestellt hatte. Dabei wurde es ihr ganz warm ums Herz. Unter seinem Blick – denn auch er beäugte sie sehr aufmerksam – wurden Gefühle in ihr wach, die sie nicht gekannt hatte und die ihr keineswegs unangenehm waren. Sie spürte ein Kribbeln im Bauch und hatte das Gefühl, dass ihr die Röte ins Gesicht stieg.

Als sie sich nach einer schicklichen Zeit erhob, bedankte sie sich freundlich für die Bewirtung und trat den Heimweg an, ohne dass sich der »Zukünftige« oder sein Vater in irgendeiner Weise erklärt hätten. Erst recht waren sie nicht auf die Idee gekommen, sie durch das Haus und die Wirtschaftsgebäude zu führen. Das war eher ein negatives Zeichen. Nachdem sie einige hundert Meter gegangen war, hörte sie, dass sie verfolgt wurde. Erschrocken wandte sie sich um. Mit Erleichterung stellte sie fest, dass es nur Kasper war, der jüngere Sohn des Hauses. Ziemlich außer Atem sprach er sie an: »Anna, ich muss mit dir reden.« Sie verspürte heftiges Herzklopfen und hatte erneut das Gefühl, im Gesicht rot anzulaufen, daher brachte sie kein Wort heraus. Langsam setzte sie ihren Weg fort, während Kasper an ihrer Seite blieb und weiterredete: »Wie ich mitgekriegt habe, ist mein Bruder nicht sonderlich an dir interessiert, und wie ich beobachtet habe, scheinst du an ihm auch kein besonderes Interesse zu haben.«

Dazu konnte Anna nur nicken. Das ermunterte den Zweitgeborenen von Haselöd zu der Aussage: »Du gefällst mir, und so wie du immer zu mir hergeschaut hast, bin ich dir vielleicht auch nicht gleichgültig.«

Auch dazu nickte das Mädchen verschämt, weshalb der junge Zimmerer noch mutiger wurde: »Willst du mich heiraten?«

Bei dieser Frage erwachte die Bauerntochter von Birkenöd aus ihrer Befangenheit: »Aber geh, Kasper, wie kannst du so etwas fragen! Wir kennen uns doch kaum.«

Darauf hatte er die passende Antwort parat: »Der Schmuser hat dich zu uns auf den Hof geschickt als Braut für meinen Bruder. Und wenn sich der Stockfisch dir erklärt hätte, hättest ihn auch genommen, ohne ihn lange zu kennen.«

»Das stimmt«, gab die verschmähte Braut zu. »Aber ich bin auf den Hof gekommen in der Absicht einzuheiraten, weil ich Bäuerin werden möchte. Du tätest mir schon gefallen, aber als Zimmerer kannst du mir keinen Hof bieten.«

Über diese ehrliche Aussage musste er laut lachen. »Ja, wenn weiter nichts fehlt! Einen Hof kann ich dir über kurz oder lang auch bieten.«

»Wie das?«, horchte sie auf.

»Schau, Anna, als Zimmerer verdiene ich genug, um eine Familie ernähren zu können. Doch so weit ich zurückdenken kann, ist es mein sehnlichster Wunsch, Bauer zu werden. Leider bin ich nicht der Erstgeborene, deshalb muss ich halt versuchen, auf andere Weise zu einem Hof zu kommen.«

»Da wüsst' ich als einzige Möglichkeit nur die Einheirat bei einer Bauerntochter. Bei mir bist leider fehl am Platz. Unseren Hof kriegt mein großer Bruder.«

»Das ist mir bereits durch den Schmuser bekannt und darauf spekuliere ich auch nicht.«

»Was willst du dann tun?«, fragte Anna nach.

»Einen Hof kaufen.«

»Ja, glaubst du denn, ein Bauer gibt seinen Hof her?«

»Nein, das nicht. Es kommt aber immer wieder vor, dass ein Bauer ohne direkte Nachkommen stirbt und die entfernteren Verwandten sich nicht für die Landwirtschaft interessieren.«

»Ah!«, staunte die Bauerntochter. »Das wäre tatsächlich eine Möglichkeit. Aber wird ein solcher Hof nicht sündhaft teuer sein?«

»Man muss halt ein bisserl Geduld haben. Seit ich als Geselle arbeite – und als Zimmermann verdient man nicht schlecht –, lege ich jeden Pfennig auf die Seite. Und ich halte ständig Ausschau nach einem Hof.«

»Aber dir ist noch keiner begegnet, der zum Verkauf anstand?«

»Doch, schon. Zwei Mal sogar. In meinem Beruf kommt man ja viel herum. Beim ersten Mal war ich aber erst 18 und hatte noch kaum Erspartes. Außerdem kann man ja als Minderjähriger keinen Hof kaufen. Das zweite Mal war vor drei Jahren. Da wurde ein großes Anwesen angeboten, das war so teuer, dass ich mir das nie hätte leisten können, selbst wenn ich noch dreißig Jahre lang mein Geld beiseite lege. Doch ich gebe nicht auf und spare eisern weiter. Das Richtige kommt schon noch. Weißt, es ist leichter einen passenden Hof zu finden als eine passende Frau. Deshalb heißt es zugreifen, wenn sie einem begegnet. In dir glaube ich sie gefunden zu haben.«

Diese Worte gefielen dem Dirndl. »Wenn das so ist, werde ich auf dich warten. Von daheim bekomme ich zwar auch eine Mitgift, die wird allerdings bescheiden ausfallen, da wir sieben Kinder sind. Vermutlich wird es ein bisserl mehr sein, wenn ich noch einige Jahre auf dem Hof diene.«

»Eine Mitgift bringt uns unserem Ziel gewiss ein Stückl näher, aber darauf kommt es mir gar nicht so sehr an, viel wichtiger ist, dass du aus der Landwirtschaft kommst und so gerne Bäuerin sein willst, wie ich Bauer sein will.«

»Ja, das kann ich dir versichern. Ich wüsste wirklich nicht, was ich lieber täte. Von klein auf bin ich nicht nur mit allem vertraut, was zu einem bäuerlichen Haushalt gehört, sondern auch mit allen Feld- und Stallarbeiten.«

»Das ist ja großartig! Weißt aber, was trotzdem die Hauptsache ist?«

Sie schüttelte den Kopf.

»Dass du mich magst!«

Seine Worte erschienen ihr so ehrlich, dass sie sich widerstandslos von ihm in die Arme nehmen und ein Busserl auf den Mund drücken ließ.

»So, das war unser Verlobungskuss«, stellte der Kasper fest. »Jetzt gehörst zu mir. Meinem Bruder werde ich noch heute klarmachen, dass du bereits vergeben bist, damit er nicht doch noch auf die Idee kommt, um dich zu werben.«

Anna durchströmte eine solche Seligkeit, von der sie nie gedacht hätte, dass es so etwas gibt. Um auch etwas zu ihrer baldigen gemeinsamen Zukunft beizutragen, versicherte sie ihrem Verlobten, dass sie sich von nun an ebenfalls umhören werde, ob nicht irgendwo ein Bauernhof zu kaufen sei.

In der Zwischenzeit waren sie schon ziemlich nah an ihr Zuhause herangekommen. Als es in Sichtweite war, verabschiedete sich der Jungmann mit einem weiteren Kuss und dem Versprechen, sie am folgenden Sonntag abzuholen.

Die ganze Woche über ging Anna wie auf Wolken. Er hielt Wort. Sie machten einen ausgedehnten Spaziergang durch die Flur, es gab ja noch so viel zu besprechen für ihre gemeinsame Zukunft. Dennoch blieben sie von Zeit zu Zeit stehen zu einem Busserl.

Von nun an holte Kasper seine Braut alle zwei Wochen zu einem Spaziergang ab. Jedes Mal versuchte sie in seinem Gesicht zu lesen, ob er in Sachen Hofsuche schon weiter gekommen war. Leider reagierte er auf ihren fragenden Blick immer mit der Antwort: »Wir müssen Geduld haben, Herzerl. Wir werden schon noch was finden.«

Als der Viehhändler wieder einmal Besuch auf Birkenöd machte, fragte er siegesbewusst: »Und, Anna, bist mit dem Matthias einig geworden?«

Sie antwortete kurz und knapp mit »Nein«. Da stand dem Jakob die Enttäuschung ins Gesicht geschrieben. Doch schnell hatte er sich wieder gefasst und schlug ihr ganz geschäftsmäßig vor: »Dann werde ich mich halt weiter für dich umschauen. Heiratswillige Hoferben gibt's mehrere.«

»Die Mühe kannst' dir ersparen, Jakob. Wenn der Matthias auch nicht angebissen hat, auf Haselöd habe ich trotzdem einen Hochzeiter gefunden.«

»Wie? Was?«, fragte der Schmuser überrascht.

»Ja, den Kasper, den Zweitgeborenen.«

»Aber geh, Anna! Du hast mir doch ausdrücklich angeschafft, dass ich für dich eine Einheirat finden soll. Der Kasper ist Zimmerer und wird den Hof nie erben. Es sei denn, den Matthias würde ein Unglück treffen. Aber darauf wollen wir nicht hoffen.«

»Nein, Gott bewahre! Natürlich nicht. Einen Hochzeiter hast du mir verschafft, wenn auch um die Ecke herum. Nun musst du für uns nur noch einen Bauernhof finden, der zum Verkauf ansteht, damit wir heiraten können. Dein Schaden soll es nicht sein.«

Der Händler schob seinen Hut zurück und kratzte sich oberhalb der Stirn. Offensichtlich war das die Pose, in der er am besten nachdenken konnte. Endlich machte er den Mund auf: »Da wüsste ich um Dorfen herum absolut nichts. Selbst im weiteren Umkreis ist mir nichts bekannt.«

»Nun ja, es muss nicht direkt um Dorfen herum sein. Eine andere Gegend wäre uns auch recht, zum Beispiel um Erding, Altötting oder Wasserburg. Das ist ja alles nicht aus der Welt. Es muss auch nicht unbedingt ein Einödhof sein. Wir würden auch einen Hof nehmen, der mitten in einem Dorf liegt und der seine Felder außerhalb hat.«

Erneut kratzte sich Jakob am weit hinten beginnenden Haaransatz und meinte: »Da müsste ich meine Kollegen ansprechen. Einige von denen treffe ich gewiss auf dem nächsten Viehmarkt in Erding.« Doch auch bei seinem folgenden Besuch auf Birkenöd brachte Jakob nicht die ersehnte Neuigkeit.

Nachdem sich das junge Paar ein gutes Jahr lang kannte, sah Anna dem strahlenden Gesicht ihres

Verlobten an, dass er eine gute Nachricht für sie haben musste. Die hatte er tatsächlich. Er hatte auf einem Einödhof Reparaturarbeiten durchgeführt. Dieser wurde von einem älteren kinderlosen Ehepaar bewirtschaftet, das sich entschlossen hatte, den Hof auf Rentenbasis abzugeben. Er lag etwa 15 Kilometer sowohl von Kaspers Elternhaus als auch von Annas Zuhause entfernt. Da die jungen Leute keine andere Gelegenheit hatten, dorthin zu gelangen, erlaubte Kaspers Vater dem Sohn, am folgenden Sonntag die Kutsche zu nehmen und eines der beiden Pferde vorzuspannen.

Nach zweieinhalbstündiger Fahrt erreichten sie das Anwesen. Der Bauer führte sie bereitwillig in den Wirtschaftsgebäuden herum und schritt mit ihnen die Felder und den Wald ab. Anschließend führte seine Frau die beiden Kaufinteressenten durchs ganze Haus, vom Keller bis zum Dachboden. Das Anwesen mit allem drum und dran hätte den jungen Leuten schon gefallen. Wohngebäude und Stallungen machten einen guten Eindruck. Aber je länger Anna mit der Bäuerin beisammen war, desto unguter wurde das Gefühl, das sie beschlich. Endlich setzte man sich in der Stube an den Tisch, wo der Bauer seine finanziellen Wünsche zur Sprache brachte. Bei den genannten Zahlen machte Anna große Augen. Außer, dass sie den Wert einer Kuh oder eines Kalbes einschätzen konnte, hatte sie keine Erfahrungen in Gelddingen. In diesem Punkt verließ sie sich ganz und gar auf Kasper, der als Handwerker öfter mit Finanziellem zu tun hatte. Aber auch der gab keinen Kommentar zu den Ausführungen des Bauern. Um Bewegung in die Sache zu bringen, fragte die Bäuerin schließlich:

»Wie sieht's aus? Wenn ihr wollt, können wir morgen schon zum Notar gehen.«

Seelenruhig antwortete der Zimmerer: »So schnell geht das freilich nicht. Wir haben alles zur Kenntnis genommen und müssen das in Ruhe miteinander besprechen. Dazu werden wir einige Tage benötigen. Dann melden wir uns wieder.«

»Lasst euch aber nicht zu viel Zeit«, drängte die Bauersfrau. »An unserem Sach sind noch mehr Leute interessiert.«

Als Kasper und Anna wieder auf dem Kutschbock saßen und Richtung Heimat fuhren, blieb ihnen genügend Zeit, alles durchzugehen. Anna hielt sich zunächst mit ihrer Meinung zurück und hörte zu, wie ihr Verlobter seinem Herzen Luft machte: »Also, was die sich einbilden! Die meinen, sie hätten einen Dummen gefunden! Allein, was wir bar auf den Tisch legen sollen, ist schon eine Unverschämtheit. Damit wäre das Anwesen bereits mehr als bezahlt. Wie du gehört hast, erwarten sie darüber hinaus eine horrende monatliche Rente. Gehen wir solche Verpflichtungen ein, kommen wir auf keinen grünen Zweig! Tut mir leid, Anna, dieses Angebot kann ich nicht annehmen, auch wenn wir deshalb mit der Heirat noch warten müssen.«

»Gott sei Dank!«, kam es bei Anna aus tiefstem Herzen.

»Wie? Du bist nicht enttäuscht?«, fragte der junge Mann überrascht.

»Nein, Kasper, kein bisschen. Glaub mir, ich bin zutiefst erleichtert über deine Entscheidung. So brauche ich dir diesen Hof wenigstens nicht auszureden.«

»Und was ist es, was dich abschreckt?«, wollte er wissen.

»Abgesehen davon, dass die Bäuerin sehr herrisch ist, gesteht sie uns nur eine einzige Kammer zu. Sie meinte, Küche, Stube und alles andere könnten wir gemeinsam nutzen. Damit wäre der Unfriede im Haus vorprogrammiert. Dabei gibt es im Haus genug freie Zimmer, von denen sie uns einige überlassen könnte.«

»Ja, das ist mir bei dem Rundgang auch aufgefallen«, bestätigte Kaper.

»Wären die Bauersleute über neunzig, würde ich dieses Wagnis vielleicht noch eingehen«, fuhr Anna in ihren Erklärungen fort. »Da beide aber erst Anfang fünfzig sind, ist davon auszugehen, dass wir womöglich dreißig Jahre mit ihnen zusammenleben müssten. Das scheint mir nicht verlockend. Und wie würde es erst sein, wenn Kinder kommen? Gewiss, die Kammer, die sie uns zugedacht hat, ist sehr geräumig. Darin hätten außer unserem Bett auch noch einige Kinderbettchen Platz. Aber die armen Kinder würden sich im ganzen Haus nicht rühren dürfen. Nein, nein, das will ich ihnen nicht antun. Wir werden schon noch was Besseres finden.«

»Anna, du bist ein Schatz«, flüsterte der junge Mann und küsste sie auf die Wange. Mehr Zärtlichkeiten waren nicht angebracht, er musste ja darauf achten, dass sein Ross in der Spur blieb.

Einige Monate später konnte der Schmuser endlich mit einem Vorschlag aufwarten. Es ging um einen Bauernhof, der mitten in einem Dorf in der Nähe von Wasserburg lag. Voller Enthusiasmus fuhr das Liebespaar hin. Voller Enttäuschung kehrte es zurück. Das

Anwesen stand leer und wurde mit riesigem Grundbesitz, der außerhalb des Ortes lag, zum Verkauf angeboten. Die Gebäude waren in gutem Zustand, doch der Preis war unerschwinglich. Erneut wurde den beiden viel Geduld abverlangt.

Zwei Jahre nachdem Anna den Viehhändler beauftragt hatte, für sie einen Hof zu finden, unterbreitete er ihr ein neues Angebot, diesmal in der Nähe von Erding. Es handelte sich um einen Einödhof, der zu Maierklopfen gehörte, was wiederum ein Ortsteil von Bockhorn war. Der Hof stand schon seit vielen Jahren leer. Das alte Bauernpaar war ohne Nachkommen gestorben und hatte kein Testament hinterlassen. Daher fiel der Besitz an eine Erbengemeinschaft, die aus mehreren Nichten und Neffen bestand. Von denen wollte aber niemand den Hof bewirtschaften. Lange Zeit waren sie sich nicht einig geworden, ob sie den Hof verkaufen sollten. Nach Jahren hatten sie sich endlich dazu durchgerungen und boten ihn nun zu einem weit überhöhten Preis an. Als Jakob von dem Hof erfuhr, hatten bereits zahlreiche Interessenten das Anwesen besichtigt, aber niemand hatte zugeschlagen. Da die Erben endlich Geld sehen wollten, gingen sie mit dem Preis erheblich herunter.

»Das ist ein gutes Zeichen«, meinte Kasper. »Dann können wir den Hof billig über den Schnabel nehmen.«

An einem Sonntagmorgen fuhren die Verlobten schon in aller Herrgottsfrühe mit der Kutsche hin. Diesmal waren 23 Kilometer zurückzulegen, wofür das brave Pferd knapp vier Stunden brauchte. Für 10 Uhr hatte man sich mit einem Neffen verabredet, den die Erbengemeinschaft als ihren Sprecher auserkoren hatte. Lustlos führte er sie durch die Felder, die Wiesen und den Wald, insgesamt waren es 15 Tagwerk Grund. Ebenso lustlos zeigte er ihnen anschließend das Wohnhaus und was von den Wirtschaftsgebäuden noch übrig war. Mit den Jahren des Leerstands waren diese ziemlich heruntergekommen.

»Stall und Stadl gehören abgerissen«, kommentierte Kasper.

»Das fürchte ich auch«, gab der Neffe kleinlaut zu. »Wir haben halt zu lange gewartet.«

»Das Wohnhaus kann man erhalten, wenn man es so bald wie möglich an einigen Stellen saniert«, konstatierte Kasper. »Vor allem muss sofort ein neues Dach drauf, damit man bei Regen nicht mit einem Schirm im Bett sitzen muss.«

Mit säuerlich verzogenem Gesicht lachte der Vertreter der Erben auf: »Wenn ich Sie richtig verstanden habe, Sie wollen den Hof auch nicht?«

»Das möchte ich damit nicht andeuten. Sollten wir uns im Kaufpreis einigen, werde ich das Wagnis durchaus eingehen. Was meinst du, Anna?«

»Mir ist klar, dass man hier noch viel Arbeit und Geld reinstecken muss. Wenn aber der Preis stimmt, bin ich bereit, das Beste daraus zu machen.«

Völlig desillusioniert, weil er schon so viele Besucher vergeblich durch Haus und Grund geschleust hatte, kam der Neffe den jungen Leuten, was die Kaufsumme anging, sehr entgegen. Schon wenige Tage später unterzeichnete man beim Notar in Erding den Kaufvertrag. Der Preis war wirklich so günstig, dass Kaspers Ersparnisse und Annas Mitgift fast gereicht hätten. Dennoch mussten sie bei der Bank einen Kredit aufnehmen. Sie brauchten ja Material, um Stall und Scheune neu zu errichten und das Dach des Wohnhauses decken zu lassen. Lohnkosten fielen so gut wie keine an. Durch seine Arbeiten am Bau war der Zimmerer Kasper mit zwei Maurern befreundet, für die er mal Holzarbeiten an ihren Häusern ausgeführt hatte. Diese halfen ihm nun, die verfallenen Wirtschaftsgebäude abzureißen, und mauerten sie wieder so auf, wie sie ursprünglich gewesen waren, sodass man von der Küche aus gleich in den Stall und von dort in den Stadl gelangen konnte. In diesen konnte man mit den beladenen Heu- und Erntewagen einfahren und das Heu dann gleich vom Wagen aus auf den Heuboden laden, der sich zur Linken, direkt über dem Stall befand. Auf der rechten Seite des Stadls war der Getreidespeicher. Darunter gab es einen Keller, in dem man die Runkelrüben frostsicher lagern konnte. Die freie Fläche zwischen den beiden Speichern, auf welche die Wagen einzufahren pflegten, diente als Tenne, auf der man mit Dreschflegeln das Getreide drosch.

Alles, was an Holzarbeiten zu machen war, übernahm Kasper selbst. Ein Dachdecker, mit dem er von Berufs wegen ebenfalls befreundet war und für den er auch schon tätig gewesen war, deckte ihm kostenlos sämtliche Dächer. Nachdem das Dach des Wohnhauses abgetragen war, erkannte der neue Eigentümer, dass die Balken und Dachlatten so morsch waren, dass sie kein neues Dach getragen hätten. Denn statt des bisherigen Schindeldaches deckte man nun alle Dächer mit roten Dachziegeln. Diese waren wesentlich schwerer, dafür waren sie aber so stabil, dass sie bis an sein Lebensende halten würden.

Bis alles wirklich so war, dass man einziehen und Vieh halten konnte, dauerte es noch ein ganzes Jahr. Im April 1908 wagte es das junge Paar endlich zu heiraten. Eine eigentliche Hochzeitsfeier gab es nicht. Da die beiderseitigen Eltern und Geschwister weit weg wohnten, wollte man ihnen die Anreise nicht zumuten. Außerdem war es auch eine Kostenfrage. Die beiden Nachbarn, die direkt hinterm Hügel sechs bzw. zehn Gehminuten von ihrem Gehöft entfernt wohnten, bat man zu Trauzeugen. Das sahen diese als Ehre an. Mit ihnen kehrte man nach der Trauung in Hörgersdorf in das einzige Wirtshaus am Ort ein, das unweit der Kirche lag. Auf diese Weise machte man sich nicht nur bekannt, man gewann auch Freunde. In einer Einöde war eine gute Nachbarschaft wichtig. Jeder konnte in die Verlegenheit kommen, dass er auf Hilfe angewiesen war.

Bei uns daheim

Die Felder, die zu Kaspers neu erworbenem Anwesen gehörten, lagen alle um die Gebäude herum. Die zögerlichen Erben waren wenigstens so gescheit gewesen, dass sie diese bisher verpachtet hatten. Das hatte ihnen nicht nur ein bisschen Pachtzins eingebracht, die Felder waren auch bearbeitet worden und deshalb nicht verwildert. Gleich nach Abschluss des Kaufvertrages hatte Kasper den Pächtern gekündigt. Daher konnte er die Felder nach einem Jahr selbst bewirtschaften. Bis dahin war das Haus auch bezugsfertig. Für das eine Jahr hatte Kasper noch Pacht kassiert, was ihm beim Kauf des Viehs dann zugute kam. Noch vor der Hochzeit hatte sich das Paar nach passenden Tieren umgeschaut. Einen Ochsen oder gar ein Pferd konnten sie sich nicht leisten, aber drei Kühe. Dabei achteten sie darauf, dass zwei davon zum Pflügen und zum Wagenziehen abgerichtet worden waren. Zwei Schweine kauften sie auch, Federvieh dagegen hatten sie von ihren Eltern bekommen, als Bestandteil des Heiratsgutes. Jedes bekam von daheim einige Hühner, ein Gänsepaar und etliche Tauben. Damit sich die Hühner vermehren konnten, bekam Kasper zusätzlich noch einen Gockel. Auch die Tauben waren kein Luxusgut. Sie vermehrten sich eifrig, und war der Bestand groß genug, landeten einige von ihnen als sonntäglicher Leckerbissen im Bratrohr.

Die alten Ackergeräte waren zwar stark verrostet, taten ihren Dienst aber noch einwandfrei. Für Möbel brauchten meine Eltern zunächst auch kein Geld auszugeben. Bescheiden, wie sie waren, begnügten sie sich jahrelang mit dem alten Mobiliar, das noch von den verstorbenen Bauersleuten stammte.

Soweit ich mich erinnere, war das Bauernhaus sehr klein. Eigentlich war es kein Haus, sondern eher ein Häuschen. Das Erdgeschoss bestand aus einer Küche mit Speisekammer, einer Stube und einem winzigen Raum, in dem zwei Betten standen. Das Obergeschoss befand sich direkt unter dem Dach. Außer einer kleinen Abstellkammer gab es dort zwei geräumige Schlafzimmer. In meiner Kindheit sah das so aus: Eines war die Bubenkammer, das andere die Dirndlkammer. In jeder standen unter der Dachschräge vier Betten. An der geraden Wand, den Betten gegenüber, stand ein Kleiderschrank. Bei der Heirat meiner Eltern muss das alles noch ganz anders ausgesehen haben. Als das Paar einzog, hatten in den Kammern unter jeder Dachschräge nur jeweils zwei Betten gestanden. Es gab auch keine Kleiderschränke. Meine Mutter erzählte mir, dass sie die Schränke erst wesentlich später angeschafft hatten. Das bisschen Gewand, das sie besaßen, hatten sie, genau wie es die Vorbesitzer gehandhabt hatten, viele Jahre lang an die Haken gehängt, die an den geraden Wänden angebracht gewesen waren.

Vor dem Haus hatten meine Eltern einen verwilderten Garten vorgefunden, dessen Lattenzaun total zusammengebrochen war. Eine der ersten »Amtshandlungen« meines Vaters war es gewesen, die Überreste des Zauns wegzuräumen und als Brennholz beiseitezulegen. Die Wildnis pflügte er kurzerhand um. Nachdem das Unkraut unter der Erde verschwunden und weitgehend vermodert war, ging er mit der Egge darüber. Dann grenzte er den Garten mit einem soliden Lattenzaun vom übrigen Hof ab, damit die Hühner nicht hineinlaufen und das Eingesäte wegpicken konnten. Einsäen konnte die Mutter aber erst im folgenden Frühjahr. Aus der anfänglichen Wildnis hatten beide schon bald einen fruchtbaren Nutzgarten gezaubert, der die Familie fast das ganze Jahr über mit allem versorgte, was damals in unserer Region wuchs: Zwiebeln, Lauch, Möhren, Kopfsalat, Gurken, Radieschen, Bohnen, Erbsen, Blaukraut und Weißkraut. Auch Petersilie und Schnittlauch fehlten nicht. Ja, sogar Frühkartoffeln erntete sie aus ihrem Garten.

Für die Winterkartoffeln hatte der Vater ein ganzes Feld angelegt. Hinter dem Haus standen noch einige Obstbäume, die allerdings recht verwahrlost wirkten. Von einem Nachbarn, der sich mit der Pflege von Obstbäumen auskannte, ließ er sie schneiden. Danach hatten wir von Juli bis Oktober unser frisches Obst. Auch im Winter profitierten wir davon. Äpfel wurden in dem kleinen Keller unter der Küche gelagert. Aus Zwetschgen und Birnen wurde Dörrobst gemacht, und viele Jahre später, als es Weckgläser gab, wurden Kirschen, Zwetschgen und Birnen eingemacht, sodass wir den ganzen Winter über Kompott hatten.

Im Hof neben dem Nutzgarten befand sich der Ziehbrunnen, aus dem wir unser Trink- und Brauchwasser schöpften. Dieses Wasser war aber zu kostbar, um damit den Nutzgarten zu gießen, falls es einmal längere Zeit nicht geregnet hatte. Zum Gießen benutzten wir Regenwasser. Beim Decken der Dächer hatte der Vater genügend Weitblick bewiesen und ordentliche Dachrinnen und solide Fallrohre an allen vier Ecken anbringen lassen. Unter jedem stand ein Regenfass, in dem das wertvolle Nass aufgefangen wurde. Zum Wäschewaschen benutzte die Mutter dieses Wasser auch gerne, weil es weich war, sodass man weniger Waschpulver benötigte.

Meine Eltern waren sehr glücklich, als sie endlich beisammen sein konnten. Dass ihr Leben nicht einfach werden würde, war ihnen von vorneherein klar gewesen. Dass sie sich von früh bis spät im Stall und auf den Feldern abrackern mussten, hatten sie ebenfalls gewusst. Dennoch waren beide selig, ihren Traum vom eigenen Bauernhof verwirklicht zu haben. Damit ein bisschen Bargeld einging und sie schneller von ihren Schulden herunterkommen würden, nahm mein Vater, nachdem die eigenen Gebäude und Felder instand gesetzt waren, wieder eine Tätigkeit als Zimmermann an. Er hatte das Glück, bei einem Meister angestellt zu werden, der seine Werkstatt in Maierklopfen hatte. So kam er jeden Abend heim und konnte seine Feldarbeiten erledigen. Meine Mutter kam mit dem Stall ganz gut allein zurecht.

Für beide bedeutete es ein weiteres Glück, als übers Jahr ein gesundes Kind in der Wiege lag. Die Wiege hatten sie in der Abstellkammer gefunden, auf dem Holz war die Jahreszahl 1754 zu lesen. Vermutlich hatten die Ahnen unserer Vorbesitzer diese voller Stolz über ihren Stammhalter aufmalen lassen. Meine Eltern waren nicht enttäuscht, dass ihr erstes Kind ein Mädchen war. Sie gaben ihm den Namen Maria, und die junge Mutter meinte: »Dann haben wir schon mal eine Kindsmagd für die anderen, die noch kommen werden.«

Kasper sah das ebenso positiv: »Ein Dirndl ist gut, so hast du bald eine Hilfe im Haushalt.«

Im Jahr darauf kam ein Bub zur Welt. Zur Enttäuschung seiner Eltern war er so schwächlich, dass er keine Überlebenschance hatte. In der Nottaufe durch die Hebamme bekam er den Verlegenheitsnamen Toni, denn seinen eigenen Namen wollte der Bauer aufheben für seinen Hoferben. Der kleine Toni starb nach einigen Stunden.

Als im Jahre 1911 Tochter Anna zur Welt kam, waren die jungen Eltern nicht allzu enttäuscht. Doch als 1913 mit Jung-Kasper endlich der Stammhalter in der alten Wiege lag, jubelten sie.

Ein Jahr später brachte Anna wieder ein Mädchen zur Welt. Es bekam den Namen Elisabeth. Im Sommer desselben Jahres brach leider der unselige Krieg aus. Anfangs hatte mein Vater noch Glück, aber nach dem ersten Kriegsjahr wurde auch er zu den Waffen gerufen. Nun stand meine Mutter allein da mit der Landwirtschaft und vier kleinen Kindern, von denen noch keines alt genug war, um mithelfen zu können. Für sie muss es eine schwere Zeit gewesen sein. Als sie mir davon erzählte, konnte sie sich selbst nicht mehr vorstellen, wie sie alles geschafft hatte. Nur für die schweren Feldarbeiten hatte sie Hilfe gehabt. Der Altbauer von einem Nachbarhof hatte für sie gepflügt, denn ihr fehlte es an Kraft, den Pflug tief genug in die Erde zu drücken.

Zur Heuernte bekam Kasper glücklicherweise Fronturlaub, und auch zur Getreideernte war er wieder da. Ende Oktober durfte er sogar noch mal für zwei Wochen nach Hause, um Brennholz zu schlagen. Im Winter 1916 erkrankte die kleine Elisabeth an Lungenentzündung und starb nach wenigen Tagen. Ihr Vater konnte noch nicht mal zur Beisetzung kommen.

Im vierten Kriegsjahr erlitt mein Vater eine Schussverletzung am Unterschenkel. Damit war für ihn der Krieg aus, und er wurde nach einem kurzen Lazarettaufenthalt nach Hause entlassen. Bis sein Bein wieder völlig genesen war, war der Krieg vorbei. Nach seiner Heimkehr wuchs die Kinderschar weiter an. Ende 1918 wurde Magdalena (Leni) geboren. Im Jahr darauf erblickte Josef (Sepp) das Licht der Welt. Im Jahre 1920 kam Johann (Hans) bei uns an und zwei Jahre später der Michael, von allen nur Mich genannt. Im Inflationsjahr 1923 tat ich meinen ersten Schrei in meinem Vaterhaus und zwar am 25. Mai.

Die Inflation konnte meinen Eltern nichts anhaben. Sie besaßen kein Geld, das sie hätten verlieren können. Und da wir unsere Lebensmittel selbst produzierten, berührte es uns auch nicht, dass die Preise in unermessliche Höhen schossen. Da Haus- und Grundbesitz restlos abbezahlt waren, profitierten wir aber auch nicht von der Inflation. Mein Vater hat mir später erzählt, dass einige Bauern kurz vor der Währungsreform mit dem wertlosen Geld ihre Schulden abbezahlt hätten und nachher gemachte Leute gewesen wären.

Bei meiner Geburt war meine Mutter bereits vierzig Jahre alt. Daher war ich das Schlusslicht der Familie.

Als Jüngste der Kinderschar hatte ich immer das Gefühl, willkommen zu sein und besondere Privilegien zu genießen. Nicht nur meine Eltern, nicht nur meine großen Schwestern Maria und Anna umsorgten mich liebevoll, auch meine großen Brüder bemühten sich rührend um mich.

Für alle meine Geschwister war es selbstverständlich, dass sie schon früh in der Landwirtschaft mit anpacken mussten. Noch vor ihrem Schulweg nach Hörgersdorf, der eine Dreiviertelstunde dauerte, halfen sie im Stall mit. Die Buben mussten Rüben schneiden, Heu herunterwerfen und ausmisten. Die Mädchen mussten melken und die Milch durch die Zentrifuge geben.

Im Sommer wanderte man grundsätzlich barfuß zur Schule, über Stock und Stein, egal ob es regnete oder kalt war, was uns Kindern nichts ausmachte. Die Schuhe mussten ja für den Winter geschont werden.

Für mich selbst begann 1929 mit der Einschulung der Ernst des Lebens. Wohlbehütet tippelte ich mit meinen Geschwistern Leni, Sepp, Hans und Michl zur Schule. Auf dem Hinweg war immer Eile angesagt, doch auf dem Heimweg trödelten wir ein bisschen herum und hatten viel Spaß miteinander. Als Mitte November der erste Schnee lag, ging es auf dem Heimweg besonders lustig zu, zumal uns noch Kinder von Nachbarhöfen ein Stück des Weges begleiteten. Wenn im Dezember die Schneehöhe gewaltig zunahm, stapften die Buben voraus und spurten den Weg. Wir Dirndln trotteten hinterdrein.

Mitte Januar 1932 hatte es über Nacht besonders heftig geschneit, und meine Brüder lagen mit Masern darnieder. Da ich als erste diese Krankheit bekommen hatte, war ich schon wieder genesen und sollte also allein meinen Schulweg antreten. Zu dieser Zeit war ich noch immer klein und schmächtig und hätte es sicher nicht geschafft, mich durch den Schnee zu kämpfen. Leni war bereits im Jahr zuvor aus der Schule entlassen worden, da die Schulpflicht nach sieben Jahren endete. Sie hätte also nicht mehr zur Schule gehen müssen, mir zuliebe tat sie es aber doch. Auf ihren Schultern brachte sie mich sicher hin. Nach dem Unterricht holte sie mich wieder ab und trug mich nach Hause. Diesen Dienst erwies sie mir an mehreren Tagen.

Die Schule besuchte ich gern, lernte auch fleißig und brachte stets gute Noten nach Hause.

Unsere Schule bestand aus zwei Klassenräumen. In dem einen wurden die Schüler von der 5. bis zur 7. Klasse unterrichtet, und zwar von einem Lehrer. In dem anderen Raum unterrichtete eine Lehrerin die Kinder von der 1. bis zur 4. Klasse. Diese Lehrerin bereitete mir mal eine unschöne Szene. Damit man das verstehen kann, muss ich ein bisschen ausholen.

So armselig wie meine Eltern in ihre Ehe gestartet waren, so armselig blieb unser Leben über viele Jahre lang. Gewiss, wir hatten immer satt zu essen und mussten nicht in Lumpen gehen, dank des Fleißes unserer Eltern. Im Übrigen lebten wir aber äußerst bescheiden. Das war mir als Kind gar nicht aufgefallen. Vater und Mutter waren immer fröhlich und zufrieden, sie waren fromm und dankten Gott jeden Tag für ihre gesunden Kinder und dass ihre Äcker genug hergaben, um alle Mäuler zu stopfen. Diese positive Haltung übertrug sich auch auf uns Kinder.

Einmal im Jahr kam die Schneiderin ins Haus, meist im Januar oder im Februar. Dann flickte sie alles, was im Laufe des Jahres angefallen war – Leintücher, Bettbezüge, Kleider, Schürzen, Oberhemden und Hosen vom Vater und unseren Brüdern. Um diese Flickarbeiten selbst auszuführen, blieb der Mama absolut keine Zeit, abgesehen davon, dass sie nie Nähen gelernt hatte und auch keine Nähmaschine besaß. Die Näherin brachte ihre eigene Maschine mit, die sie auf einem Handwägelchen rumpelnd hinter sich herzog. Sie fertigte auch neue Kleidungsstücke an. Bruder Kasper bekam jedes Mal eine neue Hose und zwei neue Oberhemden, und Maria, unsere Älteste, bekam jedes Jahr ein neues Kleid. Ihre alten Kleider wurden nach unten weitervererbt. Bis sie bei mir landeten, waren sie schon ziemlich abgetragen, und so mancher Flicken zierte sie. Das störte mich aber nicht. Deutlich erinnere ich mich an ein blaues Samtkleid, das Maria und Anna noch vor meiner Zeit getragen haben mussten. Es muss einmal ein Bild von einem Kleid gewesen sein, denn als Leni es trug, die dritte von uns Töchtern, machte es noch etwas her. Deshalb freute ich mich schon auf die Zeit, bis ich endlich hineingewachsen sein würde. Als es soweit war, marschierte ich voller Stolz damit zur Schule, wo ich bereits die vierte Klasse besuchte. In meiner Vorstellung war es nämlich noch immer das schicke Kleidchen, in dem ich Leni bewundert hatte. In der Schule aber überrieselte es mich wie ein kalter Regenguss. Naserümpfend betrachtete mich die Lehrerin und äußerte spitz: »Dass du dich mit so einem Fetzen in die Schule traust! Das Kleid ist ja schon überall abgewetzt.«

Es fehlte nicht viel und ich hätte losgeheult. Doch ich war zu stolz, um ihr zu zeigen, wie sehr mich ihre Taktlosigkeit verletzt hatte. Erhobenen Hauptes setzte ich mich in meine Bank und versuchte so zu tun, als ob nichts gewesen wäre.

Wieder daheim zog ich das Kleid aus und betrachtete es von allen Seiten. Die Lehrerin hatte recht, an etlichen Stellen war der Samt total abgeschabt, und es war nur noch ein dünnes Gewebe sichtbar. Da ich von meinen Schwestern noch andere tragbare Kleider besaß, zog ich das Samtkleid nie wieder an. Von dem Tag an aber, an dem mich meine Lehrerin so gekränkt hatte, besuchte ich nur noch mit Widerwillen die Schule. Erst nach einem halben Jahr, als ich in die fünfte Klasse aufrückte, ging ich wieder gerne, und nicht nur, weil ich der unangenehmen Lehrerin entronnen war.

Der alte Lehrer, der die Oberstufe unterrichtet hatte, war mit Ende des Schuljahres in den Ruhestand getreten. Sein Nachfolger war ein junger, gutaussehender Mann. Er wurde von allen Mädchen angehimmelt, auch von mir. Um ihm zu imponieren, lernten wir besonders eifrig. Davon unabhängig muss er ein tüchtiger Pädagoge gewesen sein, denn viele Jahre später war er Rektor an der Schule, die meine Tochter besuchte. Wieder einige Jahre später wurde ich gewissermaßen mit ihm verwandt, er war nämlich der Onkel der Frau, die mein Sohn geheiratet hatte. Daher haben wir uns bei allen Familienfesten wiedergesehen und über alte Zeiten geredet.

Aber zurück in meine Kindheit. Meine Geschwister der »ersten Generation«, also diejenigen, die vor dem Krieg geboren worden waren, verließen schon bald das Elternhaus, selbst der Älteste, der den Hof übernehmen sollte. Unser Vater war der Ansicht, dass es dem Buben nicht schade, wenn er die Nase mal in einen anderen Betrieb steckte, in einen größeren, damit er zusätzliche Erfahrungen sammelte.

Nach alter Tradition trafen sich die Bauern nach dem Besuch der heiligen Messe zu einem Frühschoppen im Wirtshaus. Dort wurde über das »große Weltgeschehen« diskutiert, über Getreide- und Viehpreise. Die Frauen dagegen verweilten für einige Minuten auf dem Kirchplatz und sprachen das Ortsgeschehen durch. Man musste ja wissen, wer zu heiraten gedachte, wer Nachwuchs erwartete oder bekommen hatte und wer gestorben war. In beiden Gruppen war es aber das Wichtigste, dass man erfuhr, wer wo eine neue Dirn oder einen Knecht brauchte. So hatte mein Vater am Stammtisch mit dem Bauern eines ansehnlichen Hofes ausgemacht, dass unser Kasper dort einige Jahre als Knecht arbeiten sollte. Durch solche Gespräche, die nach dem Kirchbesuch geführt wurden, fanden auch meine Schwestern Maria und Anna ihre Stellen. Sie wurden Mägde auf Höfen, die um einiges größer waren als der unsere und die nicht allzu weit von daheim entfernt lagen. Da beide geschickt, fleißig und hübsch waren, eroberten sie bald das Herz des jeweiligen Hoferben und heirateten ein, obwohl sie kein üppiges Heiratsgut mitbrachten. Von Marias Schwiegermutter ist der Satz überliefert: »Eine Frau mit zwei fleißigen Händen bringt mit der Zeit mehr ein, als eine Frau mit einer großen Mitgift.«

Schon kurz nachdem sie aus der Schule entlassen worden waren, gingen auch die jüngeren Kinder meiner

Eltern aus dem Haus. An Lichtmess 1932 begann Leni als Dirn bei einem Großbauern, Sepp trat im Jahr darauf in einer KFZ-Werkstatt als Lehrling ein, Hans machte ab 1934 eine Lehre als Werkzeugmacher. Nun war also nur noch ich zu Hause. Solange meine Geschwister daheim gewesen waren, hatte ich mich vor so mancher Arbeit drücken können. Gewiss, nach dem Unterricht hatte ich der Mutter im Haus und im Garten helfen müssen. Das waren aber Tätigkeiten, die mir gefielen, besonders wenn sie mich wegen meiner Geschicklichkeit lobte. Nun musste ich aber auch aufs Feld und in den Stall.

Die Feldarbeiten waren noch erträglich, zum Beispiel bei der Heuernte helfen, für das Getreide Garben binden und im Herbst Kartoffeln lesen. Die Arbeiten im Stall machten mir aber nicht den geringsten Spaß. Kühe und Schweine waren nicht so mein Ding. Allein der Geruch war mir zuwider, abgesehen von den ungeliebten Tätigkeiten wie Melken, Füttern, Ausmisten, weil man sich dabei schmutzig machte. Die Kühe waren mir gar unheimlich. Wie böswillig sie mich schon anglotzten! Ihre spitzen Hörner machten mir Angst, und auch vor ihren tretfreudigen Klauen hatte ich großen Respekt. Eine Kuh hatte mir nämlich mal einen solchen Tritt versetzt, dass ich mit dem halbvollen Milcheimer vom Schemel gefallen war.

Dass ich die Zeit, die ich als »Einzelkind« auf dem Hof verbrachte, dennoch genoss, lag daran, dass ich mit der Mutter viel allein war. Denn der Vater, wenn er nicht gerade auf dem Feld war, betätigte sich weiterhin gelegentlich als Zimmerer. Dies waren meine schönsten Jahre, denn zwischen der Mutter und mir entwickelte sich ein inniges Verhältnis. Vor allem die Winterabende gehörten ganz uns. Papa ging nämlich immer früh zu Bett, weil er äußerst ruhebedürftig war. Es schien, als habe er vom Krieg doch mehr zurückbehalten als nur die Verwundung am Bein. Welche Schäden der Krieg im Inneren der Menschen angerichtet hatte, war ja nicht sichtbar.

Beim Schein der Petroleumlampe brachte mir die Mutter Häkeln und Stricken bei sowie Stopfen und Sticken. Das Schönste dabei war, dass sie mir immer aus ihrer Kindheit erzählte, aus der Zeit, wie sie zu diesem Anwesen gekommen waren, von ihren ersten Ehejahren, von ihren Schwangerschaften und ihren Geburten.

Meine beiderseitigen Großeltern kannte ich kaum, weil sie so weit weg wohnten, nämlich 23 beziehungsweise 25 Kilometer. Aus heutiger Sicht eine lächerliche Entfernung, doch damals, als es noch keine öffentliche Verkehrsanbindung gab und man kein eigenes Fahrzeug besaß – noch nicht mal ein Fahrrad – hätte man die Wege zu Fuß zurücklegen müssen. Dazu fehlte einem einfach die Zeit.

Ab 1936 lebte mein großer Bruder wieder bei uns. Nachdem er sich einige Jahre den Wind hatte um die Ohren wehen lassen, hatte der Vater ihn zurückbeordert, damit er ihm die schweren Arbeiten abnehme, denn es ging ihm nicht so gut. An manchen Abenden, wenn Mutter und ich in der Stube miteinander handarbeiteten und ratschten, saßen Vater und Sohn in der Küche einträchtig zusammen, wo Vater Kasper dem Sohn Kasper gewiss einige Lebensweisheiten mit auf den Weg gab. Gleichzeitig regten sie dabei ihre Hände. Sie reparierten Rechen, Säcke und Körbe.

Die Sonntagabende verbrachten wir dann meist zu viert in der Stube. Dort ruhten wir wirklich von der Last der Woche aus, indem wir miteinander spielten. Mal war es »Mensch ärgere dich nicht«, mal war es ein Kartenspiel.

Inzwischen war die Schulpflicht auf acht Jahre verlängert worden. Dennoch rückte auch für mich unaufhaltsam das Ende der Schulzeit heran, und es erhob sich die Frage, was ich danach arbeiten sollte. Wie meine Schwestern sollte ich natürlich auch zu einem Großbauern in Dienst gehen. Gegen dieses Ansinnen meiner Eltern setzte ich mich heftig zur Wehr: »Nein, Bauernarbeit mache ich nicht. Es muss doch auch noch etwas anderes geben.«

»Freilich gibt es noch was anderes«, gaben die Eltern zu. »Aber nicht bei uns. Da müsstest du in die Stadt gehen. Aber so jung, wie du bist, können wir das nicht verantworten.«

Schließlich hatte ich meine Eltern so weit, dass sie mir noch ein Jahr daheim zugestanden. Zwar musste ich weiterhin landwirtschaftliche Arbeiten verrichten, aber meine Eltern waren nicht so streng mit mir, wie es vielleicht ein fremder Dienstherr gewesen wäre. Vor allem aber blieb ich weiterhin mit meiner geliebten Mutter zusammen und konnte die Feierabende mit ihr genießen. Für sie war es ebenfalls eine Freude, mich den ganzen Tag um sich zu haben. Dieses schöne Jahr näherte sich aber schneller seinem Ende, als ich erwartet hatte. Deshalb überlegte ich, wie ich meine Eltern dazu bringen könnte, mir noch ein weiteres Jahr »Freiheit« zu gönnen. Mein Jahr im Elternhaus war noch nicht ganz herum, da erledigte sich mein

Problem von selbst. Im Jahre 1938 führte man das Pflichtjahr für Mädchen ein, das alle ledigen weiblichen Personen zwischen 14 und 25 Jahren ableisten mussten. Man hatte lediglich die Wahl zwischen einem kinderreichen Stadthaushalt und einem Bauernhof. Prima, dachte ich, dann kannst du das Pflichtjahr gleich daheim machen. Aber so ein Gütl wie das unsere, so belehrte man uns amtlicherseits bald, galt nicht. Wenn, dann musste es schon ein stattlicher Hof sein, mit viel Land und einem großen Viehbestand, auf dem man als Pflichtjahrmädchen eingesetzt werden konnte.

Deshalb tendierte ich mehr zu einem Pflichtjahr in der Stadt, wozu mir die Eltern jedoch die Erlaubnis verweigert hätten. Bevor es zu einer Auseinandersetzung kommen konnte, redete mir die Mutter die Sache in ihrer gütigen Art aus: »Aber Dirnei, dann bist ja so weit von uns weg. Dann hast du womöglich eine hochnäsige gnädige Frau, die dich von morgens bis abends schikaniert. Vielleicht ist da ein Stall frecher Kinder, die dich den ganzen Tag tratzen (ärgern), abgesehen von den Gefahren, die in der Stadt lauern. Dabei denke ich noch nicht mal an die Autos, die herumsausen und dich überfahren könnten, wenn du auf den Markt oder in ein Geschäft zum Einkaufen gehst. Vielmehr denke ich an die moralischen Gefahren. In der Stadt gibt es Sittenstrolche, die junge Mädchen verschleppen, vergewaltigen und umbringen.«

In meiner lebhaften Fantasie malte ich mir solche Szenen aus und nahm freiwillig Abstand von der Idee, in einem Stadthaushalt eingesetzt zu werden. Mein Vater gab bei der Behörde also an, dass ich bereit wäre, auf einen Bauernhof zu gehen.

Im Pflichtjahr

Am 1. April 1939 morgens kurz vor 8 Uhr marschierten mein Vater und ich los in Richtung Hamersdorf bei Walpertskirchen. Dort sollte ich mein Pflichtjahr auf einem Einödhof verbringen. Für die etwa zehn Kilometer benötigten wir drei Stunden. Zunächst kam ich aus dem Staunen nicht heraus. Das war vielleicht ein Hof! So etwas hatte ich noch nie gesehen. Das Wohnhaus, hoch und breit und weiß gestrichen, leuchtete in der Sonne. In einigem Abstand davon befanden sich die Wirtschaftsgebäude, ebenfalls riesig für meine Begriffe, ebenfalls strahlend weiß gekalkt. Bei uns dagegen war alles grau in grau. Im Vergleich zu unserem Gütl erschien mir das geradezu als Gut. Doch das war es nicht, wie mich Sofie, die Bäuerin, bald belehrte. Das sei nur ein einfacher Bauernhof. Ein Gut habe ganz andere Ausmaße, einen größeren Viehbestand, einen umfangreicheren Landbesitz und wesentlich mehr Personal. Sie hätten nur 25 Milchkühe, 15 Stück Jungvieh, zwanzig Schweine, vier Pferde, drei Dutzend Hühner und fünfzig Gänse. Dazu gäbe es noch sechs Puten mit einem Truthahn, der seine kleine Schar stets stolz anführe. Damit hatte sie mir gleich verraten, mit wie viel Viehzeug ich es zu tun haben würde. Wie viele Hektar Land sie besaßen, das band sie mir allerdings nicht auf die Nase und es war für meine zukünftige Arbeit auch nicht wichtig.

Wenig später versammelten wir uns um den riesigen rechteckigen Tisch, der die halbe Küche einnahm. Die Hausherrin, sie mochte Ende zwanzig sein, nötigte meinen Vater dazu, zum Essen zu bleiben: »Du hast noch einen weiten Heimweg vor dir, deshalb musst du dich stärken.«

Bevor das Mahl begann, zählte ich heimlich, wie viele Personen da zusammenströmten, und kam auf 14. Außer der Bäuerin waren das ihr Mann Anton, ein großer, freundlicher Mensch mit vollem, braunem Haar, Mitte dreißig, sowie seine Eltern, unschwer als solche zu erkennen. Der Jungbauer ähnelte dem Altbauern wie aus dem Gesicht geschnitten. Der Alte hatte das gleiche volle Haar, das noch ebenso braun war wie das des Sohnes. Das Blondhaar der Altbäuerin dagegen war schon von zahlreichen Silberfäden durchzogen. Beide schätzte ich auf Mitte sechzig. Dann waren da noch die beiden Kinder des jungen Paares. Klein-Anton, der Stammhalter, zählte vier Lenze, und Klein-Sofie war zwei. Die Kinder machten einen wohlerzogenen Eindruck. Es gab einen Rossknecht, einen Schweineknecht, einen Großknecht, eine Kuhdirn, eine Küchendirn und eine Hausdirn. Neben mir gab es noch ein zweites Pflichtjahrmädchen.

Nach dem Essen bedankte sich mein Vater bei der Jungbäuerin und wechselte noch das eine oder andere Wort mit ihr. Danach machte er ein sehr zufriedenes Gesicht und verabschiedete sich von mir, wobei er mich ermahnte, brav und fleißig zu sein. Dann trat er den Heimweg an.

Brigitte, das andere Mädchen im Pflichtjahr, war bereits einen Tag vor mir angereist und hatte sich für die Rolle der Kindsmagd entschieden. Für mich blieb also nur die Stelle als Geflügelmagd. Das war mir auch recht, Hauptsache ich brauchte nicht in den Kuhstall.

Da man aber weder mit den Kindern noch mit dem Geflügel den ganzen Tag über ausgelastet war, mussten wir beide überall dort einspringen, wo gerade jemand gebraucht wurde, egal ob beim Waschen, beim Bügeln, beim Rübenhacken oder bei der Heuernte. Jede von uns bekam im Monat zehn Mark Lohn. Das war sehr großzügig, wie ich zu Weihnachten bei meinem Besuch daheim erfuhr. Nach der Christmette hatte mir eine ehemalige Mitschülerin anvertraut, dass sie nur fünf Mark im Monat bekomme und auch noch wesentlich schwerer arbeiten musste als ich. Von anderen Mitschülerinnen wusste sie zu berichten, dass diese ebenfalls nur fünf Mark Monatslohn bekamen.

Brigitte war ein Stadtmädchen. Sie kam aus Wasserburg, und ihr Vater war ein Kaufmann. Was die Landwirtschaft anging, so hatte sie von Tuten und Blasen keine Ahnung. Sie hatte auch nicht das geringste Interesse daran, etwas in dieser Richtung zu lernen. Trotzdem verstanden wir uns gut. Sie erfuhr viel über mich und ich über sie. Am Sonntagnachmittag, wenn wir beide frei hatten, machten wir lange Spaziergänge miteinander und erkundeten die Umgebung.

Als Herrin über das Federvieh gehörte es zu meinen Aufgaben, morgens die Ställe zu öffnen und die Tiere hinauszulassen. Mit Putt, Putt, Putt streute ich den Hühnern und Puten ihre Körner hin. Diese hätten sie gewiss auch ohne meine Aufmunterung aufgepickt. Mit meinen Putt-Rufen kam ich mir aber wichtiger vor.

Die Gänse marschierten, sobald der Stall geöffnet war, zielstrebig und schnatternd zum nahe gelegenen Weiher, wo sie sich den ganzen Tag amüsierten.

Danach wurde ich meist in der Küche eingesetzt. Das Pflichtjahr war ja nicht nur deshalb ins Leben gerufen worden, damit die Hausfrauen eine Hilfe hatten, sondern auch, damit die Mädchen Kochen und Haushaltsführung lernten, um später tüchtige Hausfrauen zu werden. In diesem Hause kochte die Bäuerin selbst. Da von allen Lebensmitteln reichlich vorhanden war, kochte sie gehaltvolle und wohlschmeckende Speisen. Das war schon ein enormer Unterschied zu der spärlichen Küche, die ich von daheim gewohnt war. Nicht zuletzt deshalb gefiel es mir so gut auf diesem Hof. Es gefiel mir auch sonst, weil die Bauersleute ausgesprochen nett waren und ihre Angestellten ebenfalls.

Am Spätnachmittag musste ich die Eier aus den Hühnernestern sammeln und sie in der geräumigen Speisekammer in ein Regal einordnen. Dies war mir von allen Arbeiten die angenehmste, die unangenehmste dagegen war das Ausmisten. Das musste halt jede Woche ein Mal sein. Alle Geflügelställe mussten sorgfältig gereinigt werden, damit sich keine Krankheitskeime ausbreiten konnten.

Vor Einbruch der Dunkelheit musste ich meine Tiere – sofern sie nicht schon freiwillig zurückgekehrt waren – in ihre Ställe treiben und diese dann sorgfältig verschließen, damit der Fuchs nicht hineinkam. Einmal aber, ich lebte bereits ein halbes Jahr auf dem Hof, hatte ich vergessen, die Puten in den Stall zu scheuchen, vermutlich, weil ich sie nirgends gesehen hatte. Beim Nachtessen fiel mir das plötzlich ein. Also sauste ich aus dem Haus und suchte den ganzen Hof ab mit verzweifelten Putt-Putt-Rufen. Im Stadl suchte ich ebenfalls, schaute in alle Ställe, hinter jeden Busch und jeden Strauch. Nirgends waren die Biester zu entdecken, sie waren wie vom Erdboden verschluckt. Als es zu dunkel wurde, gab ich die Suche auf, in der Hoffnung, dass sie am nächsten Morgen wieder auftauchen würden. Noch bevor ich zu Bett ging, musste ich meiner Bäuerin das Versäumnis eingestehen.

»Die werden sich in den Wald verzogen haben«, vermutete sie. »Die Urahnen der Puten stammen aus Mexiko und leben im Wald. Zum Schutz vor Raubtieren verbringen sie die Nächte auf Bäumen.«

In mir keimte etwas Hoffnung auf. Der Wald, der zum Hof gehörte, lag nur wenige Minuten vom Haus entfernt. Also schlief ich einigermaßen beruhigt ein. Am folgenden Morgen war ich schon früher als sonst auf dem Hühnerhof und blickte mich suchend um. Plötzlich entdeckte ich einige dunkle Punkte, die vom Wald her auf das Haus zuzukommen schienen. Sie wurden zusehends größer und waren bald als Puten und Puter auszumachen. Leider waren es aber nur vier Tiere, die am Hof eintrafen. So sehr ich meine Augen auch anstrengte, es wurden nicht mehr.

»Die anderen hat bestimmt der Fuchs gefressen«, stellte die Bäuerin lapidar fest, als ich ihr vom Eintreffen von nur vier Putentieren berichtete. Diese Befürchtung hegte ich auch. Der Fuchs muss unsere armen Puten erwischt haben, noch bevor sie sich auf einem Baum in Sicherheit bringen konnten. Doch so viele Tiere konnte er nicht allein verspeist haben.

Wahrscheinlich hatte sich eine ganze Fuchsfamilie über die reichhaltige Mahlzeit gefreut. Das war doch mal was anderes als immer nur Mäuse.

Vielleicht aber, dachte ich wider alle Vernunft, halten sich die anderen Puten noch im Wald auf, weil es ihnen dort so gut gefällt. In der Hoffnung, sie dort lebend zu finden, schlich ich am Nachmittag in den Wald. Dass nichts mehr zu machen war, wurde mir schnell klar, denn gleich am Waldrand entdeckte ich eine Menge schwarzer Federn.

Zur Strafe, weil ich die Puten nicht rechtzeitig in den Stall geführt hatte, und für den Verlust, den der Hof dadurch erlitten hatte, zahlte mir Sofie drei Monate lang keinen Lohn. Das war hart für mich und warf meinen Plan gehörig zurück. Seit ich auf dem Hof war, hatte ich nämlich eisern gespart in der Absicht, mir bald ein eigenes Fahrrad kaufen zu können. Auf dem Hof gab es zwei davon, ein Herrenrad und ein Damenrad. Diese wurden von den Dienstboten benutzt, wenn sie im Dorf etwas erledigen mussten. Damit ich auch in der Lage war, ins Dorf zu radeln, brachte mir der Schweineknecht das Radfahren bei. Das war eine feine Sache. Mit dem Radl kam man schnell und mit wenig Mühe von einem Ort zum anderen.

Im Übrigen war mir die Bäuerin eine gute Lehrmeisterin. Wie man Hühner füttert und deren Ställe ausmistet, hatte ich bereits daheim gelernt. Von ihr lernte ich aber auch Hühner zu schlachten, und zwar so, dass sie einem nicht noch kopflos davonflatterten. Ich lernte sie zu rupfen, sie fachgerecht auszunehmen und eine leckere Suppe davon zu kochen oder – die jungen Hähnchen – knusprig zu braten. Über Truthühner erfuhr ich ebenfalls eine Menge. Wie normale Hühner legen sie zwar auch das ganze Jahr über Eier, aber wesentlich weniger. Wenn es eine Pute im Jahr auf zwanzig Eier bringt, ist das schon viel. Man hält sie also nicht wegen der Eier, sondern wegen ihres schmackhaften Fleisches. Zu Weihnachten landeten immer zwei Puten in der eigenen Bratröhre und die eine oder andere in der eines guten Kunden. Die wenigen Eier, die sie legten, wurden in einem Extra-Korb aufbewahrt, bis man genug zum Brüten zusammen hatte. Von Sofie lernte ich, woran man erkennt, dass ein Truthuhn brutwillig ist. Dann richtete ich ihr ein Brutnest her und legte ihr zehn bis zwölf Eier unter. Nach 28 Tagen schlüpften die Küken, meist nur sieben oder acht, und selbst diese brachte man nicht alle durch. Putennachwuchs ist äußerst empfindlich.

Sofie führte mich auch in die Geheimnisse der »gehobenen« Küche ein. Vor ihrer Heirat hatte sie nämlich eine Haushaltungsschule besucht. Von ihr lernte ich die verschiedensten Koch- und Backrezepte kennen und schrieb sie fleißig in ein Heft, das sie mir eigens dazu geschenkt hatte. Ich erfuhr, wie man Obst und Gemüse auf verschiedene Weise haltbar macht, Fleisch einweckt, ja sogar, wie man Wurst herstellt. Wäschepflege fehlte auch nicht im Programm.

Ab Juli 1939 hatte ich meinen ersten Verehrer. Es war Giselher, ein Schüler aus dem Rheinland. Wie er mir stolz berichtete, stammte er aus der Nibelungenstadt Worms. Seine beiden älteren Brüder trugen die Namen Gunther und Gernot. Seine Eltern hatten für ihre drei Buben die Namen der Helden aus der Sage ausgewählt, die sich um diese Stadt rankte. Giselhers

Eltern mussten recht wohlhabend gewesen sein, weil sie es sich leisten konnten, ihren Jüngsten als Feriengast auf diesen Hof zu schicken. Nach einer überstandenen Krankheit sollte der 17-jährige blasse Jüngling in der frischen Landluft und bei gutem Essen wieder zu Kräften kommen und rote Wangen kriegen. Zunächst verteilte Giselher seine Gunst gleichermaßen auf die Kindsmagd und auf mich. Mit meinen 16 Jahren war ich aber für Liebesschwüre noch nicht empfänglich. Der verliebte Bursche hätte jedoch am liebsten den ganzen Tag mit mir verbracht und bedauerte es sehr, dass ich immer wieder zu Arbeiten eingespannt wurde. Um sich die Zeit zu vertreiben, spazierte er täglich in den Wald und kam mit kleinen Geschenken für mich zurück. Mal hatte er ein Weidenpfeifchen geschnitzt, mal war es eine Handvoll wilder Erdbeeren, die er auf einem großen Blatt zu mir transportierte, mal waren es Himbeeren oder blauweiße Federn von einem Eichelhäher. Mir war es peinlich, die kleinen Gaben anzunehmen. Doch noch peinlicher wäre es gewesen, ihn vor den Kopf zu stoßen, indem ich sie ablehnte.

Eines Tages tat er etwas, das mich arg in Verlegenheit brachte. Die Hausfrau stellte mich zur Rede, weil ihr aufgefallen war, dass am Abend weniger Eier ins Regal eingeordnet waren als üblich. »Den dritten Abend beobachte ich das nun schon. Beim ersten Mal dachte ich, das kann ja schon mal vorkommen, dass die Hühner weniger legen. Aber jetzt glaube ich nicht mehr daran.«

»Darüber habe ich mich auch schon gewundert, dass die Eier weniger werden«, erklärte ich dazu.

»Tu nicht so scheinheilig! Gib zu, dass du die Eier beiseite geschafft hast.«

»Warum sollte ich das tun? Bei euch bekomme ich doch satt zu essen, sodass ich es nicht nötig habe, mir zusätzlich etwas zu beschaffen.«

Sie glaubte mir aber nicht, das sah ich ihr an. Der Makel blieb also an mir hängen und ich befürchtete, sie würde mir wieder was vom Lohn abziehen. Also musste ich den Eierdieb ausfindig machen. Von den Dienstboten kam eigentlich niemand infrage, die waren den ganzen Tag über beschäftigt. Es musste jemand sein, der Zeit hatte. Die Kinder waren noch zu klein, um in die Nester langen zu können, außerdem wurden sie ständig vom Kindermädchen überwacht. Ob sie es vielleicht war? Nein, ausgeschlossen. Am Nachmittag hätte sie sich nicht in den Stall begeben können, weil sie die Kinder am Rockzipfel hatte, und die Kleinen waren bereits in dem Alter, in dem sie sie verpetzt hätten.

Ob sich vielleicht ein Marder an den Nestern bediente? Als ich nach dem Gespräch mit der Bäuerin am Abend meine Eier einsammelte, fand ich in der Nähe des Hühnerstalles drei leere Eier, von denen jedes oben und unten ein Loch aufwies. Offensichtlich waren sie ausgetrunken worden. So etwas machte bestimmt kein Marder.

Plötzlich stieg siedend heiß ein Verdacht in mir auf. Giselher! Der hatte doch den ganzen Tag nichts zu tun und lungerte nur herum. Aber wie sollte ich ihn überführen? Die Zeit, um mich am Nachmittag auf die Lauer zu legen, hatte ich nicht. Die ausgetrunkenen Eier legte ich als Beweisstücke oben in meinen Eierkorb. In der Speisekammer versteckte ich sie so, dass niemand sie finden konnte. Ausgeblasene Eier allein genügen aber nicht, um einen Täter zu überführen, die konnten von jedem stammen, nur nicht vom Marder. Spontan kam mir eine Idee. Während noch alle beim Nachtessen saßen, verließ ich kurz die Küche, um mir die Schuhe unseres Feriengastes anzuschauen. Es war nämlich Sitte, dass jeder, bevor er zu Tisch ging, seine Stall- oder Straßenschuhe im Hausgang ins Regal stellte. Nach dem Nachtmahl musste dann entweder ich oder die Brigitte die Schuhe putzen. Eine Woche lang war sie dran, in der nächsten Woche ich. Unter den Schuhen meines Verehrers klebte eindeutig Hühnermist, und es gab nur eine Möglichkeit, wie der dorthin gelangt sein konnte. An diesem Abend hatte die Kindsmagd Schuhputzdienst. Bevor sie mit ihrer Arbeit begann, brachte ich die Beweisstücke eilig auf mein Zimmer, das ich mir mit Brigitte teilte, und schob sie weit hinten unter mein Bett. Dann gesellte ich mich wieder zur »Tischrunde«, als ob nichts gewesen wäre.

»Wieso riecht es hier nach Hühnerkacke?«, fragte mich meine Zimmergenossin naserümpfend, als wir uns zu Bett begaben. »Hast du dich nach deiner anrüchigen Arbeit vielleicht nicht richtig gewaschen?«

Indem ich schnupperte, tat ich scheinheilig: »Ich weiß nicht, was du hast, ich rieche nichts.« Trotz des unangenehmen Geruchs waren wir bald ins Land der Träume hinübergeglitten.

Anderntags, als nach dem Frühstück alle in ihre frisch geputzten Schuhe schlüpften, stand Giselher unschlüssig dabei. Schließlich fragte er: »Hat vielleicht jemand versehentlich meine Schuhe angezogen?«

Der Rossknecht lachte: »Meinst vielleicht, wir mit unseren groben Landfüßen passen in deine zierlichen Stadtschühchen?«

Die Küchenmagd kicherte: »Wir Madln können mit deinen Schuhen auch nichts anfangen. Den Knechten mögen sie zu klein sein, für uns aber sind sie zu groß.«

»Wahrscheinlich hast du sie gestern Abend nicht hier abgestellt?«, vermutete eine andere, während ich still in mich hineingrinste. In Gegenwart der Dienstboten wollte ich kein Aufheben machen, deshalb hielt ich den Mund. Missgelaunt begab sich der Jüngling auf sein Zimmer und kam mit einem anderen Paar Schuhe herunter. Das war für mich der Zeitpunkt, ein ernstes Wörtchen mit ihm zu reden. Mit meinen Beweisen in der Hinterhand sagte ich ihm auf den Kopf zu: »Warum trinkst du heimlich Eier aus? Kriegst du hier vielleicht nicht genug zu essen?«

Sogleich bekam er einen puterroten Kopf. Da war es für mich eindeutig, dass ich ins Schwarze getroffen hatte. Doch er stammelte: »Ich? Nein! Wie kommst du denn darauf?«

»Du brauchst gar nicht zu leugnen. Mir liegen eindeutige Beweise vor.«

»Was sollen denn das für Beweise sein?«

»Gestern Abend fand ich drei ausgetrunkene Eier. Wenn du dich schon als Eierdieb betätigst, solltest du wenigstens so gescheit sein, die Schalen nicht herumliegen zu lassen.«

»Wieso sollen die von mir sein?«, gab er noch immer nicht klein bei. »Die kann genauso gut jeder andere neben dem Hühnerstall verloren haben.«

»Aha, ein weiterer Beweis, dass du der Täter bist. Wie sonst solltest du wissen, wo ich sie gefunden habe?«

»Das beweist gar nichts! Das war lediglich eine Vermutung von mir, dass sie neben dem Hühnerstall lagen.«

»Gut, dann wollen wir diese Beweise nicht gelten lassen«, spielte ich die Großzügige und fuhr in meinem Verhör fort: »Wie aber willst du mir erklären, dass Hühnerkacke unter deinen Schuhen klebt?«

In dem Moment sah er sich überführt: »Also gut, ich bekenne mich schuldig. Du bist ja der reinste Sherlock Holmes.«

»Wer ist denn das?«

»Das ist der erfolgreiche Detektiv aus den Romanen eines berühmten englischen Schriftstellers, der die schwierigsten Kriminalfälle löst.«

»Aha!«, antwortete ich nachdenklich. Seine Äußerung brachte mich auf eine Idee: »Vielleicht könnte ich Detektiv werden. Mir ist eh noch nicht klar, welchen Beruf ich wählen soll.«

Giselher lachte schallend auf: »Ein Mädchen als Detektiv? So etwas gibt es nicht.«

»Dann eben nicht. Aber du musst zugeben, dass ich diesen Fall einwandfrei gelöst habe.«

»Das hast du. Du warst es also, die meine Schuhe genommen hat?«

Mit triumphierendem Lächeln gab ich das zu, bombardierte ihn aber mit weiteren Fragen: »Warum schleichst du dich ins Hühnerhaus? Warum trinkst du heimlich Eier aus? Musst du hier Hunger leiden?«

Verlegen lächelnd antwortete er: »Vor einiger Zeit habe ich gelesen, dass rohe Eier die Manneskraft stärken.«

»Ach, wozu willst du die stärken? Im ganzen Haus wüsste ich keine, der etwas daran gelegen wäre, und mir am allerwenigsten.«

Unbeirrt erklärte er weiter: »Die ersten drei Eier habe ich getrunken, um das auszuprobieren.«

»Und, hat es gewirkt?«

»Zu meiner Enttäuschung leider nicht. Inzwischen war ich aber auf den Geschmack gekommen, deshalb habe ich mich weiterhin an der Eiertheke bedient.«

»Hast du dir keine Gedanken darüber gemacht, dass das auffallen könnte?«

»I wo! Die braven Hennen legen doch so viele Eier, da habe ich gedacht, die Bäuerin wird es schon nicht merken, wenn einige fehlen«, erklärte er leichthin.

»Ihr ist es aber aufgefallen.«

»Ach was, die soll nicht so kleinlich sein. Als ob es auf die paar Eier ankommt!«

»War dir nicht bewusst, dass du Diebstahl begehst?«

»Keineswegs. Mein Vater zahlt genug für meinen Aufenthalt. Da sind die paar Eier leicht drin.«

»Du magst das so sehen. Doch anständiger wäre es gewesen, wenn du die Sofie um ein paar Eier gebeten hättest. Sie hätte sie dir gewiss gerne gegeben.«

»Darin sehe ich keinen Unterschied. Es ist egal, ob sie mir die Eier gibt oder ob ich sie mir selbst nehme.«

Nun hielt ich es für nötig, ihn zu belehren: »Doch, darin besteht ein bedeutender Unterschied. Die

Bäuerin wusste ja nicht, wer die Eier genommen hat. Deshalb hat sie mich verdächtigt, eine Eierdiebin zu sein.«

»O, das tut mir leid. Auf die Idee, dass sie dich im Verdacht haben könnte, kam ich gar nicht. Hast du deshalb etwa Schwierigkeiten gekriegt?«

»Und ob! Sie hat mich ganz offen des Eierdiebstahls bezichtigt. Seitdem sieht sie mich misstrauisch an, und ich fürchte, sie wird mir am Ende des Monats meinen Lohn kürzen, um sich schadlos zu halten.«

Zerknirscht fragte er: »Was kann ich tun, damit sie ihre Meinung ändert?«

»Auf der Stelle gehst du zu ihr und gestehst, dass du der Täter bist. Nur damit kannst du mich reinwaschen. Danach gebe ich dir deine Schuhe zurück. Dann benötige ich sie ja nicht mehr als Beweisstücke.«

Bei der Bäuerin muss er umgehend ein ausführliches Geständnis abgelegt haben. Denn bei unserer nächsten Begegnung zwinkerte sie mir zu: »Da warst du ja ganz schön gescheit!«

Ende Juli schlug die Abschiedsstunde für unseren Feriengast. Bevor der Bauer ihn zur Bahn brachte, überreichte Giselher mir einen selbstgepflückten Feldblumenstrauß und raunte mir zu: »Der Abschied von dir fällt mir sehr schwer. Aber sobald ich daheim bin, werde ich dir schreiben.«

»Die Mühe kannst du dir sparen, ich kann nämlich nicht lesen.«

»Haha! Wieso habe ich dich dann manchmal in einen Roman vertieft in einer Ecke angetroffen?«

»Gut beobachtet, Sherlock Holmes!«, lobte ich ihn. Die Herrin hatte mir tatsächlich erlaubt, mich in meiner Freizeit an ihrem Bücherschrank zu bedienen. Dafür, dass sie eine Bäuerin war, war er beachtlich bestückt.

Für die Blumen bedankte ich mich artig bei meinem Ritter und gab sie in eine Vase. Diese stellte ich aber nicht in meine Kammer, sondern mitten auf den Küchentisch, damit sich alle daran erfreuen konnten.

Als in den folgenden Wochen kein Brief von meinem Verehrer eintraf, war ich doch einigermaßen enttäuscht. So sind halt die Mannsbilder, dachte ich, machen einem die tollsten Versprechungen und dann vergessen sie einen nach dem Motto: Aus den Augen, aus dem Sinn. Doch bald schon hatte ich ihn ebenfalls vergessen.

Am 1. September 1939 trat ein Ereignis ein, das viele Millionen Menschen ins Verderben stürzen sollte. Der Krieg, der an diesem Tag in Polen, weit weg von uns, angefangen hatte, erschütterte auch bald unsere kleine Hausgemeinschaft. Bereits nach wenigen Wochen wurde nicht nur der junge Bauer eingezogen, sondern auch sein Rossknecht und sein Schweineknecht. Nur Albert, der Großknecht, durfte bleiben, weil er für den Kriegseinsatz schon zu alt war. Vor seinem Abmarsch legte der Jungbauer die volle Verantwortung in Alberts Hände. Fortan war es seine Aufgabe, die Arbeit einzuteilen und darüber zu wachen, dass der Betrieb reibungslos lief. Das war aber nicht einfach mit nur zwei Männern auf dem Hof, die zudem nicht mehr die Jüngsten waren. Der Großknecht selbst hatte die Fünfzig längst überschritten, und der Altbauer ging stark auf die Siebzig zu. Deshalb sprach

Albert bald bei der Ortskommandantur vor und stellte einen Antrag auf männliche Hilfspersonen. Für die drei Männer, die man vom Hof abgezogen hatte, versprach man ihm drei polnische Zwangsarbeiter. Diese sollten aber nicht bei uns im Haus schlafen, sondern in einem Nebengebäude. Deshalb beauftragte mich die Jungbäuerin vor deren Ankunft, dort die Betten zu beziehen, die sich in zwei Kammern befanden, sowie die Böden und die Fenster zu putzen. Diesen Aufgaben kam ich bereitwillig nach, es waren ja keine ungewohnten Arbeiten, die sie von mir verlangte. Nachdem die Polen eingetroffen waren, gehörte es zu meinen täglichen Pflichten, ihre Betten zu machen, aufzuräumen, abzustauben und die Böden sauber zu halten. Einer von ihnen hatte wohl ein Auge auf mich geworfen und spitzgekriegt, wann ich diese Arbeiten zu erledigen pflegte. Deshalb ging er eines Tages nicht zur Arbeit. Welche Ausrede er dem Großknecht aufgetischt hatte, weiß ich nicht. Er versteckte sich unter seinem Bett und wartete, bis ich kam. Während ich seine Kissen aufschüttelte, kroch er plötzlich hervor und richtete sich in voller Größe vor mir auf. Einige Sekunden war ich starr vor Schreck. Diese nutzte er, um seine Arme um mich zu schlingen und mich zu küssen. Vielleicht wollte er auch mehr. Plötzlich löste sich meine Erstarrung und ich schlug ihm mit meiner freien Hand voll ins Gesicht. Verdutzt über meine Gegenwehr lockerte er seinen Griff etwas. Dadurch gelang es mir, mich aus seiner Umklammerung zu befreien und die Flucht zu ergreifen. Aufgeregt rannte ich zur Bäuerin und platzte heraus: »Im Nebengebäude werde ich keine Betten mehr machen!«

»Ja, warum denn nicht?«, fragte sie erstaunt.

Völlig außer Atem schilderte ich ihr, was vorgefallen war.

Sie reagierte völlig vernünftig: »Diesen Mann und auch die beiden anderen werden wir genau beobachten, damit solche Übergriffe nicht mehr vorkommen. Du machst die Zimmer nur noch, wenn wir sicher wissen, dass sie weit vom Haus entfernt beschäftigt sind.«

Ende Februar 1940 suchte die Herrin mit mir ein Gespräch unter vier Augen. »Ursula«, begann sie, »dein Pflichtjahr geht bald zu Ende. Hast du schon Ziele oder Pläne für die Zeit danach?«

»Nein«, musste ich gestehen. »Bis jetzt weiß ich immer noch nicht, was ich werden will. Ich weiß nur gewiss, was ich auf keinen Fall werden möchte, nämlich Bäuerin.«

»Das kann ich gar nicht verstehen, dass dir dieser Beruf so zuwider ist. Für mich selbst ist es der schönste Beruf, den es gibt.«

»Bei mir ist es gerade umgekehrt, ich kann mir keinen schrecklicheren Beruf vorstellen. Deshalb bin ich froh und dankbar, dass ich bei euch nicht in den Kuhstall musste.«

»Was ist denn an einem Kuhstall so schlimm?«, hakte sie nach.

»Kühe sind mir nicht geheuer. Nicht nur vor ihren langen, spitzen Hörnern habe ich Angst, sondern auch vor ihren Hufen, mit denen sie einem ganz schöne Tritte versetzen können.«

Sofie lachte: »Anscheinend hast du daheim schon Bekanntschaft damit gemacht.«

»Und ob! Mehr als einmal. Wenn eine schlecht gelaunt war, hat sie mich mitsamt dem halbvollen Milcheimer vom Schemel getreten.«

»Wenn ich dir verspreche, dass du auch weiterhin nicht in den Kuhstall musst, und wenn du also sonst noch nichts vorhast, würdest du dann ein weiteres Jahr bei uns bleiben? Du weißt ja, es ist Krieg, der verlangt uns allen viel ab. Deshalb wäre ich froh, wenn du bleiben würdest. Gewiss, mir würde ein neues Mädchen zugewiesen, das müsste ich aber erst mühsam anlernen. Wenn du bleibst, wäre das eine Erleichterung für mich.«

Für meine Antwort benötigte ich nur wenige Sekunden Bedenkzeit: »Warum eigentlich nicht? Mir gefällt es bei euch. Ihr seid alle sehr nett. Vielleicht kommt mir in diesem zusätzlichen Jahr endlich die Erleuchtung, welchen Beruf ich wählen soll. Bevor ich aber endgültig Ja sage, brauche ich die Zustimmung meiner Eltern.«

Diese bekam ich postwendend. Meine Mutter begrüßte es ausdrücklich, dass ich noch ein Jahr bleiben wollte. Brigitte aber würde uns Ende März verlassen. Ihr, dem Stadtmädchen, war es hier auf die Dauer zu ländlich. Außerdem – oder gerade deswegen – litt sie ständig unter Heimweh. Am 1. April trat an ihre Stelle ein neues Mädchen, die Doris aus Landshut, sie war 14 Jahre alt. Mit ihr verstand ich mich ebenfalls gut. Sie bezog das frei gewordene Bett in unserer Kammer. Von Brigitte übernahm sie die Aufgabe als Kindsmagd. Als solche war sie jedoch noch weniger ausgelastet als ihre Vorgängerin, denn die Kinder waren im Laufe des Jahres wesentlich selbstständiger geworden und bedurften nicht dauernd der Aufsicht. Deshalb wurde Doris auch im Kuhstall eingesetzt, was ihr ausgesprochen Spaß machte, obwohl sie ein Stadtmädchen war.

Wenig später kam ich dahinter, dass es in diesem Haus ein gefährliches Geheimnis gab. Eines Vormittags, ich war nichts ahnend damit beschäftigt, den Hühnerstall auszumisten, sah ich aus dem Augenwinkel, wie ein wildfremder Mann in gebückter Haltung vorbeischlich. Wenn der schleichen muss, dachte ich, hat der nichts Gutes vor. Mitten in der Arbeit hörte ich auf und begab mich zur Bäuerin, um sie zu warnen. Das hielt ich für meine Pflicht. Sie befand sich in der Küche und ich sprudelte heraus, was ich beobachtet hatte. Warnend legte sie mir den Finger auf den Mund, wobei sie sich ängstlich umschaute, und sagte: »Pst! Zum Glück sind wir allein. Sei ja still, dass dich niemand hört.«

Verdattert hielt ich den Mund. Alles andere hatte ich erwartet, aber nicht diese Reaktion. Mit weit aufgerissenen Augen starrte ich sie an. Deshalb sah sie sich genötigt, mich aufzuklären. Dieser Mann sei Jude, flüsterte sie mir zu. Sie hielten ihn schon seit längerer Zeit auf dem Hof versteckt. Wo sein Versteck war, verriet sie mir allerdings nicht. »Es ist besser, wenn du es nicht weißt. Vor allem aber musst du Stillschweigen bewahren. Wenn das rauskommt, dass wir hier einen Juden verstecken, sind wir alle dran. Dann kommen wir alle ins KZ und ich werde erschossen.«

Natürlich hielt ich mich streng an ihre Weisung und bewunderte im Stillen den Mut dieser jungen Frau.

Ohne erwähnenswerte weitere Vorkommnisse näherte sich auch mein zweites Pflichtjahr seinem Ende.

Weder von Sofie noch von meiner Seite wurde der Versuch gemacht, ein weiteres Jahr anzuhängen. Noch immer wütete der Krieg im Lande, der sich weiter ausdehnte. Die Zeiten waren nicht nur unsicher, sie waren gefährlich. Deshalb hielt ich es für besser, wenn ich nach Hause zurückkehrte. Meine Bäuerin sah das ebenso. Zudem hatte mich meine Mutter in einem Brief beschworen, heimzukommen. An meinem letzten Tag auf dem Hof zahlte mir Sofie nicht nur meinen Monatslohn, sie drückte mir zusätzlich einen Zehn-Mark-Schein in die Hand. »Weil du immer so fleißig warst – und verschwiegen.« Dabei zwinkerte sie mit einem Auge. Ohne weitere Worte wusste ich, was sie meinte. Dann zog sie einen Brief aus der Schürzentasche und las ihn mir vor. Es war ein glühender Liebesbrief von meinem Verehrer aus Worms. Überrascht fragte ich: »Wann ist denn der angekommen?«

»Schon wenige Tage nach Giselhers Abreise.«

»Warum hast du mir den nicht gleich gegeben?«

»Auf meinem Hof dulde ich keine Liebschaften!«

Diese Aussage befremdete mich, und das ließ ich sie auch wissen: »Nach seiner Abreise bestand doch keine Gefahr mehr. Die Liebschaft, wie du das nennst, war damit beendet. Außerdem hatte sie ohnehin nur einseitig bestanden.«

»Das war mir bekannt. Dennoch war meine Befürchtung, die Liebesschwüre deines Verehrers könnten dich aus dem seelischen Gleichgewicht bringen und du würdest fortan deine Gedanken nicht mehr bei der Arbeit haben.«

»Und warum zeigst du mir den Brief jetzt?«

»Weil ich dir zum Abschied eine Freude machen will. Ich denke, es freut dich, dass du einen so glühenden Verehrer gehabt hast.«

Das tat es tatsächlich. Schon griff ich nach dem Brief, um ihn an mich zu nehmen.

»Nein«, sagte Sofie und hielt ihn fest. »Nun kennst du seinen Inhalt. Auf deinem weiteren Lebensweg soll dich dieses Schreiben nicht belasten. Deshalb wollen wir es verbrennen.« Mit dem dafür vorgesehenen Haken hob sie die kleine Eisenplatte vom Herd und warf den Brief in die Flammen. Gierig züngelten sie nach dem ersten Liebesbrief meines Lebens. Darüber war ich noch nicht mal traurig.

Das Waldfest

Es war wirklich an der Zeit, dass ich heimkam und mir eine Lehrstelle suchte. Seit einigen Wochen schwebte mir genau vor, was ich werden wollte. Gleich nach meiner Heimkehr unterbreitete ich der Mutter meinen Berufswunsch. Meinem Vater ging es zu der Zeit so schlecht, dass ich ihn nicht damit behelligen wollte.

»Ja, bist du denn von allen guten Geistern verlassen?«, reagierte sie entsetzt. »Sekretärin willst du werden? Weißt du, was das bedeutet? Den ganzen Tag bist du in einem Büro eingesperrt. Viele Stunden sitzt du auf einem Stuhl und hast keine Bewegung, außer du musst mal aufs Klo. Stinklangweilig ist diese Arbeit außerdem.«

Dagegen zählte ich ihr die Vorzüge auf, die ich in einer Sekretärinnen-Tätigkeit sah: »Im Büro habe ich einen sauberen Arbeitsplatz. Mir klebt nach der Arbeit kein Mist an den Schuhen. Es gibt keinen Gestank. Mich attackieren keine Kühe. Mich umschwirren weder Fliegen noch Bremsen. Am Abend habe ich pünktlich frei. An Sonn- und Feiertagen muss ich nicht arbeiten und bekomme sogar einige Wochen Urlaub. All diese Vorteile bietet mir die Landwirtschaft nicht.«

»Ich verstehe die Welt nicht mehr«, seufzte meine arme Mutter. »Jetzt hatte ich gehofft, durch dein

Pflichtjahr auf einem Bauernhof würde in dir endlich die Liebe zum Landleben geweckt. Als du gar noch ein zweites Jahr angehängt hast, war ich überzeugt davon, dass du tatsächlich auf dem richtigen Weg bist. Und nun so was!«

»Glaub mir, Mama, der richtige Weg für mich ist, wenn ich das tue, wozu ich mich berufen fühle und was mir Spaß macht.«

»Nein, Dirnei, ich verstehe dich nicht. Wie kannst du nur auf so eine abwegige Idee kommen! Dein Vater und ich hatten keinen sehnlicheren Wunsch, als Bauer und Bäuerin zu werden. Dafür haben wir eine Menge an Entbehrungen und Mühen auf uns genommen. Deine Schwestern Maria und Anna sind glücklich, dass sie in einen Hof einheiraten konnten.«

»Maria und Anna mögen mit ihren Bauern glücklich sein. Aber das weiß ich ganz gewiss, ich werde nie einen Bauern heiraten.«

Meine Mutter führte noch weitere Beispiele an, um mich für die Landwirtschaft zu retten: »Dirnei, Dirnei, wie kann man bloß so eigensinnig sein! Schau, dein großer Bruder freut sich darauf, unseren Betrieb übernehmen zu können. Leni und Mich, die auf Bauernhöfen in Dienst sind, halten bereits fleißig Ausschau, ob sich nicht mal eine Einheirat bietet. Nur du bist aus der Art geschlagen. Wenn ich dich nicht hier in diesem Haus zur Welt gebracht hätte, würde ich denken, im Krankenhaus hätten sie dich vertauscht.«

Als sie endlich Luft holte, widersprach ich ihr: »Mama, das stimmt nicht ganz. In unserer Familie bin ich nicht die Einzige, die aus der Art geschlagen ist. Du vergisst, dass Hans eine Ausbildung als

KFZ-Mechaniker gemacht hat, weil er nicht länger Bauernknecht sein wollte. Und Sepp hat eine Lehre als Werkzeugmacher absolviert.«

»Ja, ja, du hast recht«, gab sie ungehalten zu. »Bei denen ist das was anderes. Das sind Mannsbilder. Die sollten das lernen, wozu sie sich berufen fühlen.«

»Und warum sollen Mädchen nicht auch das lernen dürfen, wozu sie sich berufen fühlen? Lass mich also meinen Weg gehen.«

»Gut, dann tu das in Gottes Namen. Ich sehe schon, eigenwillig, wie du bist, lässt du dich nicht davon abbringen. Aber wo sollen wir hier in der Einöde eine Lehrstelle für dich hernehmen?«

»Lass mich nur machen, Mama. Ich werde schon das Richtige finden.«

Bereits am folgenden Morgen machte ich mich gegen 8 Uhr mit meinen Ersparnissen auf den Weg nach Erding. Für den Weg von etwa 24 Kilometern würde ich gewiss sechs bis sieben Stunden brauchen, wenn ich rüstig ausschritt, und dann ziemlich kaputt in Erding ankommen. Doch ich kam wesentlich schneller an mein Ziel, ohne mich zu sehr anstrengen zu müssen. Neben mir hielt ein Fuhrwerk an, das mich ein Stück mitnahm. Für die letzten 10 Kilometer hatte ich gar das Glück, dass mich ein Bauer, der mit seiner Pferdekutsche auf dem Weg in die Kreisstadt war, aufsteigen ließ. Er wollte wissen, woher ich kam und wohin ich wollte. Nachdem ich ihm bereitwillig Auskunft gegeben hatte, meinte er: »Und dann willst du nachher den ganzen Weg heute noch zurücktippeln?«

»Wenn ich Glück habe, bleibt mir das erspart. In Erding will ich mir nämlich ein Fahrrad kaufen.«

»Das ist eine gute Idee. Mit dem wirst du schnell wieder zu Hause sein.«

Der nette Bauer setzte mich direkt vor dem Radlgeschäft ab. Das ersparte mir langes Suchen. Nach dem Kauf schwang ich mich stolz wie eine Königin auf mein Gefährt und fuhr damit zum Arbeitsamt. Dort trug ich meinen Berufswunsch vor. »Sekretärin möchtest du werden?«, wiederholte die Angestellte. »Dann wollen wir mal nachschauen.«

In einem Karteikasten schob sie einige Kärtchen nach vorne. Mit spitzen Fingern zog sie dann eines heraus. »Da hätten wir schon was für dich. Die Deutsche Reichsbahn sucht für den Erdinger Bahnhof einen weiblichen Bürolehrling.«

In derselben Stunde noch war ich am Bahnhof und stellte mich klopfenden Herzens beim Bürovorsteher vor. Zunächst wollte er mein Schulabschlusszeugnis sehen, das ich vorausschauend mitgebracht hatte. Zusätzlich verlangte er den Nachweis über mein Pflichtjahr. Auch damit konnte ich dienen. »Ah, du hast sogar zwei Pflichtjahre absolviert. Das spricht für deinen Arbeitseifer.«

Nun erläuterte er, welche Aufgaben auf mich zukommen würden. Dazu nickte ich nur, und schon war ich eingestellt. Beschwingt radelte ich nach Hause. Als ich meiner Mutter berichtete, dass ich eine Lehrstelle als Sekretärin bekommen hatte, kam sie aus dem Staunen nicht mehr heraus.

Am 2. Mai 1941 startete ich meine berufliche Laufbahn bei der Deutschen Reichsbahn. Dort fühlte ich mich ausgesprochen wohl. Die meisten Mitarbeiter waren nett zu mir, und mit den anderen kam ich auch zurecht. Von langweiliger Arbeit konnte keine Rede sein. Es war ein durchaus abwechslungsreicher Job, wie man das heute nennen würde. Nach und nach durchlief ich verschiedene Abteilungen. Es war keineswegs so, dass ich den ganzen Tag eingesperrt oder auf meinem Stuhl festgenagelt gewesen wäre. Besonders interessant fand ich es am Fahrkartenschalter, an dem ich vielen Menschen und auch einigen Leuten begegnete, die ich kannte. Sie waren erstaunt, mich hier anzutreffen. Der Fahrkartenverkauf war damals gar nicht so einfach. Hier musste man in Geografie ziemlich bewandert sein. Aus einem dicken Katalog suchte man den Zielort heraus und berechnete dann den Preis für die Fahrkarte.

Noch spannender fand ich meine Arbeit in der Güterabfertigung. Dort hatte man es weniger mit Menschen zu tun als mit Waren aller Art, für die Frachtbriefe ausgestellt werden mussten. Auch hier war anhand eines Katalogs zu berechnen, wie viel der Absender für den Transport seines Beförderungsgutes zu zahlen hatte. Am aufregendsten aber war meine Aufgabe in der Expressgutabteilung. Dass ich es bei meiner Bürotätigkeit auch mit Haustieren zu tun haben würde, hatte ich mir nicht träumen lassen. Doch hier hatte ich es mit ihnen auf angenehmere Weise zu tun als im heimischen Stall. Lebende Viecher verschiedener Art wurden als Expressgut versandt. Über meinen Schreibtisch »liefen« sowohl Tiere, die bei uns abgeschickt wurden, als auch solche, die bei uns ankamen. Für jedes Tier musste ein Frachtbrief erstellt werden. Damit ich die genaue Tierart eintragen konnte – die Größe des Tieres war schließlich ausschlaggebend für die Transportkosten – musste ich hinaus, um es mir anzuschauen. Um die anschließende Verladung brauchte ich mich zum Glück nicht zu kümmern. Das taten die männlichen Angestellten, vor allem der Lehrling, der im letzten Jahr aus der Schule entlassen worden war. Seinen Namen habe ich vergessen, weil er von uns allen nur »der Stift« genannt wurde.

Kamen lebende Tiere bei uns an, mussten sie umgehend zugestellt werden. Am Bahnhof hatten wir ja keine Möglichkeit, sie zu »lagern« und zu warten, bis ein Bauer sie abholte. Benachrichtigen konnten wir die Empfänger nicht, weil es auf den Höfen noch kein Telefon gab. Bei ankommenden Tieren musste ich den Frachtbrief kontrollieren, ob alles in Ordnung war. Die Zustellung der Tiere war Aufgabe des Stifts. Kam eine Kuh an, ein Kalb oder eine Ziege, führte er sie mit einem Strick am Halsband durch die Stadt bis zum entsprechenden Hof. Mit dieser Aufgabe war er oft stundenlang unterwegs. Das machte er aber gern, denn oft fiel für ihn auf dem Hof eine kräftige Brotzeit ab. Kam ein lebendes Schwein an, band man diesem die Haxen zusammen und wuchtete es auf eine Schubkarre. Diese quiekende Last schob der Stift munter vor sich hin pfeifend zum Ziel. Kam ein Käfig mit Hühnern, Gänsen oder Enten an, wurde auch dieser per Schubkarre zum Empfänger befördert.

An Lustbarkeiten gab es in meiner Jugend nicht viel. Und seit der Krieg wütete, gab es erst recht nichts mehr. Einmal im Jahr wurde der Jugend trotzdem ein Tanzvergnügen geboten, und zwar in Form eines Waldfestes, von dem alle Welt schwärmte. Noch bevor ich zu meinem Pflichtjahr aufgebrochen war, hatte ich davon gehört. Ein Bauer, dessen Hof am Waldrand lag, nicht allzu weit von Erding entfernt, veranstaltete jedes Jahr ein solches Fest. Ich verstand nicht ganz, warum er das tat. Vielleicht war es ihm in seiner Einöde zu langweilig und er wollte, dass wenigstens einmal im Jahr etwas los war. Womöglich war er auch ein Menschenfreund, der den jungen Leuten der Umgebung etwas bieten wollte. Wo sonst sollten junge Menschen zusammenkommen, die weit verstreut auf den Höfen wohnten? Tatsächlich hatte sich dieses Fest bald zu einer Art Heiratsmarkt entwickelt.

Zu dieser Zeit war mir jedoch noch nicht daran gelegen, auf dem Waldfest den Mann fürs Leben zu finden. Mir wäre es nur ums Tanzen, um die Musik und die Geselligkeit gegangen. Meine Kolleginnen vom Büro schwärmten ebenfalls von diesem Waldfest, sodass ich wild entschlossen war, das nächste zu besuchen.

Mir war klar, dass der Bauer für das Fest Eintritt verlangen würde, schließlich hatte er ordentliche Kosten. Tische und Bänke hatte er kaufen müssen, und die Fünf-Mann-Blaskapelle spielte auch nicht um Gotteslohn. Er hatte das Material für die Tanzbühne angeschafft, und es verursachte ihm jedes Jahr Kosten, sie aufbauen zu lassen. Gewiss, am Waldfest schenkte er Getränke aus, mit diesen war aber bei den jungen Leuten nicht viel Umsatz zu machen. Als mir eine Kollegin dann verriet, wie hoch der Eintrittspreis war, schreckte ich zurück. Nein, von meinem bescheidenen Lehrlingslohn wollte ich nicht leichtfertig eine so hohe Summe für ein kurzes Vergnügen ausgeben. Für mich hieß es, meine Pfennige zusammenzuhalten, weil ich mir dringend Kleidung kaufen wollte. Als Bürofräulein musste ich ja anständig angezogen sein. Also strich ich schweren Herzens das Waldfest von der Liste meiner Wünsche und redete mir ein: Dort werden vermutlich nur Bauernsöhne anzutreffen sein und an denen liegt mir eh nichts.

Am Montag nach dem Fest erfreute ich mich an dem, was mir meine Kolleginnen darüber berichteten.

Anfang März 1942 tauchte ein gutaussehender Bursche bei mir im Büro auf, der Mitte zwanzig sein mochte. Er kam in der Absicht, eine Kuh als Expressgut aufzugeben. »Bevor ich den Frachtbrief ausstelle, muss ich mir das liebe Tierchen aber erst anschauen«, erklärte ich ihm. Also begaben wir uns auf den Bahnhofsvorplatz, wo er das Tier »geparkt« hatte, indem er es an einem der dafür vorgesehenen Ringe angebunden hatte. Zu meiner Erleichterung war es ein braves Tier, sodass ich es sogar wagte, es zwischen den Hörnern zu kraulen und ihm die Schulter zu tätscheln, was ich bei unseren eigenen Kühen nie gemacht hatte. Im Büro erstellte ich anschließend den Frachtbrief gewissenhaft in vierfacher Ausfertigung. Ein Exemplar bekam der Absender, eines der Empfänger, eines blieb bei meinen Akten und eines war für die Akten des Zielbahnhofes bestimmt. Zusätzlich trug ich den ganzen Vorgang noch ins Kontrollbuch ein. Es musste schließlich alles seine Ordnung haben. Im Bedarfsfall musste man den Weg eines Tieres nachverfolgen können. Als ich dem feschen Jüngling sein Exemplar in die Hand drückte, äußerte er bedauernd: »Schade, dass schon alles erledigt ist.«

»Wieso?«, fragte ich verwundert.

»Jetzt muss ich mich verabschieden, dabei hätte ich dir gerne noch länger zugeschaut, wie du das alles so fachkundig machst.«

Lächelnd erwiderte ich: »Dazu wirst du Gelegenheit haben, wenn du deine nächste Kuh auf Reisen schickst.«

Noch immer stand er wie angewurzelt da.

»Du kannst gehen, es ist alles erledigt. Wenn du willst, kannst du noch zuschauen, wie eure Kuh verladen wird.«

»Das muss ich eigentlich nicht sehen. Mich interessiert vielmehr, was du vorher gemacht hast, weil du mir hier noch nie begegnet bist.«

In wenigen Sätzen erzählte ich ihm meinen Lebenslauf.

»Ah, du stammst aus der Landwirtschaft. Deshalb verstehst du dich so gut mit Kühen.«

In diesem Zusammenhang hielt ich es nicht für nötig zu erwähnen, dass ich vor unseren eigenen Kühen Angst hatte. Seine weiteren Fragen beantwortete ich ebenfalls bereitwillig. Er wollte meinen Namen wissen, wie alt ich sei und wo ich wohne. Mir war es ja recht, dass sich unsere Unterhaltung in die Länge zog, dennoch sagte ich in keckem Ton: »Du bist aber gar nicht neugierig.«

»Das ist keine Neugier«, lachte er. »Es zeigt nur mein Interesse an Menschen.«

»Hegst du für alle Menschen so viel Interesse?«

»Nein, nur an weiblichen Menschen, die mir gefallen.« Bei diesen Worten muss ich rot angelaufen sein, denn mir wurde ganz heiß im Gesicht. Als er dann wirklich bald ging, war ich ein bisschen traurig.

Etwa vier Wochen später stand er erneut an meinem Schalter. Da tat mein Herz einige Schläge mehr, und mein Gesicht muss gestrahlt haben wie die Sonne. Wieder hatte er eine Kuh dabei, die ich in Augenschein nehmen musste. Um länger in seiner Nähe sein zu können, kraulte und tätschelte ich dieses Tier noch ausführlicher als das erste. Zum Schreiben des Frachtbriefes nahm ich mir unendlich viel Zeit. Das konnte ich mir erlauben, weil kein Kunde hinter ihm stand. Als er seinen Schein endlich in Händen hielt, erklärte er: »Am liebsten würde ich jede Woche eine Kuh als Expressgut aufgeben, damit ich dich wiedersehe. Da würde mein alter Herr aber nicht mitmachen. Deshalb habe ich einen anderen Vorschlag: Hättest du nicht Lust, mit mir im Mai das Waldfest zu besuchen?«

In dem Moment schlug mein Herz einen Purzelbaum. Und ob ich Lust hatte! Aber nicht nur, weil ich unbedingt mal aufs Waldfest wollte. Es musste angenehm sein, von diesem Burschen hingeführt zu werden. Doch dann schüttelte ich traurig den Kopf: »Da würde ich schon gerne hingehen, aber von dem geringen Lohn, den ich bei der Reichsbahn bekomme, kann ich mir das nicht leisten.«

Lachend zeigte er zwei Reihen weißer Zähne: »Wenn es weiter nichts ist! Da ich dich eingeladen habe, werde ich selbstverständlich auch den Eintritt für dich zahlen.«

»Aber ... aber ...«, stotterte ich. »Kannst du dir das denn leisten?«

Bei dieser Frage dachte ich an unseren ärmlichen Bauernhof.

»Keine Sorge, Ursula. Das kann ich mir leisten.«
Mehr verriet er zu diesem Thema nicht.
»Aber ... aber ...«, druckste ich herum. »Wenn ich dein Angebot annehme, erwartest du gewiss eine Gegenleistung?«
»Wo denkst du hin! Ich bin doch kein Hallodri! Weil du mir gefällst, will ich mit dir tanzen, weiter nichts. Danach bringe ich dich unversehrt heim.«
»Wenn das so ist, dann geh ich freilich gerne mit.«
»Dann hol ich dich am Samstagabend mit meinem VW ab.«
»Mit deinem VW?«, fragte ich ungläubig.
»Ja, den haben mir meine Eltern zum 21. Geburtstag geschenkt.«
Donnerwetter! Bei solchen Geburtstagsgeschenken müssen die Eltern ganz schön betucht sein. Bei uns backte die Mutter zum Geburtstag allenfalls einen Kuchen, von dem die ganze Familie aß. Selbst der Bauer, bei dem ich meine Pflichtjahre absolviert hatte, besaß kein Auto, und der war mir schon sehr wohlhabend vorgekommen.
Wie erstaunt ich über sein Auto war, ließ ich mir allerdings nicht anmerken, stattdessen fragte ich sachlich: »Und wann willst du mich abholen?«
»Um 8 Uhr beginnt die Gaudi. Wenn ich dich um halb 8 abhole, kriegen wir bestimmt noch einen guten Platz.«
Je näher es auf den bewussten Samstag zuging, desto nervöser wurde ich. Mit dem Glockenschlag verließ ich um 18 Uhr meinen Bürostuhl und strampelte schneller als gewöhnlich nach Hause. Ich nahm kaum vom Nachtessen, wusch mich anschließend gründlich,

zog mir mein Dirndl an, flocht meine Haare frisch und bat meine Mutter, mir dabei zu helfen, die Zöpfe zu einer Krone aufzustecken. »Ja, Dirnei, was hast du denn vor? So kenne ich dich ja gar nicht.«

Mit wenigen Worten vertraute ich ihr an, dass ich einen jungen Mann kennengelernt habe, der heute mit mir zum Waldfest gehen wolle. Wo und wie ich ihm begegnet war und womit er mich abholen wolle, behielt ich vorerst für mich.

»Das sind ja interessante Neuigkeiten. Da wünsche ich dir viel Spaß. Aber mach keine Dummheiten!«

»Keine Sorge, Mama, ich weiß doch, was sich gehört.«

Das Waldfest wurde dann wirklich so schön, wie ich es erwartet hatte, zumal das Wetter mitmachte. Ja, es war sogar noch schöner, als ich es mir in meinen kühnsten Träumen vorgestellt hatte. Das lag an der Tatsache, dass ich in den starken Armen meines Traumprinzen über die Tanzfläche schwebte.

Wie er mir versprochen hatte, brachte er mich nach Hause, es war weit nach Mitternacht. Vor der Haustür gab er mir einen zarten Abschiedskuss, aber sonst trat er mir nicht zu nahe. Er versprach mir, mich am Nachmittag des folgenden Tages zu einem Spaziergang abzuholen.

Am Sonntagvormittag aber besuchte ich, wie jeden Sonntag, mit meiner Mutter die Frühmesse. Den Hinweg legten wir schweigend zurück, da wir knapp dran waren und eilig ausschritten. Auf dem Rückweg gingen wir gemächlicher. Anscheinend konnte meine Mutter in meinem Gesicht lesen wie in einem offenen Buch. »Was ist los mit dir? Du wirkst so bedrückt. Hat es dir auf dem Waldfest nicht gefallen?«

»Doch, doch, sehr. Es ist nur so, ich habe mich ernstlich verliebt.«

»Ja, da schau her! Deswegen brauchst du doch kein Gesicht zu machen wie drei Tage Regenwetter. Wenn man verliebt ist, sollte man strahlen wie die liebe Sonne.«

»Im Prinzip ja. Aber der Alfred meint es ernst. Er hat schon vom Heiraten gesprochen.«

»Demnach scheint er ein anständiger Mensch zu sein.«

»Das ist er gewiss. Doch bei der Sache gibt es einen Haken.«

»Wieso? Ist er ein armer Teufel?«

»Nein, ganz im Gegenteil. Er ist der einzige Sohn wohlhabender Eltern.«

»Das ist kein Fehler«, meinte sie.

»Sie sind sogar sehr wohlhabend«, betonte ich.

»Und du befürchtest, dass es seinen Eltern nicht passen würde, wenn er dich arme Kirchenmaus daherbringt?«

»Das ist nicht das Problem. Sie besitzen einen großen Bauernhof.«

»Und was ist daran verkehrt?«

»Das fragst du noch? Sie haben 65 Milchkühe, und du weißt, wie sehr ich es verabscheue, Stallarbeit zu machen.«

Nun lachte meine Mutter hell auf: »Ist das deine einzige Sorge?«

»Du lachst, Mama, ich aber stehe vor einer lebenswichtigen Entscheidung.«

»Was gibt es da groß zu entscheiden?«

»In meinen Gefühlen bin ich hin- und hergerissen. Glaube mir, ich liebe ihn so sehr, dass ich ihn nicht aufgeben möchte. Gleichzeitig schreckt mich der Gedanke ab, in einen Bauernhof einzuheiraten.«

»Aber Dirnei, kannst du nicht zwei und zwei zusammenzählen? Wenn der Bauer wirklich so wohlhabend ist, wie du behauptest, dann gibt es auf dem Hof genug Leute, die für dich die Stallarbeit erledigen. Dann brauchst du keine Kuh anzurühren. Du bist dann die Herrin und erteilst Befehle.«

In meiner Verliebtheit hatte ich die Geschichte noch gar nicht von dieser Seite betrachtet. Die Mutter hatte recht. Jetzt würde es mir leicht fallen, mich zu entscheiden. Sollte ich wirklich Alfreds Frau werden, ginge ich rosigen Zeiten entgegen.

Vor lauter Freude umarmte ich meine Mutter so heftig, dass sie ausrief: »Halt, halt! Deshalb brauchst du mich doch nicht gleich zu erdrücken. Heb dir deine Zärtlichkeiten für deinen Liebsten auf.«

Pünktlich um 14 Uhr am Nachmittag hielt sein Auto vor unserem Haus. Aber statt einen Spaziergang mit mir zu machen, fuhr er zum Haus seiner Eltern und stellte mich ihnen vor. Die Mutter hatte eigens zu meinem Empfang von der Köchin einen Zwetschgendatschi backen lassen. An der Kaffeetafel saßen auch die drei Schwestern von Alfred, und wir führten angenehme Gespräche. Die beiden älteren Mädchen waren bereits mit den Erben von großen Höfen verlobt, und auch Alfreds jüngere Schwester war in festen Händen. Der Mann war zwar kein Bauer, aber als zweiter Sohn eines Bauern studierte er in Weihenstephan Agrarwissenschaften.

Anschließend führte Alfred mich durchs ganze Haus und sämtliche Wirtschaftsgebäude. Ich kam aus dem Staunen nicht mehr heraus. Das war vielleicht ein Anwesen! Man durfte stolz darauf sein, hier Bäuerin zu werden.

In der Folgezeit trafen wir uns jeden Sonntag. Wir machten lange Spaziergänge, auf denen er aus seinem Leben berichtete und ich aus dem meinen. Auch zärtliche Küsse wurden zwischendurch ausgetauscht. Doch nach einigen Wochen wirkte er sehr bedrückt, als er mich abholte.

»Was ist los? Was hast du?«, wollte ich wissen.

Doch er wollte nicht mit der Sprache herausrücken, und beim Spaziergang auf unserem üblichen Weg wurde seine Stimmung auch nicht besser. »Liebst du mich nicht mehr?«, packte ich schließlich den Stier bei den Hörnern.

»Doch, doch, sehr. Mehr als mein Leben. Das ist es ja gerade, was mir das Sprechen so schwer macht.«

»Sind deine Eltern gegen mich?«

»Nein, sie mögen dich gern.« Bei diesen wenigen Sätzen wirkte seine Stimme, als habe er einen Knödel im Hals. Nun drang ich nicht weiter in ihn. Wenn er schweigen wollte, würde er seine Gründe dafür haben. Bevor wir auseinandergingen, schloss er mich so fest in die Arme, wie er das noch nie getan hatte, und küsste mich leidenschaftlich. Endlich kam es stoßweise aus ihm heraus: »Letzten Montag habe ich meinen Gestellungsbefehl erhalten. Morgen muss ich einrücken. – Dies waren also unsere letzten gemeinsamen Stunden.«

Bei dieser Eröffnung brach ich in Tränen aus, und auch er konnte die seinen nicht mehr zurückhalten. »Siehst du, das habe ich befürchtet. Deshalb habe ich nicht eher darüber reden mögen«, erklärte er, als er sich einigermaßen gefangen hatte.

»Es muss kein Abschied für immer sein«, versuchte ich uns beide zu trösten.

»Du hast recht«, lächelte er, während er mit seinem Taschentuch das Gesicht abtupfte. »In meinem Heimaturlaub sehen wir uns wieder.« Seiner Stimme merkte ich an, dass er von seinen eigenen Worten nicht überzeugt war. Auch ich war es nicht.

Mit unserer trüben Vorahnung sollten wir recht behalten. Er kehrte nicht mehr zurück. Bereits einige Monate nach seiner Einberufung, noch bevor er Heimaturlaub bekommen hätte, bekam ich von seinen Eltern die Mitteilung, dass Alfred in Russland gefallen war. Danach weinte ich mir fast die Augen aus.

In diesen Tagen war mir meine Mutter Trost und Stütze, ohne viel zu sagen.

Erst nach einigen Wochen, als es nicht mehr gar so weh tat, versuchte sie mich aufzumuntern: »Sieh es doch positiv, Dirnei. Nun bleibt es dir erspart, Bäuerin zu werden.«

»Ach Mama«, schluchzte ich. »Das stimmt zwar, das ist aber kein Trost für mich. Im Gegenteil, inzwischen hatte ich mich schon so an den Gedanken gewöhnt, dass ich mich darauf gefreut habe, Bäuerin auf seinem Hof zu werden.«

Es war schließlich meine Arbeit, die mir allmählich über den Schmerz hinweghalf. Schon die morgendliche Fahrt bei Wind und Wetter durch die Natur pustete mir ein bisschen den Kopf frei. Im Büro war ich dann so gefordert, dass für trübe Gedanken keine Zeit blieb. Nur wenn ich hinaus musste, um mir eine Kuh anzuschauen, wurde mir weh ums Herz. Nach Alfreds Tod kraulte und tätschelte ich nie wieder eine Kuh, für die ich einen Frachtbrief schreiben musste. Die Jungbauern, die sie herbrachten, schaute ich mir auch nicht näher an, aus lauter Angst, ich könnte mich wieder verlieben. Denn solch einen Verlust wollte ich nicht noch einmal erleben. Doch es dauerte nicht lange, da bestand in dieser Hinsicht keine Gefahr mehr. Es kamen nur noch alte Männer mit Tieren zum Bahnhof, entweder war es ein alter Knecht oder der Altbauer persönlich. Die jungen Männer waren bald alle eingezogen, so auch drei meiner Brüder. Die Verluste auf den Schlachtfeldern wurden immer größer und wurden durch nachrückende Jahrgänge ersetzt.

In dieser Zeit gab es in meinem Elternhaus ein Ereignis, das ich unter normalen Umständen als ein erfreuliches bezeichnet hätte. Meine Schwester Leni, die bereits seit einigen Jahren auf einem mittelgroßen Bauernhof in Dienst stand, hatte sich in Lorenz verliebt, den dritten Sohn des Hauses. Diese Liebe beruhte auf Gegenseitigkeit. Sein Vater billigte die Verbindung, weil er beobachtet hatte, dass Leni sehr tüchtig war. Mit seiner ausgesprochenen Zustimmung feierte das Paar im Februar 1942 Verlobung, wenn auch nur im kleinen Kreis. Wenige Wochen später wurde Lorenz eingezogen. Bei dem tränenreichen Abschied kam man überein, dass man mit der Heirat warten wolle, bis der Krieg aus sei. Wenn er überhaupt zurückkommt, dachte die Braut. Das sprach sie aber nicht aus; sie wollte ihm das Herz nicht noch schwerer machen. Er kam aber zurück – wesentlich früher, als man erwartet hatte, und noch lange bevor das Ende des Krieges abzusehen war. Durch eine Handgranate hatte Lorenz den linken Unterarm eingebüßt. Im Lazarett hatte man ihn notdürftig zusammengeflickt und ihn als »nicht mehr kriegstauglich« nach Hause entlassen.

Wenn ihm nun auch ein halber Arm fehlte, so war Leni glücklich, ihn so schnell schon wiederzusehen. Die beiden entschlossen sich, so bald wie möglich zu heiraten, damit wieder ein Mann ins Haus kam, denn unser Vater war kaum noch in der Lage zu arbeiten. Und der Krieg konnte sich noch über Jahre hinziehen.

Da die Bubenkammer leer stand, weil alle Söhne aus dem Haus waren, konnte sich das junge Paar nach der Hochzeit dort einrichten.

Also begaben sich die Brautleute frohgemut zum Pfarrer, um das Aufgebot zu bestellen. Zunächst äußerte der geistliche Herr seine Freude darüber, dass Lorenz den Krieg lebend überstanden hatte, drückte aber auch sein Bedauern über den Verlust des halben Arms aus. Im selben Atemzug erklärte er: »Leider kann ich euch nicht trauen.«

»Was soll denn das heißen?«, fragte der Bräutigam befremdet.

Daraufhin der Geistliche: »Du willst in eine Landwirtschaft einheiraten? Unmöglich! Mit nur einem Arm kannst du nicht als Bauer arbeiten.«

»Herr Pfarrer, lassen Sie das mal meine Sorge sein. In den letzten Wochen bin ich auf unserem Hof gut zurechtgekommen.«

»Ja, weil dein Vater die Hauptarbeit gemacht hat. Wenn du aber auf Lenis Hof selbst der Bauer bist, musst du ganz anders ran. Kurzum, ich weigere mich, euch zu trauen.«

»Was sollen wir denn machen?«, weinte die Braut. »Sie wissen doch selbst, dass es meinem Vater gesundheitlich nicht gut geht, dass drei seiner Söhne im Krieg sind und dass der Hans am Fliegerhorst unabkömmlich ist. Es ist also dringend notwendig, dass der Lorenz zu uns auf den Hof zieht. Sollen wir etwa in wilder Ehe leben?«

»Sei nicht so frech!«, fuhr ihr der hohe Herr über den Mund. »Du verstehst mich falsch. Ich meine es doch nur gut mit dir. Du wirst gewiss einen anderen finden, der bei euch einheiratet und der kein Krüppel ist.«

Bei dieser Aussage beobachtete Leni mit ängstlicher Miene ihren Verlobten. Sie befürchtete, er könne dem geistlichen Herrn an die Gurgel springen. Um ihn milder zu stimmen, beteuerte sie schnell: »Aber, Herr Pfarrer, ich liebe den Lorenz und möchte auf keinen Fall einen anderen.«

Diese Worte verfehlten ihre Wirkung bei Lorenz nicht. Liebevoll legte er seinen Arm um Lenis Schultern und lächelte sie dankbar an. Zum Pfarrer gewandt aber sagte er: »Wo sollte sie auch so schnell einen anderen Hochzeiter hernehmen? Sie wissen doch selbst, dass alle jungen Männer mit gesunden Gliedmaßen im Krieg sind. Entweder sie kommen gar nicht mehr heim oder als Krüppel.«

Das letzte Wort hatte er voller Bitterkeit betont, in der Absicht, den Geistlichen darauf hinzuweisen, dass er sich im Ton vergriffen hatte. Doch der alte Priester verstand den Wink nicht, er zuckte lediglich mit den Schultern.

Offenbar war dem Bräutigam mittlerweile eine Lösung für ihr Problem eingefallen.

»Herr Pfarrer, wenn Sie uns schon nicht trauen wollen, dann stellen Sie bitte Taufscheine für uns aus.«

Das tat er augenscheinlich nicht gern, aber er konnte es ihnen auch nicht verweigern. Aus dem Regal, das sich hinter seinem Rücken befand, zog er ein dickes Buch heraus. Darin blätterte er eine Weile, bevor er etwas auf zwei Zettel schrieb. Brummig überreichte er diese dem Lorenz: »Hier hast du deine Taufscheine. Sieh zu, wie weit du damit kommst.«

»Was hast du vor?«, erkundigte sich Leni mit ängstlichem Gesichtsausdruck, als sie das Pfarrhaus verließen.

»Wir fahren nach Altötting. Dort wird man nicht so engstirnig sein.«

Bereits am folgenden Morgen radelten sie nach Erding zum Bahnhof und bestiegen den Zug, der sie nach Altötting brachte, in den bekannten Wallfahrtsort. Schnell fanden sie einen Pater, der bereit war, sie zu trauen. Nach den üblichen drei Sonntagen, an denen Heiratswillige laut Vorschrift von der Kanzel verkündet werden müssen, begab sich an einem frühen Sonntagmorgen eine winzige Hochzeitsgesellschaft nach Altötting. Außer dem Brautpaar waren das die beiden Trauzeugen, nämlich der Vater des Bräutigams und Hans, der Bruder der Braut. In der Gnadenkapelle gaben sich die Verlobten das Ja-Wort und erhielten den kirchlichen Segen.

In der Zwischenzeit hatten die Mutter und ich ein etwas festlicheres Mahl zubereitet, und so feierten wir im kleinen Kreis: das Brautpaar, seine Eltern, ihre Eltern, mein Bruder Hans und ich.

Unterdessen tobte der Krieg weiter, und immer mehr Soldaten verbluteten auf den Schlachtfeldern.

Leni war dem Himmel unendlich dankbar, dass sie mit ihrem Lorenz verheiratet war und für ihn keine Gefahr mehr bestand, dass er an die Front musste. Aber nicht nur der aktuelle Krieg forderte seine Opfer, sondern auch der Erste Weltkrieg im Nachhinein. Unserem Vater machte ein Nierenleiden zu schaffen, das er sich 1916 in der Kälte und Nässe des Schützengrabens von Verdun zugezogen hatte. Er wurde immer hinfälliger, und sein Schwiegersohn übernahm seine sämtlichen Aufgaben. Nachdem man Lorenz eine Armprothese angepasst hatte, war er in der Lage, alle anfallenden Arbeiten auszuführen. Für den Kranken war das eine große Beruhigung. Bald schon konnte er das Bett nicht mehr verlassen. Einige Monate nach Lenis Hochzeit starb unser Vater Ende 1942 im Alter von 62 Jahren als spätes Opfer des Ersten Weltkrieges. Für uns war es ein Segen, dass wir Lorenz auf dem Hof hatten. Trotz seiner Behinderung entwickelte er sich zu einem tüchtigen Bauern.

Obwohl uns der Tod meines Vaters sehr schmerzte, sahen wir es einige Monate später als ein Glück für ihn an, dass er diese Erde so früh hatte verlassen müssen. Ihm blieb es erspart zu erleben, dass Kasper, sein ältester Sohn, der Hoferbe, auf den er so stolz gewesen war, nie wieder heimkehren würde. Im April 1943 erreichte uns die erschütternde Nachricht, dass Kasper seit dem Kampf um Stalingrad, der von August 1942 bis Februar 1943 gewütet hatte und bei dem die 6. Deutsche Armee aufgerieben worden war, als vermisst galt. Lange Zeit klammerte sich unsere Mutter an die Vermisstenmeldung. Vielleicht, so hoffte sie, hatte er entkommen können und würde eines Tages bei uns vor der Tür stehen. Nach einigen Monaten wurde aber ihre Hoffnung jäh zerschlagen durch die Nachricht von seinem Tod.

Der Krieg nahm unterdessen immer bedrohlichere Formen an. Selbst die Zivilbevölkerung wurde nun in Mitleidenschaft gezogen. Deshalb fanden auch keine Waldfeste mehr statt, zum einen, weil es sich nicht schickte, in solch schrecklichen Zeiten zu feiern, zum anderen gab es in weitem Umkreis keine jungen Männer mehr, mit denen man hätte tanzen können. Zum Waldfest wäre ich sowieso nicht mehr gegangen, zu tief saß noch der Schmerz in mir über den Verlust meines Freundes.

In Erding wurde die Lage auch zusehends gefährlicher. Immer öfter gab es Fliegeralarm, der uns zwang, in größter Eile den uns zugewiesenen Luftschutzkeller aufzusuchen. Bereits beim ersten Sirenenton ließen wir alles fallen und sausten los. Inzwischen war die Kunde zu uns gedrungen, dass sowohl Bahnhöfe als auch Flugplätze bevorzugte Ziele für Bombenangriffe waren. In nur wenigen Kilometern Entfernung vom Bahnhof befand sich der Fliegerhorst von Erding.

Zitternd und betend verbrachten wir viel Zeit im Keller, wo wir immer wieder leichte Detonationen vernahmen. Das ist weit weg, dachten wir zu unserer Beruhigung. Erst nach einem Heulton, der Entwarnung gab, trauten wir uns wieder ans Tageslicht. So saßen wir an einem Nachmittag im April 1944, wie so oft, im Luftschutzkeller, als wir ungewöhnlich laute Einschläge hörten, sogar die Kellerwände wurden erschüttert. Ängstlich klammerten wir uns aneinander; einige von uns weinten sogar. Als es Entwarnung gab, wagten wir uns nur zögerlich nach oben. Wir befürchteten, der ganze Bahnhof wäre hinweggefegt worden. Zu unserer Erleichterung aber stand er noch unerschüttert an seinem Platz, und wir konnten unsere Arbeit wieder aufnehmen.

Schon bald erfuhren wir, was passiert war. Auf den Fliegerhorst hatte es einen massiven Angriff gegeben. Zwanzig Tote waren zu beklagen und einige Schwerverletzte. Da der Bombenteppich ziemlich genau den Flughafen getroffen hatte, waren die angrenzenden Gebäude weitgehend verschont geblieben. Hätte es auch diese voll getroffen, wäre die Katastrophe wesentlich größer gewesen, denn dort hatten sich die meisten Beschäftigten aufgehalten, unter anderem auch mein Bruder Hans. Allerdings waren bei dem Angriff auch in Flugplatznähe erhebliche Wald- und Flurschäden entstanden, und unter den zwanzig Toten befanden sich einige Menschen von einem Weiler. Beim Abdrehen hatte man offenbar die letzten Bomben ausgeklinkt, damit ohne diese Last gefahrlos der Ausgangsflughafen erreicht werden konnte.

Als man 1935 mit dem Bau des Fliegerhorsts begonnen hatte, war dieser auch gleich an das Schienennetz der Reichsbahn angebunden worden. Bei dem Bombardement 1944 war ein Teil der Gleise zerstört worden, die den Flughafen mit dem Fliegerhorst verbanden. Doch innerhalb weniger Tage hatten ein paar tüchtige Bauarbeiter diese wieder in ihren Originalzustand versetzt.

Nicht nur war durch die Bomben die Start- und Landebahn unbrauchbar geworden, es hatte auch große Materialschäden gegeben. Die meisten Lastwagen und Flugzeuge hatten nur noch Schrottwert. Die LKW-Wracks und die Flugzeugtrümmer wurden mit den wenigen noch brauchbaren Fahrzeugen weggeschafft, dann begann man damit, die Bombentrichter mit Bauschutt und Schotter aufzufüllen. Plötzlich gebot der Verantwortliche Einhalt: »Hört auf, Männer! Das ist vertane Zeit. Sobald wir den Fliegerhorst wieder hergerichtet haben, entdecken das die feindlichen Aufklärer und bombardieren ihn erneut. Sehen sie aber von oben, dass der Fliegerhorst bereits zerstört ist, werden sie unsere Stadt vor weiteren Angriffen verschonen, weil sie für sie uninteressant ist.«

Der Mann sollte recht bekommen. Zwar lag das schaurige Geheul der Sirenen immer wieder über der Stadt, wir sausten jedes Mal in die Keller, aber es passierte nichts. Nach kurzer Zeit lockte uns der Entwarnungston wieder nach oben. Es war jedoch eine trügerische Sicherheit, in der wir uns wiegten. Am 18. April 1945, fast genau ein Jahr nach dem Angriff auf den Fliegerhorst, es war ein Mittwoch, daran erinnere ich mich noch genau, ertönte wieder Fliegeralarm. Ziemlich lustlos begaben wir uns in die Keller. Bereits nach erstaunlich kurzer Zeit gab es Entwarnung, und wir kehrten aufatmend an unsere Arbeit zurück.

Plötzlich, es war um zwanzig nach drei am Nachmittag, brach es wie ein Sturm über unsere Stadt herein. Dicht über uns brummten Flugzeuge hinweg, dann ein Brausen und Donnern, als sei der Weltuntergang angebrochen. Für eine Flucht in den Keller war es zu spät. Instinktiv warfen wir uns unter die Schreibtische. Im Ernstfall hätte das aber nichts genützt.

Nach wenigen Minuten drehten die Bomber wieder ab, und der Spuk war vorbei. Wir krabbelten unter den Schreibtischen hervor und sahen uns verwundert an. Was war das? Diese Frage war in allen Gesichtern zu lesen. Einige sprachen sie sogar laut aus. Darauf sollten wir bald eine Antwort bekommen. Man hatte es weder auf den Bahnhof noch auf den Fliegerhorst abgesehen. Ganz gezielt war die Altstadt bombardiert worden. Die Bilanz waren über 100 zerstörte Häuser und 126 Tote. Alle waren in ihrer Wohnung oder am Arbeitsplatz überrascht worden. Viele waren durch die Druckwelle gestorben, weil diese ihre Lungen zum Bersten gebracht hatte. In den folgenden Tagen waren weitere Tote zu beklagen, die ihren Verletzungen erlegen waren. Ganze Familien waren ausgelöscht.

Noch vor Angst schlotternd kam ich nach Hause und berichtete von dem Geschehenen. Von nun an ließ mich meine Mutter nicht mehr zur Arbeit fahren. Ihre Entscheidung war richtig. In der Stadt herrschte Chaos, und auf dem Bahnhof wurde ohnehin nicht mehr gearbeitet. Auf dem Lande waren wir doch weniger gefährdet.

In dieser Zeit ereignete sich auch etwas Erfreuliches. In der letzten Aprilwoche stand mein Bruder Sepp plötzlich vor der Tür. Er, der zunächst eine Lehre bei einem Werkzeugmacher abgeschlossen hatte, hatte danach in eine KFZ-Werkstatt gewechselt. Dort hatte er nicht nur gelernt, alle möglichen Autos zu reparieren, sondern auch mit allen motorbetriebenen Fahrzeugen zu fahren, ob Motorrad, PKW oder LKW. Das sollte sich für ihn als großer Nutzen erweisen, als er eingezogen wurde. Man hatte ihn sofort zu der Truppe gesteckt, die für den Nachschub verantwortlich war. Seine Aufgabe war es, unermüdlich Proviant und Munition in die Kampfgebiete zu transportieren, ohne selbst an die Front zu müssen. Das sicherte ihm das Überleben. Nun hatte er zwei Wochen Heimaturlaub bekommen. Darüber waren wir alle glücklich, besonders unsere Mutter. Damit der »arme Bub« einen Schlafplatz hatte, musste ich das Mädchenzimmer räumen und in die Schlafkammer zur Mutter ziehen. Dieser Umzug lohnte sich insofern, als wenig später ein zweiter »Gast« ins Mädchenzimmer zog, nämlich Hans, der Bruder, der beim Fliegerhorst arbeitete. Am Tag, als die Amerikaner den Fliegerhorst besetzten, hatte Hans seinen freien Tag und weilte zufällig zu Hause. Daher entging er der Gefangennahme durch die Besatzer, und sein Aufenthalt im Elternhaus zog sich länger hin, als es vorgesehen gewesen war.

Als am 8. oder 9. Mai 1945 über den Rundfunk verkündet wurde »Der Krieg ist aus«, umarmte meine Mutter ihre beiden Söhne mit den Worten: »Lieber Gott, ich danke dir, dass meine beiden Buben daheim sind und nicht mehr fort müssen. Bitte schick uns auch bald den Michael wohlbehalten heim.«

Für diese Bitte war es aber schon zu spät. Denn wenige Wochen nach Kriegsende bekamen wir die Nachricht, dass Michael seit einem Kampfeinsatz Ende April 1945 im Hunsrück vermisst werde. Auch an diese Meldung klammerte sich die Mutter in der Hoffnung, ihr Sohn habe sich in dem allgemeinen Durcheinander vielleicht absetzen können und werde sich schon nach Hause durchschlagen. Vielleicht sei er auch in Kriegsgefangenschaft geraten, und man werde früher oder später von ihm hören. Um nicht untätig zu sein, richtete sie einen Suchantrag an das Deutsche Rote Kreuz (DRK).

Zwei Jahre lang blieben die Nachforschungen erfolglos, dann erfuhr meine Mutter von einer anderen Seite etwas über den Verbleib ihres Sohnes Michael. Ein Nachbar hatte die Mitteilung bekommen, dass sein Sohn auf einem Soldatenfriedhof im Hunsrück beigesetzt worden sei. Um am Grab seines Sohnes beten zu können, nahm dieser die weite Reise in den Hunsrück auf sich. An einem Massengrab entdeckte er dann nicht nur ein Kreuz, auf dem der Name seines Sohnes stand, sondern auch ein Kreuz mit dem Namen unseres Michaels. Außer dem Datum, an dem er gefallen war, stand da auch sein Geburtsdatum. Das war eindeutig. Als der Nachbar unserer Mutter diese Nachricht überbrachte, brach sie nicht, wie wir befürchtet hatten, in Verzweiflung aus. Sie versicherte, es sei ihr eine Beruhigung, nun zu wissen, wo er seine letzte Ruhestätte gefunden habe und dass sein Grab gepflegt werde. Ja, sie sei froh, dass er nun mit seinem Vater und seinem Bruder Kasper vereint sei.

Ami-Liebchen

Noch bevor durch die bedingungslose Kapitulation Deutschlands dieser grauenhafte Krieg beendet wurde, war er für Erding schon aus. Wie ich später von Arbeitskolleginnen erfuhr, waren am 30. April den ganzen Tag über deutsche Truppen durch die Stadt marschiert, die eilig auf dem Rückzug waren. Am folgenden Tag, dem 1. Mai, war Erding bereits in amerikanischer Hand. Als eine Laune der Natur schneite es an diesem Tag sogar, sodass die Stadt wie unter einem weißen Leichentuch lag. So wurde das von vielen Bewohnern empfunden. Die Amerikaner machten nicht lange Federlesens, sie besetzten den Fliegerhorst, indem sie die umliegenden Gebäude bezogen. Wer von den Wehrmachtsangehörigen nicht rechtzeitig hatte fliehen können, wurde in Gefangenschaft geschickt. In Windeseile bauten die Besatzer den Flugplatz wieder auf und übernahmen seine Leitung. Genauso leiteten sie nun den Bahnverkehr mitsamt dem gesamten weiblichen Personal. So kam es, dass ich nach dem Krieg bei der Besatzungsmacht als Sekretärin angestellt war und auf dem Fliegerhorst meinen Arbeitsplatz hatte, der sogleich in Erding Air Base (EAB) umbenannt wurde. Waren es anfangs nur wenige amerikanische Soldaten, die den Flugplatz bevölkerten, so wurden es von Monat zu Monat mehr. Nach einiger Zeit ließen die Offiziere sogar ihre Familien nachkommen. Damit diese nicht in den Kasernen leben mussten, hatte man ganz schnell Wohnblöcke errichten lassen mit drei oder vier Stockwerken.

In dem kleinen Bauernhaus meiner Eltern wurde es eng und enger. Siegfried, der Stammhalter von Leni und Lorenz, war 1943 angekommen, und 1945 war ein zweiter Sohn geboren worden, Josef. Da ja seit Kriegsende auch meine beiden Brüder bei uns wohnten, sah Lorenz sich gezwungen, das Haus zu erweitern. Obwohl er nur einen Arm hatte, war er beim Anbau stets dabei. Natürlich halfen meine beiden Brüder tatkräftig mit und einige Freunde, sodass er kaum Handwerker bezahlen musste, sondern nur das Baumaterial. Noch vor dem Winter 1945 hatten sie alles hochgezogen und installiert. Zwei Zimmer waren angebaut worden, eines im Erdgeschoss, das andere darüber. Im Zuge der Baumaßnahme ließ Lorenz auch gleich Elektrizität ins Haus legen und ein Bad mit Toilette und Waschbecken einbauen. Was nützt einem aber das schönste Bad, wenn man keinen Wasseranschluss hat? Also wurden auch Wasserleitungen verlegt und eine Pumpe installiert, die das Haus mit Wasser vom Hofbrunnen versorgte. Nun war unser Leben richtig komfortabel.

Es dauerte aber nicht lange, da zogen meine Brüder wieder aus. Insgeheim muss Schwager Lorenz aufgeatmet haben, denn es bestand ja die theoretische Gefahr, dass einer von ihnen Anspruch auf den Hof erheben könnte. Doch danach stand beiden nicht der Sinn. An Landwirtschaft waren meine Brüder ebenso wenig interessiert wie ich. Ihre Interessen lagen auf einem anderen Gebiet. Hans gelang es, einen alten

Truck zu erstehen, den er sich zurechtbastelte, sodass er damit für Leute Güter aller Art befördern konnte. In unserer Region waren in der Hinsicht aber keine großen Geschäfte zu machen, deshalb zog er nach Würzburg. Dort florierte sein Unternehmen, sodass er sich bald einen zweiten LKW leisten konnte, sich stolz Transportunternehmen nannte und seinen Bruder Sepp als Fahrer einstellte.

Gleich nach dem Krieg begann in Erding eine rege Bautätigkeit, die zerstörten Häuser wurden wieder aufgebaut, schließlich brauchten die Bürger Wohnraum. Beim Wiederaufbau beschäftigte die Menschen der Gedanke, warum man auf ihre friedliche Stadt Bomben geworfen hatte, und vor allem, warum man zu früh Entwarnung gegeben hatte. Mit der Zeit sickerte durch, dass der Bombenangriff auf die Erdinger Altstadt ein Versehen gewesen war. Das eigentliche Ziel sollte Freising sein, das etwa 12 bis 15 Kilometer Luftlinie entfernt liegt. Die Piloten der 14 amerikanischen Kampfflugzeuge hatten sich leider geirrt. Diese Erkenntnis änderte zwar nichts an der Tatsache, man war aber irgendwie beruhigt, nun eine Antwort auf seine Fragen zu haben.

Mein Arbeitsplatz lag nun noch weiter von meinem Zuhause weg als der Bahnhof. Das machte aber nichts, da unser neuer Arbeitgeber einen Fahrdienst einrichtete. Am Morgen wurden die Angestellten, die außerhalb wohnten, mit einem Jeep an ihrer Wohnung abgeholt und am Abend wieder zurückgebracht. Das enthob mich des anstrengenden Radfahrens. Besonders bei Kälte, bei Regen und Schneetreiben wusste ich die Fahrt im Auto zu schätzen.

Als unsere »Karriere« bei den Amerikanern begann, sprach keine von uns Englisch, außer einer Einzigen, die man von auswärts angeworben hatte. Diese brachte uns in kurzer Zeit so viel von der fremden Sprache bei, dass wir unsere Aufgabe erledigen und uns mit unseren Vorgesetzten verständigen konnten. Mein Name Ursula war für die Besatzungsmitglieder schwer auszusprechen, deshalb nannten sie mich einfach »Julika«.

Ein Soldat namens Jimmy, zwei Jahre älter als ich, war unser Chauffeur. Da ich auf seiner morgendlichen Tour die erste war, die er abholte, durfte ich mich neben ihn setzen. Alle anderen wurden im rückwärtigen Teil des Wagens auf zwei Längsbänken untergebracht. Am Abend war ich die Letzte, die ausstieg. Während der kurzen Zeiten, die ich mit Jim allein im Jeep saß, versuchte er stets, mich in ein Gespräch zu verwickeln. Dadurch wurde mein Englisch hörbar besser. Bald schon konnten wir uns regelrecht unterhalten. Das ermunterte ihn wohl, mich eines Tages zu einem Ball einzuladen, der an einem Samstagabend im Soldaten-Club stattfand. Diese Einladung nahm ich gerne an, war das für mich doch wieder eine Gelegenheit, das Tanzbein zu schwingen. Wie sich bald in unserem Büro herumsprach, waren auch Kolleginnen und sogar Mädchen aus der Stadt, mit denen Soldaten angebandelt hatten, zu diesem Tanzabend eingeladen worden. Jede hatte versucht, sich besonders fein herauszuputzen, indem sie sich ein Kleid machen ließ, wie sie es bei den Offiziersfrauen gesehen hatte. Doch mir lag nichts daran, extra für den Ball Geld für ein neues Kleid auszugeben. Mein altes Dirndl schien mir für diesen Anlass noch gut genug.

Nicht nur Jim holte mich zum Tanzen, sondern auch einige seiner Kameraden. Jeder bewunderte mein Kleid mit den Kommentaren »nice«, »pretty« oder »wonderful«.

In der Folgezeit genoss ich es, wenn unser Chauffeur am Abend, kurz bevor er mich absetzte, noch ein bisschen mit mir im Jeep plauderte. Nach einigen Tagen stieg er sogar aus und machte mit mir noch einen kurzen Spaziergang durch den Wald, bevor er wieder in die Kaserne zurückkehrte. Offensichtlich war er verliebt in mich. Es kam, wie es kommen musste, auch ich verliebte mich in ihn. Nun endlich war die alte Wunde geheilt, die ich durch Alfreds Tod erlitten hatte.

Eines Abends schloss Jim mich in die Arme und küsste mich zärtlich. Seitdem schwebte ich auf Wolke sieben. Als ich mit glühenden Bäckchen das Haus betrat, hob meine Mutter warnend den Zeigefinger: »Dirnei, Dirnei, spiel nicht mit dem Feuer! Willst du nachher mit einem ledigen Kind von einem Amerikaner dasitzen?«

»Aber Mama, was du nur denkst! Jim ist ein hochanständiger Bursche und wird mir das nicht antun.«

»Dabei denke ich weniger daran, dass Jimmy dir etwas antun könnte, sondern daran, dass du in deiner Verliebtheit schwach wirst.«

»In dieser Hinsicht kannst du völlig unbesorgt sein.«

»So denkst du jetzt. Nicht umsonst heißt ein altes Sprichwort: Der Krug geht so lange zum Brunnen bis er bricht.«

»Ach, du immer mit deinen alten Lebensweisheiten! Woher hast du die bloß?«

»Von meiner Mutter. Und damit bin ich immer gut gefahren.«

Nicht nur ich lernte von Jim Englisch, er lernte auch von mir Deutsch. Er hatte nämlich den Ehrgeiz, sich mit meinen Familienmitgliedern unterhalten zu können. Das klappte auch ganz gut, als ich ihn nach einiger Zeit zu Hause vorstellte. Natürlich interessierte ich mich auch für seine Familie. Deshalb ließ ich mir viel über diese und über sein Leben in Amerika erzählen. Seine drei Schwestern, alle älter als er, waren bereits verheiratet. Sein um zwei Jahre jüngerer Bruder George diente ebenfalls in der Army und war in Landshut stationiert. Seine Mutter betrieb seit dem Tod seines Vaters eine große Geflügelfarm, von der sie ganz gut leben konnte. Wenn er seinen Militärdienst beendet habe, werde er die Farm übernehmen, so Jimmy.

Seit unserer ersten Begegnung war noch kein ganzes Jahr vergangen, da machte er mir einen Heiratsantrag. Bei einem Waldspaziergang fragte er: »Kannst du dir vorstellen, in den USA zu leben?«

Ohne mich lange besinnen zu müssen, antwortete ich mit Ja. Inzwischen war ich so verliebt in ihn, dass ich mit ihm bis ans Ende der Welt gegangen wäre. Über meine Antwort hocherfreut, fragte er: »Willst du mich heiraten?«

Diese Frage beantwortete ich ebenfalls mit einem spontanen Ja. Stürmisch riss er mich in die Arme drückte mir einen heißen Kuss auf. »Das ist super«, antwortete er, als er meine Lippen wieder freigegeben hatte. »Meiner Mom habe ich geschrieben, dass ich das netteste Mädchen der Welt kennengelernt habe, dass es von einem Bauernhof stamme und Erfahrung mit Geflügel habe. Darauf schrieb sie zurück, sie freue sich, eine Schwiegertochter zu bekommen, die ihr auf der Farm helfen werde.«

Jetzt erkannte ich einen Sinn darin, dass ich im Pflichtjahr einschlägige Erfahrungen gemacht hatte. Meiner Mutter gegenüber erwähnte ich vorerst nichts von dieser »Verlobung«. Ihr und mir wollte ich es ersparen, jetzt schon mit dem Klagelied zu beginnen, dass ich so weit von zu Hause weggehen wolle.

Im September 1946 war ich wieder zum großen Tanzabend im Soldaten-Club eingeladen. Wir tanzten, wir plauderten, wir lachten und tranken auch ein wenig Alkohol. In den frühen Morgenstunden brachte Jim mich bis vor meine Haustür. Wir verspürten aber noch keine Lust auseinanderzugehen und machten einen romantischen Mondscheinspaziergang. Da »passierte« es dann. Lag es daran, dass ich durch den Wein enthemmt war? Oder wurde ich leichtsinnig, weil wir bald heiraten würden?

Da es nun mal passiert war, kam es auf einige Male mehr auch nicht an. Zu meinem Schrecken blieben aber im Februar 1947 meine Tage aus. Doch ich erzählte Jim nicht gleich davon. Vielleicht hatte es nichts zu bedeuten und war bloß blinder Alarm. Erst als meine Tage zum zweiten Mal ausblieben, gestand ich es Jimmy kleinlaut. Zu meiner Überraschung reagierte er völlig anders darauf, als ich befürchtet hatte. Er war geradezu begeistert. Schon in den nächsten Tagen beantragte er mit mir gemeinsam die Einwanderungspapiere für die Vereinigten Staaten. Er bestand darauf, dass unser Kind in seiner Heimat zur Welt kam, damit es gleich ein amerikanischer Staatsbürger war. Sobald sein Dienst in Deutschland beendet wäre, würde er nachkommen und dann würden wir groß Hochzeit feiern.

Leider kam alles anders, als wir es geplant hatten. Das mit den Papieren zog sich hin. Unterdessen wurde ich immer runder und es dauerte nicht lange, bis es meiner Mutter auffiel. »Jetzt bist du ein gefallenes Mädchen«, war ihr erster Kommentar.

»Was heißt hier gefallenes Mädchen«, antwortete ich trotzig. »Jim und ich werden bald heiraten.«

»Und wo wollt ihr wohnen? Er in der Kaserne und du hier?«

»Keine Sorge, Mama, die Einwanderungspapiere für die USA haben wir bereits beantragt. Sobald ich diese habe, fliege ich über den großen Teich. Bei seiner Mutter bringe ich unser Kind zur Welt. Und wenn er hier seinen Dienst beendet hat, kommt er nach und es wird geheiratet.«

So recht glaubte sie meinen Ausführungen nicht: »Nein, nein, mir bleibt auch nichts erspart. Jetzt bin ich wirklich froh, dass dein armer Vater das nicht mehr erleben muss. Das hätte ihn hart getroffen, dass unsere Jüngste das ›Schwarze Schaf‹ der Familie wird.«

Der Kommentar meiner Schwester Leni, die von der Mutter umgehend eingeweiht wurde, lautete: »Die Leute werden mit dem Finger auf dich zeigen und ›Ami-Liebchen‹ hinter dir hertuscheln. Das hat man von anderen Mädchen bereits gehört.«

Solche Bemerkungen schmerzten sehr, dennoch bewegte ich mich vorerst erhobenen Hauptes durch die

Gemeinde. Doch bald bekam ich mit, dass meine Schwester recht hatte, daher traute ich mich kaum noch ins Dorf. Selbst von kirchlicher Seite bekam ich meinen Fehltritt zu spüren. Der Pfarrer grüßte mich nicht mehr, und bei der Prozession an Fronleichnam durfte ich keinen Kranz mehr tragen. Bei uns war es nämlich der Brauch, dass alle ledigen Frauen sich zu Fronleichnam einen Kranz aus Buchs wanden und stolz auf dem Haupt trugen, wenn sie in ihrem weißen Gewand in der Prozession hinter dem Allerheiligsten hermarschierten.

Zur damaligen Zeit galt es allgemein als Schande, wenn man als ledige Frau ein Kind erwartete, und erst recht, wenn es von einem Amerikaner war, dem Feind, der uns vor kurzem noch mit Bomben beworfen hatte. Man wurde nicht nur scheel angesehen, es wurde geradezu als Verbrechen hingestellt. Wie ich bald beobachten konnte, war ich nicht die einzige, die dieses »Schicksal« zu ertragen hatte. In und um Erding gab es immer mehr Mädchen, die mit einem Amerikaner angebandelt hatten und schwanger wurden. Sicherlich hat sich die eine oder andere in die Hand einer Engelmacherin begeben.

Es war nicht verwunderlich, dass Verbindungen zwischen amerikanischen Soldaten und deutschen Mädchen entstanden. Die meisten der deutschen jungen Männer waren auf dem Schlachtfeld geblieben. Und die jungen amerikanischen Soldaten, die ihren Dienst fern von der Heimat erfüllen mussten, hatten auch das Bedürfnis nach Freundschaft und Liebe. Nur wenige der deutschen Mädchen hatten das Glück, innerhalb kurzer Zeit vom Vater ihres Kindes geheiratet zu werden und mit ihm nach Amerika zu gehen.

Heutzutage hätte man vermutlich eine Selbsthilfegruppe gegründet und sich gegenseitig Halt und Stütze gegeben. Von uns war damals aber niemand auf eine solche Idee gekommen. Jede ertrug schweigend ihr Los. In dieser Situation sollte Hanni für mich eine Art Schutzengel werden.

Während meiner ganzen Schulzeit hatte ich nie eine Freundin gehabt. Das lag daran, dass wir weit außerhalb des Dorfes wohnten, in dem ich zur Schule ging. Auf den Nachbarhöfen gab es keine Mädchen in meinem Alter, und alle anderen wohnten zu weit weg, als dass man sich am Nachmittag hätte treffen können. Durch Zufall lernte ich Hanni kennen. Sie war neu am Fliegerhorst. Noch deutlich erinnere ich mich an unsere erste Begegnung. Es war Ende Juli auf der Treppe, die zu einer Flugzeughalle führte. Um mit ihr ins Gespräch zu kommen, grüßte ich mit »Hallo! Heut ist es aber heiß!«

Sie erwiderte nicht nur freundlich meinen Gruß, sie starrte auch auf meinen Bauch. »Bist du etwa schwanger?«

Das gab ich zu und erzählte ihr von Jim. Drumherum reden hätte ja nichts gebracht. Von der Stunde an hatte ich eine Freundin. Eine bessere konnte man sich nicht wünschen. In allen Stürmen hielt sie zu mir. Sie stärkte mir den Rücken und damit mein Selbstwertgefühl. Von diesem Tag an trafen wir uns in jeder Mittagspause am Tisch in der Kantine. »Lass die anderen nur reden«, ermunterte sie mich. »Dass deine Liebe auf einen Besatzungssoldaten gefallen ist, sehe ich nicht als Schande an. Das ist Schicksal. Wichtig ist, dass er zu dir steht. Die Lästermäuler werden bald verstummen, spätestens wenn du in den USA sein wirst. Sobald das Kind da ist, werden auch hier wieder bessere Zeiten für dich anbrechen.«

Solche Worte taten mir unendlich gut, zumal sich das mit meinen Papieren weiter hinzog. Endlich, sechs Wochen vor dem errechneten Geburtstermin, hielt ich sie in Händen. Nun aber durfte ich nicht mehr fliegen. Fluggesellschaften lehnen es ab, hochschwangere Frauen zu befördern. Durch den Druckunterschied in der Flugzeugkabine kann es zu Frühgeburten kommen. Meine Mutter atmete auf, als sie erfuhr, dass ich vorerst im Lande bleiben würde.

Am 18. Oktober 1947 war es dann so weit. Im Krankenhaus zu Erding kam mein Sohn zur Welt. Mit einem riesigen Blumenstrauß eilte der junge Vater herbei. Am Tag darauf besuchte er mich wieder, mit seinem Bruder George im Gefolge. Dieser war eigens von Landshut herübergekommen, um seinen kleinen Neffen zu begrüßen. Ihm zu Ehren bekam unser Kind den Namen George, und Onkel George wurde natürlich Pate.

Auch meine Mutter und meine Schwester Leni kamen an mein Wochenbett und hießen ihren Enkel bzw. Neffen Schorsch auf dieser Welt willkommen. Darüber freute ich mich sehr. Meine Freundin Hanni besuchte mich fast täglich. Wenn ich niedergeschlagen war, weil es mit dem Flug nicht geklappt hatte, verstand sie es, mich immer wieder aufzubauen: »Genieß doch noch die Zeit mit deiner Mutter und Schwester. Du solltest erst fliegen, wenn der Kleine abgestillt ist.

Durch den veränderten Luftdruck im Flugzeug könnte der Milchstrom versiegen, und das wäre sehr nachteilig für das Kind. Außerdem, solange du noch in Deutschland bist, bleibst du länger mit deinem Schatz zusammen.«

Das waren starke Argumente. Am sechsten Tag meines Klinikaufenthaltes kam Jim mit hängenden Schultern an mein Wochenbett. »Was ist los?«, fragte ich besorgt. Nur zögernd rückte er mit der Sprache heraus. Er werde nicht, wie wir erwartet hatten, in absehbarer Zeit in seine Heimat zurückbeordert, sondern nach Indochina. Was das wirklich zu bedeuten hatte, war mir nicht klar. Mir war lediglich bekannt, dass Indochina sehr weit weg lag, und ich vermutete, dass durch Jims Einsatz dort unsere Trennung lange dauern würde. Also war die Hochzeit auf unbestimmte Zeit verschoben. Verständlich, dass mich diese Mitteilung niederschmetterte. »Wann soll es denn losgehen?«, brachte ich schließlich schluchzend hervor. – »Am 28. Oktober um 18 Uhr geht meine Maschine.«

Es blieb ihm gerade noch die Zeit, mich und seinen Sohn am neunten Tag nach der Entbindung mit dem Jeep vom Krankenhaus abzuholen und in mein Elternhaus zu bringen. Vor unserer Haustür erfolgte ein tränenreicher Abschied.

In der Folgezeit konnte ich mich nicht beklagen. Von Mutter und Schwester wurden wir bestens betreut. In der Zeitung verfolgte ich mit Besorgnis die Nachrichten aus dem fernen Osten. Oft war von Kämpfen in Indochina zu lesen. Seit 1946 herrschte dort ein Krieg, in dem um die Unabhängigkeit Vietnams gekämpft wurde.

Im Grunde genommen war ich nun ganz froh, noch in Deutschland zu sein. Es war ja nicht abzusehen, wie lange Jims Einsatz in Indochina dauern würde. Es war sogar zu befürchten, dass er von dort nicht mehr lebend zurückkehrte. Man musste mit allem rechnen. Wäre ich bereits in Amerika und Jim würde in Indochina fallen, hätte ich mit meinem Kind fern der Heimat in einem fremden Land gesessen. Vorerst wurde also nichts aus der Auswanderung, ich musste aber mich und mein Kind ernähren, deshalb nahm ich meine Arbeit am Fliegerhorst wieder auf. Hier war es erneut Hanni, die mir täglich Zuspruch gab.

Nach vier Wochen erhielt ich endlich ein Lebenszeichen von meinem Geliebten und atmete auf, weil es ihm gut ging. So ganz beruhigen konnten mich seine Zeilen jedoch nicht. Der Brief hatte eine lange Reise hinter sich, und währenddessen hätte im Kampfgebiet viel passiert sein können. Selbstverständlich schrieb ich sogleich einen Antwortbrief, in dem ich dem jungen Vater schilderte, dass sein Sohn bereits lächeln könne.

Wenige Tage später erlebte ich eine besondere Freude. Auf meiner Dienststelle wurde mir ein Päckchen übergeben. Es kam aus Amerika! Von der anderen Oma! Bis zur Mittagspause musste ich mich noch gedulden. Am Tisch in der Kantine öffnete ich es dann und packte es hastig aus. Es enthielt süße Babysachen und einen Begleitbrief, worin meine Schwiegermutter in spe schrieb, dass sie über ihr Enkelkind sehr glücklich sei und es kaum erwarten könne, es endlich in den Armen zu halten.

Der Indochina-Krieg sollte sich bis 1954 hinziehen. Doch bereits fünf Monate nachdem Jimmy dorthin abgereist war, erreichte mich ein Brief aus den USA von ihm. Die Freude, die ich beim Erhalt dieses Briefes zunächst empfand, sollte aber beim Lesen bald einen argen Dämpfer bekommen. Mein Liebster war vorzeitig in die Heimat entlassen worden, weil er sich eine Tropenkrankheit zugezogen hatte. Das einzig Beruhigende an dem Schreiben war, dass für ihn dieser Krieg nun aus war und keine Gefahr mehr bestand, in Vietnam den Heldentod zu sterben. Sofort schrieb ich ihm einen langen Antwortbrief. Unter anderem berichtete ich darin von den Fortschritten, die sein Sohn machte. Als der Brief aufgegeben war, wartete ich sehnsüchtig auf Antwort. Doch es kam keine. Woche um Woche verging. In großer Sorge setzte ich mich hin und schrieb einen zweiten Brief. Doch auch auf diesen erfolgte keine Antwort. In meiner Besorgnis wandte ich mich schriftlich an das amerikanische Konsulat mit der Bitte, man möge Nachforschungen nach Jim anstellen. In einem knappen Schreiben teilte man mir nach kurzer Zeit mit, dass man mir leider keine Auskunft über ihn geben könne, da wir nicht miteinander verheiratet seien.

Was blieb mir anderes übrig, als mich in Geduld zu fassen. Schließlich musste ich meinem Broterwerb nachgehen und musste froh sein, dass meine Mutter und meine Schwester den kleinen George so selbstlos betreuten.

Mitte 1948 endlich erhielt ich einen Brief aus Amerika. Er war aber nicht an meine Heimatadresse gerichtet, sondern an meine Dienststelle. Der Absender war auch nicht Jim, sondern seine Mutter. Noch an meinem Schreibtisch sitzend schlitzte ich das Kuvert auf. In wenigen Worten teilte sie mir mit, ihr Sohn sei im Juni seiner Tropenkrankheit erlegen. Sie betonte, er sei sehr traurig gewesen, weil ich auf seine Briefe im März und April nicht geantwortet habe.

Zunächst war ich wie vor den Kopf geschlagen. Jim tot! Meine große Liebe gestorben! Der Vater meines Kindes lebte nicht mehr. Mein Traum von einer Zukunft mit ihm zerplatzt wie eine Seifenblase. Wenig später ging ich zu Tisch. Wie ich in die Kantine gekommen bin, weiß ich nicht mehr. Stumm wie ein Fisch und offenbar weiß wie ein Leintuch nahm ich an dem üblichen Tisch Platz, an dem Hanni bereits saß: »Was ist mit dir los? Was ist passiert? Du siehst ja aus wie eine wandelnde Leiche.«

Noch immer brachte ich kein Wort heraus. Stumm reichte ich ihr den Brief. Schweigend las sie ihn. »Das ist ja entsetzlich«, war ihre erste Bemerkung. Sie trat auf mich zu und zog mich vom Stuhl hoch. Dann umarmte sie mich ganz fest und so lange, bis ich mich aus meiner Erstarrung gelöst hatte und Tränen flossen.

»Das ist gut so«, stellte meine Freundin fest. »Tränen schwemmen viel Trauriges hinweg.«

Sie hatte recht. Nach einigen Minuten fühlte ich mich etwas erleichtert, sodass ich wenigstens einen Teller Suppe hinunterbrachte. Nachdem Hanni gegessen hatte, bat sie noch mal um den Brief. »Diese Stelle gibt mir zu denken.« Dabei deutete sie auf den Satz, dass Jimmy traurig gewesen sei, weil ich seine beiden letzten Briefe nicht beantwortet hätte.

»Du hast mir doch erzählt, dass seit Februar kein Brief bei dir angekommen ist und dass du deshalb sogar übers Konsulat nach ihm forschen lassen wolltest.«

»Stimmt. Mit der Post muss etwas schiefgelaufen sein.«

»Mit der Post ist nichts schiefgelaufen. Was da schiefgelaufen ist, kann ich dir leicht erklären. Entweder steckt deine Mutter dahinter oder deine Schwester oder beide.«

»Wie kommst du denn darauf?«, wurde ich hellhörig.

Mit zielgerichteten Worten öffnete mir Hanni die Augen: »Deine lieben Verwandten haben Jims Briefe abgefangen. Du hast mir doch erzählt, dass sie immer wieder auf dich eingeredet haben, du sollst nicht nach Amerika gehen, du wüsstest ja nicht, was dich dort erwartet. Sie würden dir helfen dein Kind aufzuziehen, dann hättest du es gar nicht nötig, diesem Soldaten nachzulaufen.«

Allmählich dämmerte es mir: »Da kannst du recht haben. Noch heute Abend werde ich sie zur Rede stellen.«

Nach dem Nachtmahl redete ich nicht lange um den heißen Brei herum und fragte rundheraus: »Warum habt ihr mir Jims Briefe unterschlagen?«

Ihre Reaktion zeigte mir, dass ich ins Schwarze getroffen hatte. So sprachlos habe ich weder Mutter noch Schwester jemals gesehen. Zunächst fiel beiden die Kinnlade herunter. Dann schnappten sie nach Luft wie ein Fisch auf dem Trockenen.

»Wie kommst du denn darauf?«, fragte Leni schließlich in scheinheiligem Ton.

Ohne eine Erklärung abzugeben, drückte ich meiner Mutter das Schreiben von Jims Mutter in die Hand. Da sie kein Englisch konnte, reichte sie stumm den Brief an Leni weiter. Diese konnte ihn aber auch nicht lesen. Sie gab ihn mir zurück und ich übersetzte ihn Satz für Satz. Danach bemerkte ich an ihnen eine gewisse Betroffenheit. »Jetzt kannst du ihr die Briefe zeigen«, forderte meine Mutter Leni auf, die die Küche verließ und bald mit zwei Briefen zurück war. Sie gestand, sie auf Anraten der Mutter abgefangen zu haben, und reichte sie mir. Mama gab zu: »Der Gedanke, dass du uns mit Schorsch verlassen willst, war mir unerträglich. Wir haben uns doch so an das liebe Kerlchen gewöhnt. Deshalb wollten wir verhindern, dass du nach Amerika fliegst.«

Die abgefangenen Briefe hatten sie zwar nicht lesen können, sie hatten aber vermutet, dass Jim darin konkrete Anweisungen für meine Auswanderung machte. Mit dieser Vermutung lagen sie richtig. Sie hatten gedacht, wenn ich nichts mehr von ihm höre, werde ich zwar enttäuscht sein, ihn aber bald vergessen haben. Beim stillen Lesen seiner Briefe erkannte ich, dass er, obwohl von schwerer Krankheit gezeichnet, viel Optimismus und Überlebenswillen hatte. Er versicherte mir seine Liebe, machte Vorschläge für meine Übersiedlung in die USA und beschrieb seine Hochzeitspläne. Vor lauter Rührung konnte ich eine Weile nicht weiterlesen. Anschließend übersetzte ich beide Briefe, wobei meine Stimme mehrmals versagte. Mutter und Schwester entschuldigten sich für ihr Verhalten. Doch so schnell konnte ich nicht zur Tagesordnung übergehen.

Nach dieser Szene hing noch für einige Tage der Haussegen schief. Freundin Hanni war es dann, die mich wieder auf den richtigen Weg brachte: »Angenommen, du hättest Jims Briefe erhalten, dann wärst du mit fliegenden Fahnen in die USA geflogen. Vielleicht wäre es sogar noch zur Trauung gekommen. Nach kurzer Zeit hättest du aber schon als junge Witwe im unbekannten Land bei lauter fremden Menschen gesessen.«

Wie so oft sah ich ein, dass meine Freundin auch in diesem Falle recht hatte. Noch am Abend desselben Tages »rauchte« ich mit Mutter und Schwester die »Friedenspfeife«: »Ihr habt zwar verwerflich an mir gehandelt, aber ich verzeihe euch. Inzwischen habe ich begriffen, dass ihr mit der Unterschlagung meiner Post nur mein Bestes gewollt habt. Wenn ich es genau betrachte, war es wirklich mein Bestes. Mir wäre es nämlich sehr schwer gefallen, von euch und allem hier Abschied zu nehmen. Und wer weiß, wie es mir drüben nach Jims Tod ergangen wäre.«

Also blieb ich weiterhin in der Obhut meiner Familie und konnte unbesorgt meiner Arbeit auf dem Fliegerhorst nachgehen. Meinen Sohn wusste ich ja von seiner Oma und seiner Tante bestens versorgt.

Eine Vernunftheirat

Mit der Zeit lebten immer mehr Menschen auf der Air Base, die wir unter uns immer noch Fliegerhorst nannten. Bis zum Jahr 1949 stieg allein die Zahl der Beschäftigten auf über 7500 an, etwa 2700 davon waren amerikanische Soldaten, und die anderen waren, so wie ich, zivile Angestellte. Um die zahlreichen auswärtigen Mitarbeiter zu ihrem Arbeitsplatz zu befördern, reichte ein Jeep schon lange nicht mehr aus. Stattdessen karrten mehrere Trucks die Leute aus den verschiedenen Richtungen herbei und brachten sie am Abend wieder in ihre Dörfer zurück.

In der Höchstzeit müssen über 15 000 Menschen im Gebiet der Air Base gewohnt haben. Deshalb wurde die Siedlung in der Bevölkerung bald Klein-Amerika genannt. Dort gab es alles, was man in einer Wohnsiedlung braucht: eine eigene Schule, eine Kirche, ein Kino, eine Apotheke, Ärzte, Handwerker und Geschäfte aller Art. Der offizielle Namen dieser Siedlung war *Williams-Ville*.

Wenn ich mich richtig erinnere, war dieser Flughafen für die Amerikaner einer der wichtigsten in der ganzen Bundesrepublik Deutschland, wenn nicht gar der wichtigste.

Unter anderem wurde von hier aus durch die sogenannte *Luftbrücke* lange Zeit das eingeschlossene West-Berlin versorgt.

Es ist verständlich, dass ich den meisten Menschen, die an der EAB beschäftigt waren, nicht begegnete. Nur die wenigsten von ihnen lernte ich kennen, zumal es auch immer wieder Wechsel gab. Die einen gingen, andere kamen. Mit den Arbeitern der Flugzeughalle oder des Flugplatzes hatten wir Büroangestellten so gut wie nichts zu tun. Lediglich beim Mittagessen in der Kantine sah man schon mal den einen oder anderen. Anfang Oktober 1948 setzte sich ein Mann zu mir an den Tisch, offensichtlich ein Neuling. Er stellte sich als Alois vor und schien das Bedürfnis zu haben zu reden. Ohne dass ich ihn gefragt hatte, erzählte er mir sein halbes Leben. Er sei erst Anfang des Jahres aus französischer Kriegsgefangenschaft entlassen worden. Er habe sich spontan nach Bayern gemeldet, weil er übers Rote Kreuz erfahren habe, dass seine Frau mit den vier Kindern nach ihrer Flucht aus den Sudeten in einem kleinen Ort namens Hörgersdorf gelandet sei. Das war genau der Ort, in dem ich zur Schule gegangen war. Das erwähnte ich aber nicht, weil ich den Redeschwall von Alois nicht unterbrechen wollte.

Nun sei er glücklich, wieder bei seiner Familie zu sein, wenn diese auch sehr beengt in zwei kleinen Zimmern hause. Durch ihn sei es dort noch enger geworden und erst recht, seit der Schwager seiner Frau im August von ihnen aufgenommen worden war. Er betonte auch, wie glücklich er sei, schon nach wenigen Monaten eine Arbeit gefunden zu haben, nämlich in einer Flugzeughalle der Air Base.

Von da an trafen wir uns fast jeden Tag beim Mittagessen. Als ich endlich mal zu Wort kam, erzählte ich ihm auch ein bisschen aus meinem Leben, unter anderem, dass ich einen kleinen Sohn habe. Sein Vater, ein amerikanischer Soldat, sei, noch bevor wir heiraten konnten, an einer Tropenkrankheit gestorben.

Da sich nach dem Krieg das Leben langsam zu normalisieren begann, fanden auch hier und da wieder Tanzveranstaltungen statt. Bisher hatten wir jungen Menschen ja kaum etwas von unserer Jugend gehabt. Wir Mädchen kannten nur Arbeit und Bombenalarm, und für die jungen Männer war es noch ungleich schlimmer gewesen. Entweder sie waren auf dem »Felde der Ehre« geblieben oder sie kamen nach langer, zermürbender Kriegsgefangenschaft heim, oft verkrüppelt an Leib und Seele. Kein Wunder, dass viele wie ausgehungert zu solchen Veranstaltungen strebten.

Mir selbst stand aber nicht der Sinn danach. Noch immer trauerte ich um Jimmy und fand Erfüllung darin, unseren Sohn aufwachsen zu sehen. Doch Anfang Februar 1949 ermunterte Alois mich: »Komm doch am Samstag mit auf den Faschingsball in Hörgersdorf.«

Statt mich darüber zu freuen, dass ich mal wieder ausgeführt wurde, antwortete ich kurz angebunden: »Nein, da gehe ich nicht hin.«

»Doch, du musst mitkommen«, blieb er beharrlich. »Ich bringe auch jemanden mit.«

»Freilich, deine Frau«, antwortete ich schnippisch.

»Gewiss komme ich mit meiner Frau, aber ich bringe zusätzlich noch jemanden mit, nämlich ihren Schwager.«

»Und was habe ich damit zu tun?«

»Bernhard, ihr Schwager, ist erst Ende Juli aus französischer Kriegsgefangenschaft gekommen. Er hat ein sehr trauriges Schicksal hinter sich. Seine Frau war die Schwester meiner Frau. Sie ist Anfang 1944 an Typhus gestorben und hat ihm ein Kind von dreieinhalb Jahren hinterlassen. Da er zu dieser Zeit an der Front war, haben sich zwei Tanten seiner Frau um die kleine Tochter gekümmert, also deren Großtanten, die in Schlesien wohnen. Wie dir bekannt sein dürfte, gehört das zu Polen, und seit Kriegsende ist die Grenze zu. Nun steht Bernhard ganz allein auf der Welt.«

»Warum erzählst du mir das alles?«, fragte ich in abweisendem Ton.

»Schau, Julika, er ist allein, und du bist allein und du hast einen Buben, der keinen Vater hat. Da wäre es doch nicht verkehrt, wenn ihr euch zusammentut. Er hätte wieder eine Frau, du hättest einen Mann und dein Bub einen Vater.«

»Nun ja, meinetwegen. Anschauen kann ich ihn mir ja mal. Aber völlig unverbindlich!«

»Gewiss. Ihr könnt euch ganz unverbindlich beschnuppern und prüfen, ob ihr euch sympathisch seid.«

Schüchtern wie ein Backfisch betrat ich am Abend des Faschingsballes das Wirtshaus zu Hörgersdorf. Suchend schaute ich mich um. Endlich entdeckte ich Alois, der mich heftig heranwinkte. Er stellte mir seine Frau vor und deren Schwager Bernhard, der Mitte dreißig sein mochte. Der Mann sah nicht übel aus. Sobald die Musik einsetzte, forderte er mich zum Tanz auf. Wehmütige Gedanken stiegen in mir auf. Das letzte Mal hatte ich getanzt, als ich mit Jim im amerikanischen Club gewesen war. Doch schnell verflog diese trübe Anwandlung wieder. Bernhard tanzte ausgezeichnet, und es war ein angenehmes Gefühl, in den Armen eines starken Mannes über das Parkett zu schweben. Mein Herz klopfte aber kein bisschen schneller. Bernhard ließ keinen Tanz aus und er ließ keinem anderen die Chance, mich zum Tanze zu holen. Anscheinend gefiel ich ihm. Zwischen den Tänzen erzählte er mir aus seinem Leben. Von Beruf sei er Schneider. Sein Vater sei schon Schneider gewesen und sein Großvater ebenfalls. Leider habe er nach seiner Rückkehr aus der Kriegsgefangenschaft in seinem Beruf bisher nicht wieder Fuß fassen können. Weil er aber Alois nicht auf der Tasche liegen wolle, arbeite er seit seiner Ankunft bei verschiedenen Bauern als Tagelöhner. Das imponierte mir, dass er vor keiner Arbeit zurückschreckte.

Um auch etwas zum Gespräch beizutragen, fragte ich, wieso er in Bayern gelandet wäre, wo er doch aus Schlesien stamme. So erfuhr ich von ihm, dass man nur dann aus der Gefangenschaft entlassen wurde, wenn man eine Adresse angeben konnte, bei der man Aufnahme finden würde. Das war verständlich, weil nach dem Krieg die Wohnungsnot unbeschreiblich groß war. Viele Adressen existierten nicht mehr, weil die Häuser zerbombt waren. Zahlreiche Familien waren gleich mitausgelöscht worden, und Überlebende waren zu Verwandten oder Freunden gezogen, die noch ein Dach über dem Kopf hatten. Man half sich gegenseitig, auch wenn man eng zusammenrücken musste. Übers Rote Kreuz hatte Bernhard erfahren, wohin es Klara, die ältere Schwester seiner Frau, verschlagen hatte. Bei dieser hatte er anfragen lassen, ob sie ihn aufnehme. Dazu hatten sie und ihr Mann sich sofort bereit erklärt. Bei den Tanten seiner Frau im Sudetenland hatte er nicht anfragen mögen. Er kannte sie ja kaum, während er zur Schwester seiner Frau immer ein gutes Verhältnis gehabt hatte. Außerdem wollte er nicht nach Polen. Über Klaras Bereitschaft, ihn aufzunehmen, hatte er sich sehr gefreut, auf das Wiedersehen mit ihr und ihrer Familie ebenfalls. Allerdings hatte er nicht im geringsten erwartet, dass die Familie so beengt wohnen würde, und nun kam er auch noch dazu. Sein dringlichstes Anliegen war es nun, aus dieser Beengtheit herauszukommen, und dafür schien ihm eine Heirat der geeignete Weg. Gewiss lag auch Alois daran, den Gast bald wieder loszuwerden. Sein Versuch, ihn mit mir zu verkuppeln, war also nicht unbedingt nur selbstlos. Ich hatte dafür volles Verständnis und bewunderte Alois und seine Frau auch, dass sie den entlassenen Kriegsgefangenen so spontan aufgenommen hatten.

Bereits am Abend des Kennenlernens erzählte ich Bernhard, dass ich einen 16 Monate alten Buben habe. Doch das wusste er bereits, und es hatte ihn nicht davon abgehalten, sich mit mir zu treffen. Bei unserem nächsten Rendezvous stellte ich Bernhard bei mir zu Hause vor. Mutter und Schwester waren von ihm sofort angetan und befürworteten eine baldige Heirat. Sie dachten dabei weniger an mein Glück, ihnen war es wichtig, dass ich endlich in geordnete Verhältnisse komme.

Nun trafen wir uns immer öfter, und er wurde mir zusehends sympathischer. Beim vierten oder fünften

Treffen gestand er mir, dass es ihm nicht nur darum gehe, die Gastfreundschaft seiner Verwandten nicht zu lange in Anspruch zu nehmen, sondern auch um eine dauerhafte Aufenthaltsgenehmigung. Diese wäre ganz leicht durch eine Heirat mit einer Einheimischen zu erreichen. Seine Ehrlichkeit schreckte mich nicht ab, im Gegenteil, sie gefiel mir an ihm. Ein bisschen muss ich mich dann doch in ihn verliebt haben, denn ich freute mich auf jedes Wiedersehen.

An eine Heirat war vorerst jedoch nicht zu denken. Wo hätten wir denn wohnen sollen? Außerdem brauchte mein Zukünftiger eine richtige Arbeit, um eine Familie ernähren zu können. Die paar Mark, die er als Tagelöhner verdiente, reichten dazu nicht aus. Es war dann wieder der liebe Alois, der ihm bereits nach kurzer Zeit eine Arbeit besorgte, nämlich beim Fliegerhorst. Bernhards Aufgabe war es dort, Flugzeuge zu reinigen. Dies war zwar keine Tätigkeit, die seiner Ausbildung entsprach, und es war auch keine auf hohem Niveau, doch er bezog immerhin ein regelmäßiges Einkommen. Bescheiden, wie ihn der Krieg gemacht hatte, war er froh und dankbar, sich seinen Lebensunterhalt verdienen zu können. Nach einem Jahr endlich »stieg er auf« und wurde in seinem erlernten Beruf beschäftigt, nämlich in der Kleiderkammer – zunächst allerdings als Flickschneider. Die ihm zugewiesenen Arbeiten hätte leicht ein Lehrling im ersten Lehrjahr ausführen können: Risse in den Uniformen der Soldaten reparieren, Knöpfe annähen, neue Achselklappen an den Uniformen der Offiziere anbringen, wenn sie auf der Hierarchie-Leiter die nächste Stufe erreicht hatten. Dennoch war Bernhard mit dieser Entwicklung zufrieden; es war immerhin ein Anfang. Nun endlich wagte er es, mir einen Heiratsantrag zu machen. Diesen nahm ich ohne Wenn und Aber an. Wir waren uns bewusst, dass es auf beiden Seiten nicht die große Liebe war, es war eine Vernunftheirat, die wir schließen wollten. Wie Schwager Alois mir schon bedeutet hatte, kam ich endlich unter die Haube und hatte einen Vater für meinen Sohn. Für Bernhard bedeutete diese Heirat, dass er wieder eine Ehefrau hatte, die ihn umsorgte. Er würde eine dauerhafte Aufenthaltsgenehmigung bekommen und hoffte, auf diese Weise den engen Verhältnissen bei den Verwandten entfliehen zu können. Doch das mit der Heirat ging nicht so schnell, wie wir erwartet hatten. Die Wohnungsnot war noch immer enorm. Wo man auch anfragte, man bekam absolut nichts, noch nicht mal ein einzelnes Zimmer. Angestrengt dachte ich darüber nach, wie wir zu einem Heim kommen könnten. Wir stellten ja keine großen Ansprüche, eine kleine, bescheidene Bude würde uns reichen. Endlich kam mir meine Schwester Anna in den Sinn. Vielleicht würde sie uns vorübergehend aufnehmen, bis sich die Zeiten gebessert hatten. Denn wie man beobachten konnte, war überall eine rege Aufbautätigkeit im Gang.

Im Jahre 1936 hatte Anna glücklich in ein ansehnliches bäuerliches Anwesen eingeheiratet, das nicht allzu weit von unserem Elternhaus entfernt lag. Zu ihrem Bedauern war die Ehe lange Zeit kinderlos geblieben. Als 1940 mit Schorschi endlich der ersehnte Stammhalter ankam, schien das Glück des jungen Paares perfekt. Doch schon bald kam großes Leid über die junge Familie. Vitus, Annas Mann, der nur einige Jahre älter war als sie, erkrankte an Magenkrebs. Seine Frau pflegte ihn aufopfernd, dennoch musste man ihn bereits nach zwei Jahren zu Grabe tragen. Von da an hatte Anna auf dem Hof nichts mehr zu lachen. Vitus' Familie ekelte sie mitsamt ihrem Sohn aus dem Haus. In Schwaig, einem Ortsteil von Oberding, fand sie eine kleine Wohnung. Den Lebensunterhalt für sich und ihren Sohn verdiente sie sich, indem sie in vornehmen Häusern als Waschfrau und Putzfrau arbeitete. Ihre Pechsträhne war aber noch nicht zu Ende. Ihr kleiner Schorschi, gerade einmal fünf Jahre alt, wurde 1945 von einem amerikanischen Truck überfahren. Wie das genau passierte und was danach geschah, weiß ich nicht. Darüber hat sie nie sprechen mögen. Seit dem Tod ihres Sohnes war sie eine gebrochene Frau und lebte noch zurückgezogener als zuvor. Sie ernährte sich weiterhin kümmerlich von dem, was sie durch Waschen, Putzen und Bügeln verdiente.

Vielleicht würde sie uns aufnehmen, wenn ich ihr ein vernünftiges Angebot machte. Das Gebäude, in dem sie lebte, im Landhausstil erbaut, befand sich nur sieben Kilometer entfernt vom Stadtzentrum Erding. Schwaig war von den Fliegerangriffen verschont geblieben. Im ersten Stock des Hauses bewohnte Anna eine zwar kleine, aber gemütliche Dreizimmerwohnung. Bei einer Tasse Malzkaffee schlug ich ihr vor, uns eines ihrer drei Zimmer zu überlassen, Küche und Stube würden wir gemeinsam nutzen. Dafür würden wir die gesamte Mietzahlung übernehmen und ihren Lebensunterhalt bestreiten. Sie solle uns den Haushalt führen und meinen Sohn betreuen, während ich in der Arbeit war.

Meine Schwester enttäuschte mich nicht. Sie war nicht nur sofort damit einverstanden, dass ich mit Mann und Sohn bei ihr einziehen würde, sie freute sich sogar, dass wieder Leben ins Haus käme und vor allem, dass sie von nun an daheim bleiben konnte. Es war ihr zusehends schwerer gefallen, in fremden Häusern zu dienen und noch dazu an so vielen unterschiedlichen Stellen.

Nun konnten wir endlich das Aufgebot bestellen. Danach galt es, wichtige Vorbereitungen zu treffen. Unter anderem ging es um die »Garderobe« des Brautpaares. Wenn ich schon endlich unter die Haube kam, wollte ich auch dem Anlass entsprechend gekleidet sein. Dennoch scheuten wir uns, viel Geld dafür auszugeben. Unsere Devise war es, wo immer es ging zu sparen, da wir ja in absehbarer Zeit bauen wollten. Von einer Arbeitskollegin, die erst kürzlich geheiratet hatte, erstand ich das Brautkleid für fünfzig Mark. Es war wunderschön, sah aus wie neu, und niemand wäre auf die Idee gekommen, dass es ein Second-Hand-Kleid war. Damit es mir wie angegossen passte, musste mein Zukünftiger nur eine kleine Änderung daran vornehmen. Er selbst ließ sein Jackett, das ursprünglich beige gewesen war, in feierliches Schwarz umfärben. Eine schwarze Hose besaß er schon. Unsere Trauzeugen waren Schwager Alois und Schwager Lorenz. Mit ihnen schritten wir am 10. Mai 1950 um 10 Uhr zum Standesamt in Hörgersdorf und um 11 Uhr daselbst zum Traualtar. Mittags versammelte man sich mit den engsten Angehörigen im einzigen

Wirtshaus am Platze, um gebührend zu feiern. Meine Freundin Hanni konnte leider erst nach 18 Uhr dazukommen. Es war ein ganz normaler Mittwoch, an dem wir heirateten, und für die Hochzeit einer Freundin bekam man verständlicherweise nicht frei. Sie ließ sich von dem Truck, der die Air-Base-Angestellten heimbrachte, nicht in ihrem Heimatdorf absetzen, sondern am Gasthaus in Hörgersdorf. Dort konnte sie wenigstens noch das Nachtessen mit uns einnehmen und anschließend ein Tänzchen wagen.

In der Nacht radelten Anna, mein Angetrauter und ich zu ihrer Wohnung. Unser neugekauftes Schlafzimmer war bereits aufgebaut. Meinen Sohn hatten wir bei Leni gelassen. Wir wollten ihn erst am Sonntag zu uns nehmen, damit uns vorher ein paar Flittertage blieben.

Am folgenden Morgen wollten wir das Bettchen vom verstorbenen Schorschi, das noch immer im Zimmer seiner Mutter stand, in unser Zimmer tragen. Doch Anna wehrte ab: »Nein, nein, lasst das Bett, wo es ist. Dein Schorsch kann bei mir in der Kammer schlafen.«

Das war für uns natürlich recht angenehm. Anna nannte meinen Buben von Anfang an Schorsch, wohl in Erinnerung an ihren Schorschi. Vielleicht fiel es ihr auch schwer, den englischen Namen George auszusprechen. Als er endlich eintraf, hatte sie gleich einen guten Draht zu ihm. In ihm sah sie wohl einen Ersatz für ihr verlorenes Kind.

Lange Zeit konnte ich Jimmy nicht vergessen, auch als ich bereits verheiratet war, zumal ich durch seinen Sohn, der ihm mit zunehmendem Alter immer ähnlicher sah, ständig an ihn erinnert wurde.

Schon wenige Tage nach der Hochzeit sprach Bernhard davon, meinen Sohn zu adoptieren, mit der Begründung: »Er soll unseren Namen tragen, damit er später in der Schule nicht scheel angesehen wird, wenn er einen anderen Namen trägt als seine Eltern.«

Über diesen spontanen Vorschlag meines Ehemannes freute ich mich sehr. Die Adoption ging unproblematisch und zügig über die Bühne. Mit dieser Entscheidung waren wir alle sehr zufrieden, sogar meine Mutter und Leni. Das Leben in der Wohnung meiner Schwester Anna spielte sich wunderbar ein. Am Abend setzten wir uns an den gedeckten Tisch, und anschließend spielten wir noch eine Weile mit unserem Sohn. Danach ließ er sich gutwillig ins Bett bringen.

Nach einigen Wochen hatte ich das Gefühl, dass in meinem Mann ein stiller Kummer nagte. »Was ist los? Was hast du? Was bedrückt dich?«, drang ich in ihn. Zögernd kam es aus ihm heraus: »Du hast deinen Sohn bei dir, und ich möchte so gerne Lisbeth, meine Tochter, bei mir haben.«

»Aber, Bernhard, warum hast du das nicht gleich gesagt? Das ist doch kein Problem. Lass sie einfach kommen.«

»Das sagst du so leichthin, aber wo sollen wir sie unterbringen?«

»Nichts einfacher als das. Wir nehmen George zu uns ins Zimmer, dann ist für Lisbeth Platz in Annas Kammer.«

»Du kannst doch nicht einfach über den Kopf deiner Schwester hinweg bestimmen.«

»Das lass nur meine Sorge sein.«

Mit meinem Vorschlag war Anna sofort einverstanden. Doch Lisbeth herzuholen, war nicht so einfach. Das Mädchen wohnte ja in Polen. Deshalb musste ihr Vater für sie dort einen Ausreiseantrag stellen und für die Bundesrepublik Deutschland einen Einreiseantrag. Formulare, Formulare! Lisbeths Vater war glücklich, als er endlich die Zuzugsgenehmigung für seine Tochter in Händen hielt. Damit war es aber nicht getan. Wer querschoss, waren die lieben Verwandten, nämlich die ledigen Großtanten des Mädchens, die sie nicht hergeben wollten. Sie begründeten es damit, dass das Kind seelischen Schaden nehmen würde, wenn man es aus seiner angestammten Umgebung herausreiße. Außerdem hätten sie in Lisbeth so viel Liebe, Zeit und Geld investiert, dass es ein himmelschreiendes Unrecht wäre, ihnen das Kind jetzt wegzunehmen. In zehn Jahren sei es erwachsen, dann könne es selbst entscheiden, ob es zum Vater wolle.

Bernhard sah keine Möglichkeit, seine Tochter mit Gewalt von ihren Großtanten abzuholen, abgesehen davon, dass er das auch dem Kind nicht antun wollte. Vielleicht würde es ja gerade dadurch wirklich Schaden nehmen. Deshalb gab er resigniert auf. Als einzige Möglichkeit, für seine Tochter etwas zu tun und mit ihr in Kontakt zu bleiben, schickten wir ihr regelmäßig Päckchen und Pakete. Auf jede Postsendung kam ein Brief mit ein paar mageren Dankesworten von einer der Tanten, im Namen der Nichte. Von Lisbeth aber erfolgte nie ein schriftliches Dankeschön, auch nicht, als sie schon älter war. »Vermutlich kann sie kein Deutsch«, versuchte ich die Tochter bei ihrem Vater zu entschuldigen. Zu ihrem 21. Geburtstag schickten wir das letzte Paket. »Nun ist sie erwachsen und wird an den milden Gaben aus dem Westen nicht mehr interessiert sein«, erklärte ich Bernhard, »zumal es in Polen ja wirtschaftlich auch aufwärts gehen soll«.

Bis sich Vater und Tochter wiedersehen würden, sollten noch etliche Jahrzehnte vergehen.

Um meinen Mann über die große Enttäuschung hinwegzutrösten, versprach ich ihm, dass wir ein gemeinsames Kind haben würden, sobald sich unsere Wohnsituation gebessert habe. Wir waren ja noch immer wild entschlossen zu bauen, und sparten jeden Pfennig.

Ein Jahr nach unserer Hochzeit wurde Bernhard endlich befördert. Vom Flickschneider avancierte er zum Uniformschneider. Offensichtlich hatte man seine Fähigkeiten mittlerweile erkannt. Das hob nicht nur sein Selbstwertgefühl, es hob auch sein Einkommen. Diese Tatsache würde uns unserem Ziel, dem Hausbau, ein gutes Stück näher bringen.

Im September 1953 wurde unser Sohn eingeschult, obwohl er erst Ende Oktober sechs Jahre alt werden sollte. Der Lehrer aber meinte, George wäre ein aufgewecktes Kerlchen und werde leicht mit den anderen Schülern Schritt halten können. Anna war nun vormittags wieder allein und freute sich, Schorsch nach Schulschluss bemuttern zu können. Kurz nach Weihnachten 1953 aber fühlte sie sich gar nicht wohl. Erkältungssymptome wie Husten und Schnupfen nahmen weder wir noch sie ernst. Um sich Linderung zu verschaffen, versuchte sie es mit den üblichen Hausmittelchen wie Lindenblüten- und Salbeitee. Als aber Halsschmerzen und Fieber dazukamen, blieb sie im

Bett. Unser Sohn hatte zu der Zeit gerade Weihnachtsferien, nun war er es, der die Tante bemutterte. Er kochte ihr Tee und nötigte sie zum Essen und Trinken. Das Frühstück brachte er ihr ans Bett und am Mittag das aufgewärmte Essen, das ich am Abend vorgekocht hatte. Von allem aber aß sie nur sehr wenig, sodass ich mir Sorgen machte und ihren Hausarzt kommen ließ. Dieser diagnostizierte eine handfeste Grippe und verschrieb ihr Medikamente, die ich aus der Apotheke holte. In dieser Zeit erkrankten viele Menschen an Grippe, waren aber bald wieder auf den Beinen, nur Anna nicht. Zusehends magerte sie ab und wurde immer schwächer. Eines Morgens fand ich sie regungslos im Bett. Ihr Hausarzt, den ich in großer Sorge herbeirief, konnte nur noch den Tod feststellen. Er erklärte: »Deine Schwester ist nie über den Tod ihres Sohnes hinweggekommen. Seit seinem Unfall hatte sie keinen Lebenswillen mehr. Sie lebte wie eine flackernde Kerze, die durch einen leichten Windhauch ausgeblasen wurde.« Sie starb im Januar 1954 im Alter von 43 Jahren.

Für unsere Mutter war es schlimm, dass sie schon wieder ein Kind verloren hatte.

Nach Annas Begräbnis mussten wir eine neue Lösung für unseren Sohn finden. Nach meiner Beobachtung hatte sich der Sechsjährige sehr geschickt darin angestellt, sich und seine Tante mit Essen zu versorgen. Deshalb wagte ich es, ihm zuzumuten, sich weiterhin sein Mittagessen aufzuwärmen. Er bekam einen Wohnungsschlüssel umgehängt, damit er nach Schulschluss in die Wohnung konnte. Wie so viele andere Kinder, deren Mütter nach dem Krieg gezwungen waren, berufstätig zu sein, wurde Schorsch zum »Schlüsselkind«. In dieser Situation haben sich unsere Vermieter, die im Erdgeschoss wohnten, vorbildlich gezeigt. Sie schauten jeden Tag auf George, wenn er von der Schule kam. Seine Hausaufgaben erledigte er selbstständig, ehe er auf die Straße zum Spielen ging. Wenn ich am Abend seine Hausaufgaben kontrollierte, gab es nichts zu beanstanden.

Wie bereits erwähnt, hatten mein Mann und ich uns vorgenommen, eines Tages zu bauen. Diesen Vorsatz hatten wir noch immer, obwohl wir seit dem Tod meiner Schwester ihre Wohnung für uns allein hatten. Weil unser Ziel aber ein eigenes Haus war, blieb ich berufstätig und wir sparten weiterhin eisern. Mit Bernhard konnte man wirklich ein solches Wagnis angehen. Er war zuverlässig, hilfsbereit und gewissenhaft. Von seinen Kollegen und meinen Verwandten wurde er wegen dieser Eigenschaften ebenfalls geschätzt. Außerdem war er liebenswürdig, meist gut drauf und humorvoll. Mit der Zeit entdeckte ich an ihm weitere positive Eigenschaften: Er war fürsorglich, umsichtig und für meinen Sohn der perfekte Vater. Ein leiblicher Vater hätte nicht besser sein können. Zudem war Bernhard auch handwerklich sehr geschickt. Wenn etwas kaputt war, egal ob aus Holz oder Porzellan oder ein Elektrogerät, war es unter seinen geschickten Händen bald wieder heil.

Je länger ich mit Bernhard zusammen war, desto mehr wurde mir bewusst, dass ich keinen Fehler gemacht hatte, als ich ihm mein Ja-Wort gab. War es zunächst eine Vernunftheirat gewesen, die wir geschlossen hatten, so wuchs unsere Liebe von Tag zu Tag, und ich hätte mir mein Leben ohne Bernhard nicht mehr vorstellen mögen. Jimmys Bild in meinem Herzen verblasste immer mehr und machte Platz für die Liebe zu meinem Mann. Auch von seiner Seite nahm die Zuneigung stetig zu, das erkannte ich an vielen kleinen Aufmerksamkeiten und zaghaften Liebeserklärungen. Große Geschenke machte er mir allerdings nicht. Das wäre mir auch gar nicht recht gewesen, wir mussten ja sparen.

Als wir einen gewissen Grundstock zusammengespart hatten, wollten wir den Hausbau angehen. Dafür benötigte man zu allererst einen Bauplatz, doch erschwingliche Baugrundstücke waren in jener Zeit rar. Immer, wenn irgendwo eines angeboten wurde, sauste Bernhard per Radl hin, kam aber stets zu spät. Durch Zufall erfuhren wir, dass in Klettham, einem Ortsteil von Erding, am 21. August 1954 ein Grundstück neben einem Gasthaus versteigert werden sollte. Also nichts wie hin. In aller Herrgottsfrühe radelte mein Mann los. Und – o Wunder – er bekam tatsächlich den Zuschlag. Überglücklich berichtete er nach seiner Rückkehr davon. Wir konnten aber erst im Jahr darauf mit dem Bauen beginnen, weil uns, nachdem das Grundstück bezahlt war, nur ein bescheidener Rest an Geld blieb. Bei der Bank musste man aber ein gewisses Grundkapital nachweisen, damit sie das Objekt überhaupt belieh. Also hieß es, beharrlich weiter sparen, damit uns die Bank einen Kredit geben würde. Diesen benötigten wir dringend, obwohl wir vieles in Eigenhilfe machen würden. Ende April 1955 wurde der Kredit endlich bewilligt. Und schon ging es los. Wir bekamen Hilfe von mehreren

Seiten. Freunde vom Fliegerhorst unterstützten uns, Schwager Alois half mit, ja sogar Schwager Lorenz packte bei uns an. Mit seiner Armprothese war er erstaunlich geschickt. Selbst Sigi, sein ältester Sohn, obwohl er erst zwölf Jahre alt war, betätigte sich fleißig an unserem Hausbau. Die Arbeit machte ihm so viel Spaß, dass er nach seiner Schulentlassung eine Mauerlehre begann. Leider konnte ich selbst an unserem Bau nicht viel mehr tun, als die fleißigen Helfer mit Proviant zu versorgen, denn ich war schwanger. Wir waren gerade mit der Kellerdecke fertig, da drängte unser Kind ans Licht der Welt. Also nichts wie ab ins Krankenhaus. Dort wurde Annemarie, die wir bald nur noch Annemie nannten, am 17. Juni 1955 geboren. Für ein Neugeborenes hatte sie auffallend langes Haar, dazu noch pechschwarz, ein Erbe ihres Vaters. Die Säuglingsschwester hatte einen solchen Spaß daran, dass sie dem Mädchen einen Dutt machte, den sie mit einer roten Schleife umwand. Dann zeigte sie das Kind voller Stolz im Krankenhaus herum.

Nachdem mein Mutterschaftsurlaub vorbei war, nahm ich meine Berufstätigkeit wieder auf. Meine Tochter lieferte ich bei meiner Schwester Leni in Maierklopfen ab. Sie, die schon jahrelang meinen Sohn betreut hatte, war auch bereit, meine Tochter für mich aufzuziehen, so lange es eben nötig sein würde. Inzwischen existierte ein Linienverkehr zwischen den einzelnen Ortschaften. So fuhr ich am Sonntagnachmittag mit meinem Kind auf dem Arm per Bus dorthin und holte es am Freitagabend wieder ab. Einige Monate ging das ganz gut. Dann aber merkte die Kleine schon, dass sie von mir »abgeschoben« wurde, und weinte herzzerreißend, wenn ich den Bauernhof ohne sie verließ. Aber auch am Freitag, wenn ich sie wieder abholte, weinte sie. Das war verständlich, denn kaum hatte sie sich wieder an Oma und Tante gewöhnt, wurde sie von mir herausgerissen. Dies war wirklich eine schwere Zeit – für das Kind, für mich und auch für Leni. Sie hatte nicht nur meine Tochter zu versorgen, sie war ja auch Bäuerin und Mutter von drei Buben. Peter, der dritte Sohn, war 1951 dazugekommen.

Im November 1955 bezogen wir endlich unser eigenes Haus. Das war ein Hochgefühl für uns, obwohl noch längst nicht alles fertig war, nur das Elternschlafzimmer und die Küche. In allen anderen Räumen wurde noch gearbeitet, doch das störte uns nicht. Es ging ja um unser eigenes Haus, und es wurde von Tag zu Tag besser. Dass Bernhard am Abend noch in den unfertigen Zimmern werkelte und dass Handwerker darin herumschwirrten, bekam ich ohnehin kaum mit. Tagsüber war ich auf der Air Base und in der Nacht wurde nicht gearbeitet. Wir waren deshalb ins unfertige Haus gezogen, weil wir unsere Wohnung längst gekündigt hatten und die neuen Mieter mit dem Möbelwagen schon vor der Tür gestanden waren. Mit der Kündigung hatten wir es deshalb so eilig gehabt, weil wir uns so umso mehr Miete sparten.

Als wir gebaut hatten, waren auch rundum neue Häuser entstanden. Diese neue Siedlung hieß Klettham. Etwa zur selben Zeit, als wir in unser Haus einzogen, zogen auch die Nachbarn ein. Alle Bewohner waren sich fremd. Man hatte auch kaum Gelegenheit, sich kennenzulernen, weil alle, auch die Frauen, morgens das Haus verließen und erst am Abend wieder heimkehrten. Um dieser Situation Abhilfe zu schaffen, hatte der Wirt des Gasthauses, das schon länger an dem Platz stand, eine blendende Idee. An einem Sonntagnachmittag lud er alle Nachbarinnen zu einer Brotzeit ein. Dieser Einladung folgten wir gerne, so lernten wir einander kennen. Es waren alles junge, aufstrebende Familien, die sich aufgrund der allgemeinen Wohnungsnot den Traum vom Eigenheim verwirklicht hatten.

In der Folgezeit veranstaltete der Wirt zu Fastnacht jedes Jahr einen Ball, zu dem die jungen Ehepaare voller Begeisterung kamen. So lernten sich auch die Männer kennen, und wir Weiberleute konnten unsere Bekanntschaft vertiefen. Ja, um noch mehr in dieser Hinsicht zu tun, lud der Wirt die Nachbarinnen zu einem Glas Sekt in die Bar ein. Er selbst trank allerdings keinen Sekt. Leutselig prostete er uns immer wieder mal mit einem Stamperl Schnaps zu. Über seine Trinkfestigkeit konnte ich mich nur wundern, man merkte ihm nicht den geringsten Rausch an. Irgendwann kam ich dann dahinter, dass er für sich aus einer Spezialflasche einschenkte, in der sich kein Schnaps befand, sondern Wasser. Das war sehr vernünftig von ihm, denn hätte er als Wirt einen Rausch gehabt, hätte er den Überblick verloren, und das wäre schlecht gewesen fürs Geschäft.

Als unsere Annemie vier oder fünf Jahre alt war, gab es keinen Abschiedsschmerz mehr, weder beim Abliefern auf dem Bauernhof noch beim Abholen. Zum einen hatte sie inzwischen so viel Verstand, dass sie begriff, warum sie werktags nicht bei ihren Eltern sein konnte, zum anderen freute sie sich auf die Abenteuer, die sie unter der Woche auf dem Bauernhof erlebte. Im Gegensatz zu mir genoss sie das Landleben in vollen Zügen. Peter, ihr jüngster Cousin, und dessen gleichaltriger Freund Erwin, der auf einem Nachbarhof zu Hause war, unternahmen mit ihr so einiges, von dem ich besser nichts zu sehen oder hören bekam. Sie streiften durch die Wälder, kletterten auf Bäume, krochen durch Büsche und Hecken und wateten durch den Bach. Offensichtlich fiel aus Zeitmangel am Abend öfter mal das Waschen und Zähneputzen aus. Zufällig erfuhr ich davon, weil sich meine Tochter erstaunt darüber äußerte, dass ich am Wochenende an jedem Abend auf diesen »Zeremonien« bestand.

Mit leuchtenden Augen erzählte sie mir von ihren Aufenthalten im Stall. Für mich war das eine schreckliche Vorstellung, das kleine Mädchen zwischen all den großen gefährlichen Tieren zu wissen, und ich stand unendliche Ängste aus. Vor meinem geistigen Auge sah ich sie von den Kühen zertrampelt oder von ihren Hörnern aufgespießt. Deshalb warnte ich Annemie eindringlich, sie solle sich von allen Rindviechern fernhalten.

»Ach, Mama, was du nur denkst! Kühe sind ganz friedliche Tiere. Die tun mir doch nichts.«

Später gab es neue gefährliche Erlebnisse. Begeistert erzählte Annemie, dass sie mit Onkel Lorenz auf dem Traktor mitfahre, was meine Ängste noch steigerte. Auf den holprigen Wegen konnte das Kind vom Traktor rutschen, oder er konnte sogar umstürzen und sie unter sich begraben. Nicht selten entdeckte ich an meiner Tochter blaue Flecken oder ein Pflaster auf der

Stirn, am Ellenbogen oder am Knie. Auf Nachfrage berichtete sie stolz von ihren anderen Aktivitäten. Im Heustadl war sie mit den Buben um die Wette von einem Balken heruntergehüpft, der sich in unmittelbarer Nähe des Maissilos befand. Wie leicht hätte sie sich daran den Kopf aufschlagen können!

Meiner Schwester konnte ich nicht damit kommen, dass sie meine Tochter von solchen Unternehmungen fernhalten solle. In meiner Lage war ich ja auf sie angewiesen, wo sonst hätte ich mein Kind unterbringen können? Leni hatte so viel zu tun, dass sie froh war, wenn sich die Kinder selbst die Zeit vertrieben und ihr nicht dauernd am Rockzipfel hingen.

Apropos Rockzipfel, leider waren Hosen für Mädchen damals noch nicht üblich, daher kam Annemie oft mit einem Riss im Rock oder mit einem Winkel im Oberteil heim. Ihr lieber Papa flickte das alles geduldig.

Meine Tochter berichtete aber auch von weniger gefährlichen Unternehmungen. Die Buben fingen mit Vorliebe Mäuse und jagten Hühner und Enten, und meine Tochter war immer mit Begeisterung dabei. In jener Zeit gab es auf dem Hof einen großen, stolzen Gockel, der etwas gegen das kleine Mädchen zu haben schien. Wenn sie auf dem Hof friedlich spielte oder auch wenn sie nur über den Hof ging, sprang er sie an und attackierte sie mit Krallen und Schnabel. Meist konnte sie sich, ehe er sie ernstlich verletzte, seiner erwehren, indem sie Reißaus nahm. Einmal aber hatte er sie mit seinen Krallen am Kopf ziemlich übel zugerichtet. Das war der Tante dann doch zu viel, und er landete im Kochtopf.

Wenn Leni Hühner oder Hähnchen schlachtete, war Annemie stets dabei, während sich die Buben verdrückten. Sie erschienen erst wieder, wenn das Tier köstlich zubereitet auf dem Teller lag. Einmal hatte meine Schwester ein Huhn vor dem Schlachten wohl nicht richtig betäubt, denn plötzlich flatterte das kopflose Tier direkt gegen Annemie, sodass sie von oben bis unten mit Blut besudelt war. Sie nahm das gelassen hin.

Von ihrer Tante lernte meine Tochter auch schon früh Hühner zu rupfen, auszunehmen und zu kochen. Starb ein Federvieh an Altersschwäche oder durch eine Krankheit, verzehrte man es allerdings nicht. Tante und Nichte brachten es dann gemeinsam zum Waldrand als Frühstück für den Fuchs. So ein verendetes Tier auszusetzen, war dem Kind allerdings unheimlich, wie es mir berichtete.

Nachdem mir so viel von Annemies ländlichen Erlebnissen zu Ohren gekommen war, war ich wild entschlossen, etwas in ihrem und in meinem Leben zu ändern. Denn wer weiß, in welche Abenteuer sie sonst noch geraten würde. Der Tag, an dem sie eingeschult werden sollte, schien mir geeignet, um eine Änderung herbeizuführen, ohne dass meine Schwester beleidigt sein konnte.

Zuvor aber hatte ich noch ein Erlebnis, das mein Leben auf negative Weise verändern sollte. Nachdem wir damals bei meiner Schwester Anna eingezogen waren, legten mein Mann und ich unseren Weg zum Arbeitsplatz täglich mit unseren Rädern zurück. Und auch als wir in unserem eigenen Haus wohnten, radelten wir täglich zum Fliegerhorst. Inzwischen war ich längst zu einer sicheren und umsichtigen Radfahrerin geworden. Obwohl ich an allen Kreuzungen und Einmündungen aufpasste wie ein Luchs, passierte es. Ein Autofahrer, der die Vorfahrt nicht beachtet hatte, fuhr direkt in mich hinein, sodass ich mitsamt dem Radl zu Boden stürzte. Vor Schreck schrie ich laut auf, wodurch etliche Passanten und auch Anlieger auf den Unfall aufmerksam wurden. Ein Ladeninhaber, der von seiner Haustür aus den Unfall beobachtet hatte, rief sofort die Polizei und einen Krankenwagen herbei. Während die Polizisten den Unfall aufnahmen und die Augenzeugen befragten, hob man mich mit größter Vorsicht in den Sanka. Im Nachhinein erwies sich das als eine äußerst vernünftige Maßnahme. Denn plötzlich traten bei mir starke Kreuzschmerzen auf. Das Röntgenbild zeigte an, dass zwei Rückenwirbel angebrochen waren. Der Professor erklärte mir später, hätten die Sanitäter auch nur eine falsche Bewegung gemacht, wäre ich für den Rest meines Lebens querschnittsgelähmt. Man packte mich in ein Gips-Bett, in dem ich wochenlang bewegungslos lag, bis die Wirbel wieder verheilt waren. Dennoch behielt ich Schäden zurück. Immer wieder plagten mich Kreuzschmerzen und Kopfweh. Daher verschrieb mir mein Arzt Rückenmassagen und Krankengymnastik, und alle zwei Jahre schickte man mich auf Kur. Danach fühlte ich mich eine Weile besser, und mein Zustand war erträglicher. Leider kehrten die Schmerzen aber immer wieder zurück und waren nur mit Medikamenten zu betäuben. Mein Mediziner empfahl mir einen Heimtrainer, damit ich meine Muskeln systematisch aufbauen könne. Dieses Gerät kostete zwar viel Geld, aber es half. Letztlich wurde mir Schmerzensgeld zugesprochen, das allerdings so gering ausfiel, dass es noch nicht mal für mein Heimfahrrad ausreichte.

7. Tagesmutter für Martina

Am Tag der Schuleinschreibung meldete ich meine Tochter in Erding in der Schule an, die unserem Zuhause am nächsten lag. Dass ich mein Kind zu mir nahm, begründete ich Leni gegenüber damit, dass ich ihm den weiten Schulweg nach Hörgersdorf, den ich in meiner Kindheit immer hatte zurücklegen müssen, ersparen wolle. Für mich selbst dachte ich, das arme Dirndl sei lange genug hin- und hergerissen worden zwischen ihrer Tante und mir. Ein zusätzlicher Beweggrund war, dass ich endlich mehr von meiner Tochter haben wollte, ich wollte Hausfrau sein und meinem Mann ein behagliches Heim bereiten. In seiner Bescheidenheit war er bisher mit allem zufrieden gewesen, was ich ihm als abgehetzte berufstätige Ehefrau bot, meiner Meinung nach hatte er aber Besseres verdient. Nicht ohne Einfluss auf meine Entscheidung war auch mein gesundheitlicher Zustand nach dem Verkehrsunfall. Also kündigte ich meinem Arbeitgeber und »privatisierte«. Für Annemie und mich fühlte sich das sehr schön an. Das Verhältnis zu meiner Tochter wurde herzlicher, weil sie nicht mehr jede Woche »abgeschoben« wurde. Auch brauchte ich nicht mehr zu befürchten, dass ihr auf dem Land etwas Schlimmes zustoßen würde und ihre Sitten »verrohten«. Für mich war es auch sehr angenehm, nicht mehr jeden Morgen zur Arbeit hetzen zu müssen.

Dennoch vergaßen wir meine Schwester nicht, und mir war stets bewusst, dass ich ihr zu großem Dank verpflichtet war. Was hätte ich denn all die Jahre über ohne sie gemacht? Wir fuhren aber nicht nur nach Maierklopfen, um Leni wiederzusehen, sondern auch, um meine Mutter zu besuchen. Sie ging immerhin auf die achtzig zu, und wer konnte schon wissen, wie lange ich sie noch haben würde. Es bereitete ihr jedes Mal große Freude, ihre Enkeltochter zu sehen, an der sie sehr hing. Immerhin hatte Annemie sechs Jahre lang mit ihr unter einem Dach gelebt. So setzten wir beide, Annemie und ich, uns sonntags immer wieder mal in den Bus, um Besuch in meinem Elternhaus zu machen. Außer, dass man auf beiden Seiten die Freude des Wiedersehens hatte, fiel für uns »Stadtmenschen« auch stets etwas ab. Meine Schwester entließ uns nie, ohne uns etwas zuzustecken. Mal war es ein halbes Dutzend Eier, mal ein Stück Fleisch oder ein bereits ausgenommenes Gickerl. Einmal aber, Anfang Dezember, gab sie uns ein lebendes Hähnchen mit. Dieses war als Weihnachtsbraten für uns gedacht. Unmittelbar vor dem Fest würden wir nämlich nicht mehr die Zeit für einen Besuch auf dem heimischen Bauernhof haben. Ein geschlachtetes Gickerl hätten wir daheim nicht so lange aufbewahren können, denn eine Gefriertruhe besaßen wir noch nicht. Wir waren schon glücklich, dass wir seit Kurzem einen Kühlschrank hatten. Meine Schwester steckte das lebende Tier in einen Geflügeltransportkorb und gab mir auch Futter mit. Die Leute im Bus schauten amüsiert, weil das aufgeregte Hähnchen immer wieder Kräh-Versuche machte. Froh, als wir endlich mit ihm daheim angekommen waren, erhob sich die Frage: Wohin mit dem Gickerl? Einen Stall oder einen Käfig hatten wir nicht. Also sperrten wir das arme Viecherl in den Keller. Das war mit Sicherheit keine artgerechte Haltung. Dabei hatten wir kein schlechtes Gewissen, denn es sollte ja nur für drei Wochen sein. Wir versorgten es reichlich mit Futter und Wasser. Dennoch machte es von Tag zu Tag einen traurigeren Eindruck. Mir war klar, was ihm fehlte: der Auslauf, das Tageslicht und die Gesellschaft von anderem Federvieh. Nach zwei Wochen fasste ich mir ein Herz und wartete beim Nachtessen mit einem Vorschlag auf: »Bernhard, wir sollten unser Gickerl heute noch schlachten. Wenn es uns bis Weihnachten vor Kummer eingeht, haben wir gar nichts davon.« Kaum hatte ich diese Worte ausgesprochen, waren mein Mann und mein Sohn verschwunden. Meine Tochter und ich mussten das Geschäft also allein ausführen. Mit vereinten Kräften gelang es uns, das Tierchen von seinem traurigen Dasein zu erlösen. Während es allerliebst in der Röhre brutzelte, nutzte ich die Zeit, um den Boden im Keller fachgerecht zu säubern. Darin hatte ich ja, dank meines Pflichtjahres, ausreichend Erfahrung.

Als nun bereits eine Woche vor Weihnachten der knusprige Braten auf dem Tisch stand, waren auch meine Männer wieder mit von der Partie, und es schmeckte uns allen. An Weihnachten gab es als Ersatz etwas Bescheideneres, ich glaube, es waren Rouladen.

Einige Monate lang genoss ich mein »Faulenzerleben«. Doch mit der Zeit merkte ich, dass der Wegfall meines Verdienstes ein ansehnliches Loch in unsere Haushaltskasse riss. Um dem gegenzusteuern, hieß es noch mehr sparen als bisher. Unsere Ausgaben beschränkten wir auf das Lebensnotwendige, dennoch fehlte uns Geld an allen Ecken und Enden. So kamen wir auf die Idee, das Dachgeschoss komplett zu vermieten. Beim Bau des Hauses hatten wir es quasi als Dreizimmerwohnung ausgebaut, mit einer kleinen Küche und einem Bad. Dabei hatten wir den Hintergedanken gehabt, dass es vielleicht eines Tages von einem unserer Kinder als Wohnung genutzt werden könnte. Vorerst aber hatten wir zwei der Räume als Kinderzimmer genutzt. Eines war Georges Reich, und das andere gehörte Annemie. Das dritte Zimmer aber hatten wir mit Küche und Bad von Anfang an an ein junges Ehepaar vermietet, um von den Einnahmen leichter unsere Schulden tilgen zu können. Aufgrund unseres aktuellen finanziellen Engpasses entschlossen wir uns, die beiden anderen Mansardenzimmer ebenfalls zu vermieten. Unsere Tochter nahmen wir mit zu uns ins Zimmer, und unser Sohn bekam die Couch im Wohnzimmer als Schlafstatt zugewiesen. Tagsüber war er ohnehin aus dem Haus, da er nach seiner Schulentlassung eine Lehre als Flugzeugmechaniker beim Fliegerhorst begonnen hatte. So hieß unser Flugplatz seit 1957 wieder ganz offiziell. Er befand sich wieder in deutscher Hand, nachdem die Amerikaner die Air Base ab 1956 nach und nach verlassen hatten.

Der einzige Nachteil bei unserer neuen Schlafplatzregelung war: Wir mussten unser Fernsehprogramm beenden, wenn unser Sohn seine Couch auszog, um sich zur Ruhe zu begeben.

Die frei gewordenen Kinderzimmer vermieteten wir möbliert an zwei Einzelpersonen. Erstens standen die Möbel eh drin, zweitens bekam man für möblierte Zimmer mehr Geld und drittens konnte man »möblierte Mieter« leicht rausbekommen, sollte man die Räume wieder selbst nutzen wollen.

Obwohl wir jetzt zusätzliche Mieteinnahmen hatten, war es bei uns immer noch knapp. Denn mit zunehmendem Alter der Kinder wuchsen auch ihre Ansprüche, und die unseren ebenfalls. Je länger der Krieg zurücklag, desto mehr Güter wurden angeboten, von denen man glaubte, man müsse sie unbedingt haben.

In dieser Situation überlegte ich ernsthaft, irgendwo einen Halbtagsjob anzunehmen. Während ich mich mit diesem Gedanken trug, lief mir Ingeborg eines Samstagsnachmittags beim Einkaufen über den Weg. Das kam mir vor wie eine Fügung des Himmels. Einige Jahre waren wir Arbeitskolleginnen gewesen. Sie war ein Jahr älter als ich und hatte 1949 beim Fliegerhorst begonnen, nachdem sie schon einige Jahre in Wiesbaden bei den Amerikanern gearbeitet hatte. Wir hatten uns immer gut verstanden. Eines Tages, im Sommer 1958, hatte sie plötzlich das Fernweh gepackt, genauer gesagt, sie hatte seit Langem eine Schwäche für Frankreich, aus der sie keinen Hehl machte. Also packte sie ihren Koffer und verbrachte zwei Wochen in Paris. Nach ihrer Rückkehr schwärmte sie uns von dieser Stadt, den Menschen und dem Land vor. Aber nicht nur das, sie kündigte auch kurzerhand ihre Arbeitsstelle, weil sie auf unbestimmte Zeit in Paris als Au-Pair-Mädchen arbeiten wollte. Wir staunten alle, zum einen über ihren Mut, ihren sicheren Arbeitsplatz aufzugeben, zum anderen über ihren Plan, in ihrem »hohen Alter« von 36 Jahren noch Au-Pair-Mädchen spielen zu wollen. Sie war so wild entschlossen, dass wir es erst gar nicht versuchten, ihr das auszureden.

Knapp zwei Jahre später kehrte sie zurück, hochschwanger. Nach der Geburt des Kindes, begann sie wieder auf dem Fliegerhorst zu arbeiten. Nach Einzelheiten fragte ich sie nicht, man war ja diskret. Kurz danach hatte ich meine Kündigung beim Fliegerhorst eingereicht und sie aus den Augen verloren.

Nun aber, bei dem unverhofften Wiedersehen nach zwei Jahren, klagte sie mir ihr Leid. Sie sei auf der Suche nach einem Pflegeplatz für ihre kleine Tochter. Da ich zu dem Zeitpunkt drauf und dran war, mir eine Arbeit zu suchen, damit wir besser über die Runden kämen, witterte ich meine Chance: »Was hieltest du davon, wenn ich dein Kind zu mir nehme?«

»Würdest du das wirklich tun?«

»Freilich! Doch so etwas Wichtiges lässt sich nicht auf der Straße besprechen. Lass uns in ein Café gehen.«

Dort erzählte sie mir, wie es ihr in Frankreich ergangen war. Zunächst hatte sie bei einer französischen Familie mit zwei Kindern von drei und fünf Jahren als Kindermädchen gearbeitet, damit diese Deutsch lernen sollten. Nach einem halben Jahr engagierte die Familie ein englisches Kindermädchen, damit die Kinder Englisch lernten. Sie setzen Ingeborg aber nicht einfach auf die Straße, sondern empfahlen sie einer befreundeten Familie mit fünf Kindern zwischen zwei und fünfzehn Jahren. Wieder nach einem halben

Jahr wechselte Ingeborg zu einer amerikanischen Familie mit einem dreijährigen Kind.

In allen drei Familien hatte es Ingeborg gut gefallen, zumal ihr jede Familie außer einem Taschengeld genügend Freizeit zugestanden hatte. In dieser Zeit hatte sie die Stadt, ihre Sehenswürdigkeiten und die Umgebung kennengelernt. An einem freien Samstagabend tat sie sich an einem Weinstand gütlich. In der einen Hand hielt sie ein Glas Rotwein, in der anderen ein Sandwich, als sie ein gutaussehender Herr ansprach, der sie bereits eine Weile beobachtet hatte. Sie schätzte, dass er in ihrem Alter war. Von ihm ließ sie sich gerne in ein Gespräch verwickeln. Am Samstag der folgenden Woche setzte man dieses Gespräch fort. Ehe Ingeborg sich versah, hatte sie sich in den Mann verliebt. Sie trafen sich immer wieder und kamen sich näher. Als sie ihm nach einigen Monaten offenbarte, dass sie schwanger sei, in der Erwartung, er werde sie heiraten, gestand er ihr, dass er bereits verheiratet sei und sechs Kinder habe. In dem Moment brach für die werdende Mutter eine Welt zusammen. Was für eine Konstellation: Ein Kind! Im Ausland! Ohne richtiges Einkommen!

Noch ehe Inge ihrer Herrin ein Geständnis machen konnte, eröffnete ihr diese, dass sie bald in die USA zurückzukehren gedächten. Man würde sie gerne mitnehmen, weil ihre Tochter so an ihr hänge, und vielleicht käme bei ihnen ja noch mal etwas Kleines. Nun musste ihr Au-Pair-Mädchen Farbe bekennen. Das Angebot sei zwar verlockend, aber sie könne nicht mit, weil sie in anderen Umständen sei. Das sei doch kein Problem, meinte Madame. Sie gab ihr eine Adresse, wo sie das Kind wegmachen lassen könne.

Für die Kosten käme selbstverständlich sie auf. Über dieses Ansinnen war Ingeborg entsetzt. Nein, sie werde ihr Kind auf keinen Fall umbringen lassen. Sie werde nach Deutschland zurückkehren, es zur Welt bringen und aufziehen.

Das Zur-Welt-bringen war relativ einfach, doch das Aufziehen wurde ein Problem. Damit sie bei ihrem Kind bleiben könne, beantragte sie beim Arbeitsamt Arbeitslosengeld. Man belehrte sie, dass sie dieses nur bekomme, wenn sie dem Arbeitsmarkt zur Verfügung stehe. Das sei bei ihr offensichtlich nicht der Fall, da sie ja bei ihrem Kind zu bleiben gedenke. Nachdem sie auch von keiner anderen Seite eine finanzielle Unterstützung erhielt, war sie gezwungen, wieder berufstätig zu sein. Bei allem hatte sie noch Glück, der Fliegerhorst übernahm sie wieder.

Wohin aber mit dem Kind? Als sie beim Jugendamt um Hilfe ansuchte, erhielt sie lediglich den Rat, das Kind zur Adoption freizugeben. Dagegen verwahrte sich die junge Mutter strikt. Daraufhin gab man ihr die Adresse einer Pflegefamilie.

Inge brachte die Kleine am Morgen hin und holte sie am Abend wieder ab. Nein, bei dieser Frau wollte sie ihr Kind auf keinen Fall lassen, es herrschten katastrophale Zustände. Die Pflegemutter hatte mehrere kleine Pflegekinder, die ihr am Rockzipfel hingen. Auf dem Herd kochte ein riesiger Wassertopf mit Windeln, der arbeitslose Ehemann saß daneben mit einer Bierflasche in der Hand. Also wieder hin zum Jugendamt. Es dauerte eine Weile, bis man ihr eine andere Familie zuwies. Bei der war es auch nicht besser, nur anders. Wieder wurde Inge beim Jugendamt vorstellig und bekam nach erschreckend langer Zeit die Adresse einer dritten Pflegemutter. Dort herrschte ebenfalls das reinste Chaos. Die verzweifelte Mutter stellte sich die Frage: Hat sich das Jugendamt jemals diese Familien angeschaut?

In ihrem ersten Lebensjahr wanderte die kleine Martina also durch drei Familien. Endlich hatte die suchende Ingeborg durch Empfehlung von Bekannten die Pflegeperson für ihr Kind gefunden, bei der sie es gut aufgehoben wusste. Doch nach einigen Monaten sah die Tagesmutter selbst Mutterfreuden entgegen. Damit Inge Zeit blieb, sich um einen neuen Pflegeplatz zu bemühen, teilte sie es ihr rechtzeitig mit. Sie wollte Martina nicht weiterhin betreuen, da sie befürchtete, zwei Kindern nicht gerecht werden zu können. Das war durchaus einleuchtend.

Nachdem mir meine ehemalige Kollegin das alles erzählt hatte, erklärte ich: »Meine Tochter besucht seit zwei Jahren die Schule, deshalb hätte ich Zeit genug, so ein kleines Rascherl zu betreuen. Außerdem würde ich mir gerne etwas dazuverdienen.«

Ingeborg atmete sichtlich auf: »Ach, da fällt mir ein Stein vom Herzen.«

Wir wurden uns schnell einig: über die Bezahlung, über den Mittagsschlaf, über die Betreuungszeiten. Inge würde ihr Kind morgens um 7 Uhr bringen und um 17.30 Uhr wieder abholen. So war uns beiden geholfen. Ingeborg wusste ihr Kind in guten Händen, und ich hatte meinen kleinen Nebenverdienst, ohne aus dem Haus zu müssen.

Am Abend informierte ich zuerst meinen Mann über den zu erwartenden Familienzuwachs. Er hatte nichts dagegen, ja, er begrüßte es sogar, dass wir zusätzliche Einnahmen haben würden.

Danach versuchte ich, meiner Tochter die Sache schmackhaft zu machen: »Wir werden bald ein Pflegekind haben, eine kleine Martina. Sie ist noch so klein, dass sie für dich wie eine lebendige Puppe sein wird. Wenn sie aber etwas älter ist, hast du in ihr eine Spielkameradin.«

Der Erfolg meiner Rede war, dass Annemie es kaum erwarten konnte, bis unser kleiner Gast eintraf. An einem Montagmorgen sollte es mit der Betreuung losgehen. Damit das arme Dirndl nicht einfach zwischen Tür und Angel an eine wildfremde Frau abgegeben werden würde, hatte ich mit ihrer Mutter ausgemacht, dass sie schon mal am Sonntagnachmittag mit ihr zu uns komme sollte. Sie blieben geraume Zeit, damit sich die kleine Martina an mich, an Annemie, meinen Mann und die neue Umgebung gewöhnen konnte. Das anfängliche Fremdeln verlor das Kind schon nach kurzer Zeit. Zu meiner Erleichterung war meine Tochter von der kleinen Spielkameradin sehr angetan und schleppte gleich die Kleinkindspielsachen herbei, denen sie längst entwachsen war.

Am Montagmorgen wurde es dann ernst. Annemie bekam Martina nur kurz zu sehen, weil sie bald zur Schule aufbrechen musste. Bei ihrer Heimkehr hielt die Kleine gerade ihren Mittagsschlaf. Daher konnte meine Tochter ihre Hausaufgaben ungestört erledigen. Danach kümmerte sie sich liebevoll um ihre »lebendige Puppe«, die zu ihr Ammie sagte. Mich nannte sie Tante Ulla. Am Wochenende langweilte sich »meine Große« geradezu. Denn am Freitagabend holte

Inge ihre Tochter ab und brachte sie erst am Montagmorgen wieder. Einige Wochen lief das alles prima. Doch mit der Zeit wurde meine Tochter eifersüchtig auf das vaterlose Kind, weil Martina in meinem Ehemann einen Ersatzvater sah. Wenn er es auf den Knien reiten ließ oder wenn sich Martina an ihn schmiegte, reagierte Annemie stinkig: »Runter da! Das ist mein Papa!«

Martina verstand die Worte zwar nicht, aber sie spürte, dass der »großen Schwester« etwas nicht passte und begann zu weinen. Bernhard wusste auch nicht so recht, wie er darauf reagieren sollte. Nach einigen Tagen sah ich mich genötigt, mit meiner Tochter ein ernstes Wort zu reden: »Schau mal, Annemie, du bist doch schon ein großes Mädchen. Du wirst das gewiss verstehen. Die kleine Martina ist ein ganz armes Kind, weil sie keinen Papa hat. Sie nimmt dir deinen Papa doch nicht weg, sie will nur ein bisschen mit ihm schmusen.«

Von diesen Worten ließ sich meine Tochter jedoch nicht beruhigen. »Sie hat doch eine Mama, sie kann bei ihr daheim bleiben und mit der schmusen.«

Nun musste ich mir etwas anderes einfallen lassen: »Annemie, du hast es viel besser als die arme Kleine. Lass ihr doch die paar Minuten mit deinem Papa. Du kannst anschließend den ganzen Abend mit ihm schmusen und am Wochenende auch. Dass dein Papa tagsüber nicht zu Hause sein kann, liegt daran, dass er arbeiten muss, um Geld heimzubringen, von dem wir leben. Weil Martina aber keinen Papa hat, muss ihre Mama in die Arbeit gehen, damit sie für sich und ihr Kind Geld verdient. Irgendwo muss das Kind in der Zeit ja bleiben.«

»Aber warum ausgerechnet bei uns?«

Darauf konnte ich meiner Tochter ebenfalls eine einleuchtende Antwort geben: »Weißt du, vor einigen Jahren haben wir dieses Haus gebaut, damit wir ein schönes Zuhause haben. Es war nämlich äußerst schwierig, eine Wohnung zu finden. Der Bau hat viel Geld gekostet. So viel Geld hatten wir aber nicht. Wir mussten es uns von der Bank zu leihen nehmen. Jeden Monat müssen wir nun ein bisschen davon zurückzahlen und zusätzlich die Zinsen.«

»Was sind Zinsen?«, zeigte sich unser Dirndl interessiert.

»Schau, die Bank kann einem das Geld nicht umsonst leihen. Sie muss daran etwas verdienen. Zinsen sind also eine Art Leihgebühr, die man für das Geld zahlt.«

Man sah förmlich, wie es in dem kleinen Kopf arbeitete. Nachdem sie das mit den Zinsen verinnerlicht hatte, beschäftigte sie eine weitere Frage: »Was hat aber die Martina mit den Zinsen zu tun?«

»Ja, weißt du, wenn wir jeden Monat die fälligen Raten an die Bank gezahlt haben, bleibt für uns zum Leben nicht mehr viel übrig. Martinas Mutter zahlt uns nun einen gewissen Betrag, weil ihr Kind den ganzen Tag bei uns ist. Von diesem Geld können wir uns etwas mehr leisten, mal ein Kleidchen für dich oder ein Paar Schuhe oder mal ein Eis.«

Das alles leuchtete meiner Tochter ein. In den folgenden Tagen zeigte sie sich sehr wohlwollend ihrer Pflegeschwester gegenüber. Am Abend überließ sie der Kleinen nach Papas Rückkehr großmütig seinen Schoß. Sobald Inge ihr Kind aber abgeholt hatte, belegte Annemie den freigewordenen Platz und schmiegte sich eng an ihren Papa.

Nach ihrem dritten Geburtstag hielt unser Pflegekind keinen Mittagsschlaf mehr und nahm ganz normal mit Annemie und mir die Mahlzeiten ein. Die Kleine mochte aber nicht so recht das essen, was bei uns auf den Tisch kam. Außer Kartoffeln und Gemüse gab es meist eine Fleischbeilage. Dann rümpfte sie ihr Näschen und ließ es mit schöner Regelmäßigkeit liegen. Weil ich es ihr gut meinte und weil ich ihr, da die Mutter schon für sie zahlte, etwas Gutes tun wollte, redete ich auf sie ein, wie wichtig es sei, auch Fleisch zu essen. Davon bekomme sie Kraft und werde groß und stark. Sie reagierte nicht nur mit Tränen darauf, sie muss sich auch bei ihrer Mutter beschwert haben. Diese sprach mich ganz behutsam darauf an und ebenso behutsam nahm ich die Klage zur Kenntnis. Wir vermieden beide jedes heftige Wort, um nur ja keinen Riss in die »Freundschaft« kommen zu lassen. Uns war klar, dass wir aufeinander angewiesen waren. In Zukunft nötigte ich dem Kind kein Fleisch mehr auf.

Kaum war dieses Problem beseitigt, tat sich ein neues auf. Mein mittlerweile 16-jähriger Sohn Schorsch, der am Fliegerhorst beschäftigt war, legte sich von seinem Lehrlingsgeld ein Moped zu, natürlich auch mit einem Zuschuss von uns. Zum einen benötigte er dieses Gefährt, um problemlos zu seinem Arbeitsplatz zu gelangen, zum anderen war das eine Prestigesache. Alle seine Freunde besaßen ein solches Fahrzeug, da wollte er nicht zurückstehen. Wenn er von der Arbeit kam, bretterte er mit Karacho in unseren Hof. Dabei dachte ich mir nichts Böses, nur atmete ich jedes Mal auf, dass er wieder heil daheim gelandet war. Ingeborg aber, die gerade gekommen war, um ihr Töchterchen abzuholen, das mit meiner Tochter draußen spielte, war entsetzt, als George in den Hof brauste. Am liebsten hätte sie ihn angefaucht, hielt es aber für klüger, mit mir darüber zu reden. Sie nahm mich beiseite und beschwor mich, auf meinen Sohn einzuwirken, dass er zukünftig langsamer zu Hause vorfahre. Wie leicht könne er in diesem Tempo die Martina oder auch die Annemie anfahren. Das leuchtete mir ein. Also sprach ich mit meinem Buben ein ernstes Wort. Er zeigte sich einsichtig und hielt sich auch eine Weile daran. Junge Burschen scheinen aber in dieser Hinsicht etwas vergesslich zu sein. Damit ich keinen Ärger mit Inge bekam und weil ich meine eigene Tochter ebenfalls gefährdet sah, musste ich ihn von Zeit zu Zeit darauf hinweisen, langsam in den Hof einzufahren.

Als Martina vier war, durfte sie in den Kindergarten, der auf der gegenüberliegenden Straßenseite lag. Dieser öffnete aber erst um 8 Uhr. Deshalb gab ihre Mutter sie nach wie vor um 7 Uhr bei mir ab. Um 8 Uhr brachte ich sie auf die andere Straßenseite und holte sie um 12 Uhr wieder ab. Von 14 Uhr bis 16 Uhr blieb sie wieder im Kindergarten. Danach verbrachte sie noch anderthalb Stunden bei mir. Das lief für alle zufriedenstellend.

In den Jahren, in denen Martina bei uns in Tagespflege war, verbrachte Annemie immer wieder einige Ferienwochen in meinem Elternhaus. Sie genoss es, mit dem jüngsten Sohn der Tante und dessen Freund Abenteuer zu erleben. Nun war ich auch nicht mehr ganz so besorgt, denn sie wurde von Jahr zu Jahr vernünftiger. Die Oma freute sich sehr, ihre Enkelin in der Ferienzeit länger um sich zu haben. Aber auch außerhalb der Ferienzeiten machten meine Tochter und ich sonntägliche Besuche in Maierklopfen. Daher entging es mir nicht, dass meine Mutter geistig immer mehr abbaute. Zusätzlich erzählte mir meine Schwester, dass unsere Mutter neuerdings suchend im Haus herumlaufe: »Wo ist denn das Dirnei? Wo ist denn das Dirnei?«

Es half nichts, wenn man ihr erklärte, dass ihre Enkelin Annemie jetzt in Erding bei ihren Eltern lebe. Sie wiederholte ihre Frage und ihre Suche jeden Tag. Zuweilen kam es vor, dass unsere Mutter bei der Suche nach ihrer Enkelin aus dem Haus und in den Wald lief. Dann musste Leni ihrerseits sich auf die Suche nach ihrer Mutter begeben.

Für mich war es verständlich, dass meine Mutter ihre Enkelin vermisste, immerhin hatte diese sechs Jahre lang mit ihr in Hausgemeinschaft verbracht. Das hatte sich in dem alten Kopf festgesetzt. Im Jahre 1968 starb Anna, unsere Mutter, im Alter von 85 Jahren. Ihr Leben war von Armut, Arbeit und Sorge um ihre Familie geprägt gewesen.

Kurz nach ihrem sechsten Geburtstag wurde Martina eingeschult und verließ um 7.45 Uhr mit Annemie das Haus. Da die Kinder des 1. Schuljahres weniger Unterricht hatten, kam sie meist schon um 11 Uhr nach Hause, erledigte ihre Hausaufgaben und konnte bei schönem Wetter gleich nach dem Mittagessen hinaus auf den nahe gelegenen Spielplatz.

Als mein Tageskind in die 3. Klasse kam, wurde unser Dirndl bereits aus der Schule entlassen. Vorher erhob sich allerdings die Frage, was sie beruflich machen wollte. Da ihr Vater Schneider war und ihr Großvater und Urgroßvater ebenfalls Schneider gewesen waren, fühlte sie sich verpflichtet, die Familientradition fortzusetzen. So suchte sie sich auf eigene Faust eine Lehrstelle. Auf ihrem Schulweg war ihr immer wieder neben einer Haustür ein Schild aufgefallen, auf dem das Wort »Schneideratelier« prangte. Das kam ihr wie eine Einladung vor. Wie sie es in der Schule gelernt hatte, setzte sie ein Bewerbungsschreiben auf und warf es an dem bewussten Haus in den Briefkasten. Voller Stolz hielt sie nach wenigen Tagen eine Einladung zu einem Vorstellungsgespräch in Händen. Sie machte sich fein und marschierte mit hochroten Bäckchen los. Nach gar nicht langer Zeit kam sie eher blass und ziemlich demotiviert zurück.

»Was ist los?«, fragte ich besorgt. »Will die Meisterin dich nicht nehmen?«

»Doch schon«, verkündete sie. »Aber das Problem ist: Sie gefällt mir nicht.«

»Inwiefern«, wollte ich Näheres wissen.

»Ihre Art gefällt mir nicht. Sie ist so herrisch. Am liebsten würde ich wieder absagen.«

»Das kannst du doch nicht machen«, redete ich begütigend auf meine Tochter ein. »Du hast zugesagt, also musst du auch hin. So schlimm wird es schon nicht werden. Wie man hört, ist die Schneiderin sehr tüchtig in ihrem Beruf. Bei ihr wirst du viel lernen.«

Doch die Entscheidung wurde Annemie abgenommen. Noch bevor sie die Stelle antreten konnte, kam eine Absage von der Schneiderin. Aus gesundheitlichen Gründen könne sie kein Lehrmädchen mehr nehmen. Meiner Tochter plumpste ein dicker Stein vom Herzen. Ihren Berufswunsch gab sie jedoch nicht auf. Durch die Berufsberaterin hatte sie erfahren, dass es in Wartenberg, etwa 15 Kilometer von uns entfernt, eine Kleiderfabrik gab, die Lehrlinge ausbildete. Ohne ein neues Bewerbungsschreiben zu verfassen, radelte sie direkt dorthin. Sie stellte sich vor und wurde vom Fleck weg eingestellt. Allerdings konnte sie erst am 1. September beginnen, weil sie bis Ende Juli noch die Schulbank drücken musste. Und ein paar Wochen Ferien sollte sie schon noch haben.

Dieser Betrieb bildete viele Lehrlinge aus. In jedem Lehrjahr wurden zehn Auszubildende eingestellt. Schon sehr bald zeigte sich, dass Annemie die richtige Wahl getroffen hatte. In dieser Firma war sie sehr zufrieden. Sie musste auch nicht täglich dorthin radeln, wie die anderen Mitarbeiter wurde sie von einem firmeneigenen Bus zur Arbeit gefahren und wieder heimgebracht.

Meine Tochter würde also ab September den ganzen Tag außer Haus sein, ich wäre am Nachmittag mit meiner Pflegetochter allein und könnte mal etwas mit ihr unternehmen. Es würde keine Eifersüchteleien mehr geben, weil ihr meine ungeteilte Aufmerksamkeit gehörte. Diese Zeit würden wir beide so richtig genießen. Doch aus der trauten Zweisamkeit wurde nichts. Das Schicksal hatte anders entschieden.

Pflegemutter für Gerald und Harald

Meine Schwester Maria hatte 1935 in einen mittelgroßen Bauernhof eingeheiratet. Zwei Jahre nach der Hochzeit wurde ihr erstes Kind geboren. Zu ihrer Freude war es gleich der Stammhalter, der nach dem Vater den Namen Hermann erhielt. Im Jahr darauf kam der zweite Sohn an, der Matthias genannt wurde. Damit war die Familienplanung abgeschlossen, was in der damaligen Zeit eine Seltenheit war. Selbstverständlich sollte der Erstgeborene den Hof übernehmen, falls er genügend Interesse dafür aufbringen würde. Das tat er tatsächlich, wie sich schon bald zeigte. Der Jüngere hatte andere Interessen und durfte KFZ-Mechaniker werden.

Durch Fleiß und Geschicklichkeit konnten Maria und Hermann sen. dem Hof ganz schön was abringen. Nicht nur, dass er ihre kleine Familie gut ernährte, sie konnten nach der Währungsreform auch einige Ersparnisse machen. Damit ihnen das Geld nicht verfiel, wie das viele Menschen 1948 erlebt hatten, wollten sie es in einer Immobilie anlegen. Im Jahre 1959 wurde neben uns ein Haus zum Verkauf angeboten, da griffen sie mit beiden Händen zu. Sie kauften es nicht nur als Geldanlage, sondern auch mit dem Hintergedanken, Matthias, ihrem Zweitgeborenen einen Ausgleich dafür zu bieten, dass er den Hof nicht bekommen würde. Nach seiner Heirat zog mein Neffe Matthias dort ein. In Theresia, Jahrgang 1939, hatte er die Frau fürs Leben gefunden. So dachte er jedenfalls, als er sie 1962 zum Altar führte. In schneller Folge bekamen sie fünf Kinder: Gerald 1963, Harald 1964, Barbara 1965, Herbert 1967 und Fritz 1968. Zu Beginn des Jahres 1969 fühlte sich die junge Mutter immer müde und schlapp. Zunächst führte man das auf die vielen Geburten zurück, die so dicht aufeinander erfolgt waren. Erst nach Monaten stellte ein Arzt die Diagnose: Leukämie. Während die Mediziner im Krankenhaus um ihr Leben kämpften, betreute eine Schwester der Kranken die Kinder bei sich zu Hause zusätzlich zu ihren drei eigenen Kindern, wovon erst eines ein Schulkind war.

Der junge Vater konnte seine Kinder unmöglich selbst versorgen. Mittlerweile arbeitete er nämlich als Fernfahrer und war meist den ganzen Tag unterwegs, manchmal sogar eine ganze Woche.

Anfang August verlor Theresia ihren Kampf – sie wurde nur dreißig Jahre alt. Der junge Witwer stand nun vor dem Problem: Wohin mit den Kindern? Auf Dauer konnten sie nicht bei seiner Schwägerin bleiben, vor allem der Älteste nicht, der im September eingeschult werden sollte. Mein Neffe war der Meinung, Gerald solle von Anfang an die Schule besuchen, die nah bei seinem Elternhaus lag, damit er keinen Schulwechsel habe, wenn der Vater die Kinder wieder zu sich nehmen könne. Geralds Tante, von der er betreut wurde, wohnte nämlich in einem Dorf, 17 Kilometer von Erding entfernt.

In seiner Not fragte Matthias bei mir an, ob ich nicht Gerald in Pflege nehmen wolle. Es sei ja nur vorübergehend – bis er eine neue Frau gefunden habe. Denn das wusste er genauso gut wie wir alle, dass er unbedingt bald wieder heiraten müsse, damit die Kinder in geordnete Verhältnisse kämen. Bei seiner Anfrage hatte ich nicht das Herz, »nein« zu sagen.

Mein Sohn war zu der Zeit bereits aus dem Haus. In Annemarie N. – zufällig hieß sie so wie unsere Tochter – hatte er seine Traumfrau gefunden. Sie heirateten 1968 und fanden in Altenerding im Haus von Annemaries Oma, nachdem sie ein bisschen umgebaut hatten, ihre erste Bleibe. Einige Wochen nach der Hochzeit ging mein Schorsch zur Bundeswehr, um seinen Wehrdienst abzuleisten.

Damit wir einen Schlafplatz für Gerald, meinen kleinen Großneffen hatten, kündigten wir zum 15. September einem unserer Mieter. Annemie bezog die freigewordene Mansarde, und den Buben nahmen wir zu uns ins Schlafzimmer, damit das mutterlose Kind nicht allein oben unterm Dach schlafen musste. Zum einen befürchtete ich, dass er Angst haben könnte, zum anderen wollte ich ihm das nicht zumuten, weil er ja noch an dem Verlust seiner Mutter zu knabbern hatte. Bei uns in der Kammer würde er vielleicht doch eher ein Gefühl von Geborgenheit haben.

Die anderen Kinder meines Neffen wurden aufgeteilt. Die beiden Kleinsten, Herbert und Fritz, blieben bei der Tante. Die Geschwister Barbara und Harald kamen zu ihrer Großmutter, also zu meiner Schwester Maria. Auf Dauer war das natürlich keine Lösung. Kinder gehören zu ihrem Vater, und die Geschwister sollten zusammen aufwachsen. Nach der schicklichen Trauerzeit machte Neffe Matthias sich also auf die

Suche nach einer neuen Frau. Welche Wege er dabei beschritten hat, weiß ich nicht. Dass er es nicht leicht haben würde, eine Frau zu finden, war uns allen klar. Erstens war er kein Adonis, zweitens war er klein von Gestalt – seine erste Frau hatte ihn um Haupteslänge überragt – und drittens brachte er die Hypothek von fünf Kleinkindern mit in die Ehe.

Ein Jahr nach dem Tod seiner Frau war vergangen, da klopfte mein Neffe erneut an meine Tür: Ob ich nicht auch Harald nehmen könnte. Der käme im September in die Schule, und auch ihm wolle er einen Schulwechsel ersparen. Denn über kurz oder lang werde er ja wieder heiraten und die Kinder dann zu sich nehmen.

»In Gottes Namen, ja«, antwortete ich. Wieder wurde in unserem Haus »umgebettet«. Annemie kam nun auf die Couch im Wohnzimmer und die beiden Brüder nächtigten gemeinsam unterm Dach. Da sie zu zweit waren, würden sie sich in der Mansarde nicht fürchten.

Mit meinen nunmehr drei Pflegekindern klappte es ganz gut. Am Vormittag waren alle in der Schule, am Nachmittag saßen die beiden Buben am Küchentisch und Martina am Wohnzimmertisch und erledigten ihre Hausaufgaben. Martina war dabei – wie von Anfang an – sehr selbstständig, und den beiden Brüdern musste ich täglich nur über die Schulter schauen, das genügte. Bei gutem Wetter zogen die beiden anschließend zum nahe gelegenen Spielplatz und kehrten erst gegen 18 Uhr zurück, weil der Hunger sie heimtrieb. Martina war dann längst wieder bei ihrer Mutter.

Zu meiner Freude beobachtete ich einige Monate nach Haralds Einschulung, dass mein Neffe eine Frau mit nach Hause brachte. Sie sah nicht übel aus, überragte den jungen Witwer aber um eine halbe Kopflänge. Nach drei Monaten wurde sie leider nicht mehr gesehen. Schade, schade. Also würde das Gastspiel seiner Söhne in meinem Haus doch noch länger dauern. Mit Erleichterung nahm ich etwas später zur Kenntnis, dass wieder eine Frau bei meinem Neffen ein- und ausging. Leider währte auch das nur einige Wochen. In der Folgezeit war ein ständiges Kommen und Gehen von potenziellen Hochzeiterinnen zu beobachten. So verstrich das zweite Jahr nach Theresias Todestag Schon befürchtete ich, auch Barbara, Matthias' einzige Tochter, aufnehmen zu müssen, wenn sie eingeschult werde. Doch ich hatte Glück. Da sie erst Ende 1965 geboren war, durfte sie noch ein Jahr lang ihre Freiheit auf dem Lande genießen, und es kam zu meinen Pflegekindern kein weiteres hinzu.

Mittlerweile schrieb man das Jahr 1971, und meine Pflegetochter Martina wechselte nach der vierten Klasse aufs Gymnasium. Gleichzeitig verließ sie uns damit und besuchte am Nachmittag den Kinderhort. Nach einem Jahr, mit ihren nunmehr elf Jahren, schien sie ihrer Mutter vernünftig genug, fortan als Schlüsselkind zu leben. Am Abend kochte Ingeborg das Essen für den folgenden Tag vor, und Martina brauchte es nach Schulschluss nur aufzuwärmen. Gewissenhaft, wie sie war, erledigte sie danach ihre Hausaufgaben, sodass die Mutter am Abend nur kurz drüber zu schauen brauchte.

Damit war für mich das Kapitel Martina aber nicht ganz abgeschlossen. Sie blieb für mich immer so etwas wie eine zweite Tochter bis auf den heutigen Tag, und ich blieb für sie immer eine zweite Mutter.

Endlich, noch ehe im September 1972 meine Großnichte Barbara in die Schule musste, läuteten für meinen Neffen Matthias zum zweiten Mal die Hochzeitsglocken. Wir alle, die wir uns seiner Kinder angenommen hatten, seine Mutter, seine Schwägerin und ich, atmeten auf. Jetzt konnte er seine Kinder endlich zu sich nehmen. Nicht, dass mir Gerald und Harald viel Mühe gemacht hätten, sie waren liebe, angenehme Buben, hatten aber einige Zeit gebraucht, um den Tod ihrer Mutter zu verarbeiten. Mein Aufatmen galt eher der Tatsache, dass sie endlich wieder bei ihrem Vater und ihren Geschwistern sein konnten, ehe sie einander völlig fremd wurden.

Die neue Frau war ebenfalls ein gutes Stück größer als mein Neffe und trug noch dazu gern hochhackige Schuhe, was den Größenunterschied noch augenfälliger machte. Mir sollte das egal sein, wenn es ihn nicht störte. Die Hauptsache war, dass es *sie* nicht störte, mit einem Schlag Mutter von fünf unmündigen Kindern zu sein. Als Gerald und Harald ausgezogen waren, hieß es bei uns im Haus erneut umorganisieren. Meine Tochter blieb zwar auf ihrer Couch, wir aber wollten die freigewordene Mansarde wieder vermieten, damit zusätzliches Geld in unsere Familienkasse floss.

Meinem Neffen hatte ich keine Miete abverlangen mögen, er war eh ein armer Teufel. Nur für die Verpflegung seiner beiden Söhne hatte er mir deren Kindergeld überlassen.

Auf unser neues Inserat meldete sich bei uns ein Junggeselle, der bereits über dreißig war. Eigentlich war er ein netter Kerl, nur Manieren hatte er keine. Die musste ich ihm erst schonend beibringen. Es hat eine Weile gedauert, bis er begriffen hat, dass man sich täglich waschen muss und danach frische Sachen anzieht.

Mit der Stiefmutter muss es dann für die Kinder meines Neffen doch nicht so gut gelaufen sein, wie wir das alle gehofft hatten. Besonders die beiden Ältesten hatten bei ihr nichts zu lachen. Oftmals schlichen sie zu mir herüber, beklagten sich über die neue Frau ihres Vaters und weinten sich bei mir aus. Leider konnte ich für sie nichts anderes tun, als ihnen Trost zuzusprechen. Das half ihnen schon. Sie sahen ein, dass ich nicht hinübergehen konnte, um der Stiefmutter zu erklären, wie die Kinder behandelt werden möchten. Vermutlich fühlte sie sich mit ihrer neuen Rolle überfordert. Plötzlich Mutter von fünf Kindern zu sein, ist wahrhaftig keine leichte Aufgabe. Bei ihrem Papa konnten sich die Halbwaisen auch nicht ausweinen. Der war ja den ganzen Tag auf Achse und blieb oft sogar über Nacht weg. Kam er aber am Abend heim, lagen die Kinder bereits im Bett. Obwohl sie noch sehr jung waren, hatten sie ein Gespür dafür, dass er nicht begeistert sein würde, wenn sie ihm nach der schweren Tagesarbeit mit ihren Kümmernissen in den Ohren lagen.

Zwei Jahre nachdem die Stiefmutter ins Haus gekommen war, wurde Fritz, der Jüngste, eingeschult. Nun hat sie es ein wenig leichter, dachte ich. Wenn sie die Kinder nur noch nachmittags um sich hat, wird sie diese liebevoller behandeln. Aber nichts dergleichen war festzustellen. Vielmehr suchte sie sich eine Halbtagesstelle und war den ganzen Vormittag außer Haus. So gab es mittags nur Schnellgerichte, teilweise sogar aus der Dose, die sie ihnen lieblos vorsetzte. Um die Hausaufgaben kümmerte sie sich auch nicht. Damit aber nicht genug: Sie nahm zwei Kinder zur Tagespflege ins Haus. Es waren zwei türkische Buben im Alter von zwei und drei Jahren, zwei nette Kerlchen. Was aber machte die »liebe« Pflegemutter? Kaum hatten ihre Stiefkinder morgens das Haus verlassen, schloss sie die Haustür zu, ließ die Tageskinder allein und ging zur Arbeit. Wie sich die beiden Kleinen dabei gefühlt haben, weiß ich nicht, ich kann es nur erahnen. Alle Nachbarn bekamen das mit, aber niemand traute sich, die Frau anzuzeigen. Drei Jahre lang ging es gut. Doch eines Tages, kurz bevor der Ältere eingeschult werden sollte, ich arbeitete gerade im Garten, sah ich, dass aus einem der Mansardenzimmer Rauch durch die Fensterritzen kroch. O Gott, dachte ich, die beiden Brüder befinden sich ja noch im Haus! Aufs höchste alarmiert stürmte ich in »unser« Gasthaus und bat den Wirt, die Telefonnummer der Feuerwehr zu wählen. Innerhalb kurzer Zeit rückte ein Löschzug an. Mehrere Männer sprangen heraus. Aufgeregt erzählte ich ihnen, dass sich zwei Buben im Haus befinden. Mit Atemschutzmasken und einer Axt bewaffnet stürmten zwei von ihnen auf das Haus zu und schlugen die Tür ein. Andere rollten unterdessen Schläuche aus und schlossen sie am Hydranten an, während zwei weitere die Leiter nach oben kurbelten in Richtung Mansarde. Für meine Begriffe dauerte es eine Ewigkeit, bis die Feuerwehrleute, die ins Haus gestürzt waren, zurückkamen. Im ganzen Haus hatten sie nach den Kindern gesucht und sie erst in der von außen abgeschlossenen Mansarde gefunden. Leider kamen sie zu spät. Sie konnten die Kinder nur noch tot bergen. Diese waren an Rauchvergiftung gestorben. Dank des tatkräftigen Einsatzes der Feuerwehrleute wurde der Brand schnell unter Kontrolle gebracht, sodass außer in dem einen Zimmer kein Schaden am Haus entstanden war und keines der Nachbarhäuser in Mitleidenschaft gezogen wurde.

Nachdem die Feuerwehrleute abgezogen waren, tauchten Brandsachverständige auf, um die Brandursache zu ermitteln. Wie ich aufschnappen konnte, war von einem Schwelbrand die Rede. Wie er aber entstanden war, habe ich nicht erfahren.

Die Eltern der getöteten Kinder waren verständlicherweise außer sich und zeigten die Frau an wegen ihres leichtsinnigen Verhaltens. Die Feuerwehrleute erstatteten ebenfalls Anzeige wegen fahrlässiger Tötung. Es kam zu einem Prozess. Leider habe ich nie erfahren, wie das Strafmaß ausgefallen war, es blieb aber zu vermuten, dass die Stiefmutter nur eine Freiheitsstrafe auf Bewährung bekommen hatte. Denn wie ich beobachten konnte, war sie nie für längere Zeit von der Bildfläche verschwunden. Der Richter hatte wohl eingesehen, dass es niemandem nützen würde, die Frau für längere Zeit wegzusperren, dann wären die fünf Kinder ja wieder ohne Versorgung gewesen. Vermutlich hatte man ihr zur Auflage gemacht, dass sie keine Pflegekinder mehr aufnehmen dürfe, denn man sah nie wieder welche in ihrem Haus. Mein Neffe Matthias war jedenfalls heilfroh, dass keines seiner

Kinder zu Schaden gekommen und dass sein Haus den Flammen nicht gänzlich zum Opfer gefallen war.

Die zweite Frau meines Neffen hatte von Anfang an keinen Kontakt zu uns gepflegt, und auch er hatte sich seit seiner Heirat mit ihr ziemlich zurückgehalten. Nach diesem schrecklichen Vorfall aber brach er die Verbindung total ab. Solange er mich brauchte, wusste er, wo ich wohne. Nun aber schien er mich nicht mehr zu kennen. Anscheinend war es ihm peinlich, über diese Geschichte zu reden. Die Kinder ließen sich auch nie wieder bei mir blicken. Offenbar hatte man sie so eingeschüchtert, dass sie es nicht wagten, mich zu besuchen. Man rief mir höchstens mal über den Gartenzaun ein »Grüß Gott« zu, aber niemand von ihnen blieb stehen zu einem Gespräch.

Sobald eines der Kinder aus der Schule entlassen worden war, verschwand es. Vermutlich hat jedes irgendwo eine Lehrstelle angenommen, wo man auch wohnen konnte. Es ist nur zu verständlich, dass keines der Kinder länger bei der Stiefmutter bleiben wollte als unbedingt nötig. Da aber so gar nichts über die Familie an die Öffentlichkeit drang, entstanden wilde Gerüchte.

Im Jahre 1990 starb Matthias. Er war erst 52 Jahre alt. Natürlich nahm ich an der Beerdigung teil und sah bei dieser Gelegenheit auch seine Kinder wieder. Aber keines von ihnen kam auf die Idee, mich anzusprechen. Es wurde auch nicht zum Mahl eingeladen, wie das üblich ist. Daher standen nach der Beisetzung einige Verwandte und Nachbarn zusammen und tauschten ihre Meinung aus. Man munkelte, Matthias sei einem Leberleiden erlegen, weil er zu oft und zu tief ins Glas geschaut habe. Wundern würde mich das nicht. Das Leben mit dieser Frau war für ihn vermutlich nur zu ertragen gewesen, weil er sich in den Alkohol geflüchtet hatte.

Sie selbst verschwand ganz schnell nach der Beerdigung und ward in unserer Region nie wieder gesehen. Ehrlich gesagt, es trauerte ihr auch niemand nach. Die beiden älteren Söhne zogen kurz darauf ins Elternhaus ein. Wenig später heiratete der Jüngere von ihnen und zog weg. Gerald, der Älteste, der das Haus übernahm, musste wahrscheinlich seine Geschwister auszahlen.

Nun zurück zu meinen Mietern. Der Junggeselle, dem ich mit viel Mühe Reinlichkeit beigebracht hatte, zog nach einem Jahr schon wieder aus. Nun hoffte unsere Tochter, wieder in das freigewordene Zimmer einziehen zu können. Sie war nämlich nicht mehr sehr begeistert darüber, auf der Couch nächtigen zu müssen. Doch auf das zusätzliche Geld mochten wir nicht verzichten, deshalb bot ich das Zimmer wieder zum Vermieten an. Diesmal meldete sich auf unsere Annonce eine junge Frau mit Namen Jutta, der man ansah, dass sie schwanger war. Das war für mich kein Grund, sie nicht zu nehmen. Sie war nett und freundlich und bezahlte ihre Miete pünktlich. Wenn ich geahnt hätte, welche Scherereien auf uns zukommen, hätte ich sie nicht genommen.

Eines Morgens gegen 4 Uhr wachte ich auf, weil es mir vorkam, als hätte es geklopft. Angespannt lauschte ich ins Dunkel. Da war es schon wieder, ein heftiges Klopfen. Es schien aus der Mansarde über mir zu kommen. Das hatte nichts Gutes zu bedeuten. Mit einem Satz war ich aus dem Bett und sprang in meine Hausschuhe. Den Bademantel, der griffbreit über dem Stuhl neben meinem Bett hing, warf ich mir über, denn Mitte April waren die Nächte noch ziemlich kühl. In großen Sprüngen nahm ich die Treppe und riss die Tür zur Mansarde der Schwangeren auf. Da sah ich die Jutta bleich, mit verweintem Gesicht in einer Blutlache in ihrem Bett liegen. Ein Neugeborenes lag reglos zwischen ihren Schenkeln. Noch ehe die Frau einen Ton von sich gab, rief ich ihr zu: »Ganz ruhig, Jutta. Keine Sorge, ich hole Hilfe und bin gleich wieder da.«

So schnell ich konnte, stürmte ich die Treppe wieder hinunter. Zu dieser Zeit hatten wir noch immer kein Telefon, weil wir die monatliche Grundgebühr scheuten. Wenn wir jemanden anrufen wollten, benutzten wir die Telefonzelle, die unweit unseres Hauses stand. In Windeseile wechselte ich meine Pantoffeln gegen Straßenschuhe und meinen Bademantel gegen meinen Wintermantel und sauste aus dem Haus. Die Straßenlaternen waren noch nicht eingeschaltet, aber der Mond erhellte die Straße so weit, dass ich leicht zum Telefonhäuschen fand. Mit zitternden Fingern suchte ich aus dem Telefonbuch die Nummer einer Hebamme heraus. Es läutete lange, bis sie endlich abhob. Verständlich, es war kurz nach vier in der Nacht. Ziemlich außer Atem beschwor ich sie, sofort zu kommen, und beschrieb ihr, wie ich die Schwangere vorgefunden hatte. Vor Aufregung vergaß ich, die Adresse anzugeben. Zum Glück fragte die erfahrene Frau danach, als ich gerade auflegen wollte.

Da erklärte ich ihr auch, dass ich sicherheitshalber noch einen Arzt anrufen wolle. »Das brauchen Sie nicht. Einen Arzt bringe ich gleich mit«, versicherte sie mir.

Die beiden waren in erstaunlich kurzer Zeit da. Ich empfing sie an der Haustür, damit sie nicht lange suchen mussten, und führte sie in die Mansarde. Als sie an Juttas Bett standen, wollten sie mich hinauskomplimentieren. Doch die junge Frau rief ängstlich: »Nein, die Ulla soll bleiben.«

Daher bekam ich alles mit, was gesprochen wurde. Die Hebamme nabelte das tote Kind ab, ließ sich von der Wöchnerin beschreiben, wie die Geburt verlaufen war, und stellte die Diagnose: Sturzgeburt.

»Es ist ein voll ausgetragenes Kind und muss lebensfähig gewesen sein. Da du es aber nicht wolltest, hast du es umgebracht«, unterstellte ihr die Geburtshelferin.

»Nein, nein«, wimmerte meine Mieterin, während sie sich mit dem Ärmel ihres Nachthemdes Tränen aus dem Gesicht wischte. »Wie hätte ich es denn umbringen sollen? Dazu hatte ich doch gar keine Möglichkeit. Nachdem das Kind plötzlich aus mir rausgerutscht ist, hat es sich nicht gerührt. In meiner Verzweiflung habe ich mit einem Schuh auf den Boden gehämmert, um meine Vermieterin zu alarmieren.«

Der Arzt untersuchte Mutter und Kind sehr sorgfältig. Während die Hebamme den Säugling wusch, nähte der Arzt den großen Dammriss, der durch die Sturzgeburt bei der Gebärenden entstanden war. Danach wiegte er nachdenklich sein Haupt: »Egal, wie das Kind zu Tode gekommen sein mag, da sich die junge Frau allein in ihrem Zimmer befand, bin ich verpflichtet, die Polizei zu benachrichtigen, bevor ich einen Totenschein ausstelle.«

In seinem Auto hatte er bereits Funk. Also begab er sich zu seinem Wagen und forderte die Kriminalpolizei an. Zwei Beamte verhörten meine Mieterin derart peinlich, dass sie erneut in Tränen ausbrach. Schließlich ließen sie von ihr ab mit der Bemerkung: »Aus der ist nichts herauszukriegen.« Dann befragten sie mich. Zu ihrem Bedauern konnte ich ihnen auch nicht mehr erzählen und nur über die Situation berichten, wie ich die junge Frau vorgefunden hatte. Schließlich wandten sie sich an die Hebamme: »Wickeln Sie den Leichnam in ein Frotteetuch. Wir müssen ihn zur Gerichtsmedizin bringen, damit man dort die Todesursache feststellt.«

6 Uhr war längst durch, als der kleine Trupp mit dem toten Baby endlich das Haus verließ. Um die verzweifelte Frau zu trösten, blieb ich bei ihr, aber auch, um sie zu waschen und das blutige Laken und den blutigen Bezug gegen frische Wäsche auszuwechseln.

Mich hätte brennend interessiert, wer der Vater des Kindes war und warum er sich während der ganzen Zeit, in der Jutta bei uns wohnte, nicht hatte blicken lassen. Mich hätte auch interessiert, warum sie mutterseelenallein bei uns lebte. Doch diskret, wie man erzogen ist, stellt man keine solchen Fragen. Von sich aus erzählte Jutta auch nichts.

Am anderen Tag erschien bei mir eine Kriminalbeamtin, die ich auf ihren Wunsch zu der verwaisten Mutter begleitete. Die Gerichtsmedizin sei eindeutig zu dem Ergebnis gekommen, dass von ihrer Seite kein schuldhaftes Verhalten vorliege, erklärte sie Jutta. Der

Gerichtsmediziner habe einwandfrei festgestellt, dass das Neugeborene nicht lebensfähig gewesen sei. Der kleine Leichnam befinde sich nun in der Friedhofshalle und sei zur Beisetzung freigegeben. Damit Jutta die Beerdigung in die Wege leiten könne, überreichte sie ihr die notwendigen Papiere.

Das arme Mädchen, das sich alles mit erstarrtem Gesicht angehört hatte, brach in Tränen aus, kaum dass die Beamtin den Raum verlassen hatte. Es waren Tränen der Erleichterung und der Trauer, die so einiges hinwegschwemmten. Dazu ließ ich ihr Zeit. Nach einer Weile, die mir wie eine Ewigkeit vorgekommen war, brachte sie die Worte hervor: »Ulla, es war schon schlimm genug, dass ich mein Baby verloren habe, das Schlimmste aber war, dass man mich auch noch des Mordes verdächtigt hat. Und ich war so wehrlos.«

Ja, es war wirklich schlimm, was diese junge Frau durchgemacht hatte. So etwas wünsche ich keinem. Da sie durch den Blutverlust geschwächt und durch die Dammnaht ziemlich beeinträchtigt war, würde sie nicht in der Lage sein, die Bestattung zu organisieren. Wie es aussah, war sie noch nicht einmal in der Lage aufzustehen und sich um sich selbst zu kümmern. Deshalb sagte ich seufzend mehr zu mir als zu ihr: »Es wird wohl meine Aufgabe sein, die Beerdigung in die Wege zu leiten.«

»Nein, nein, das musst du nicht«, widersprach sie mir. »Du hast schon so viel für mich getan, zu dem du nicht verpflichtet gewesen wärst. Nun sind meine Eltern an der Reihe.«

Sie bat um einen Zettel und einen Stift, um Namen und Telefonnummer aufzuschreiben. »Sei so nett, ruf meine Eltern in Wasserburg an und erzähle ihnen, was passiert ist. Wenn ihre Herzen nicht ganz aus Stein sind, werden sie ihr erstes Enkelkind im Familiengrab beisetzen lassen.«

Jutta hatte sich nicht getäuscht. Bei meinem Anruf war ihre Mutter am Apparat. Mit meinem Bericht war ich noch nicht weit gekommen, da vernahm ich ein Schluchzen am anderen Ende der Leitung. Nachdem ich geendet hatte, versicherte sie mit tränenerstickter Stimme: »Machen Sie sich keine Sorgen. Wir werden unsere Tochter heute noch besuchen und uns um alles kümmern.«

Sie hielt Wort. Am Nachmittag erschienen Vater und Mutter bei mir und hatten es sehr eilig nach oben zu kommen. Vermutlich hat sich eine rührende Familienszene abgespielt, bei der ich aber nicht zugegen war. Jutta beschrieb sie mir nachher in etwa. Die Eltern hatten ihrer Tochter zugesagt, ihr Enkelkind in aller Stille im Familiengrab beisetzen zu lassen. Jutta selbst bat, noch ein paar Tage bei uns bleiben zu dürfen, da sie sich für einen Transport zu schwach fühlte. Sie versicherte ihren Eltern, dass sie von mir bestens versorgt werde und dass die Hebamme täglich bei ihr nachschaue. Diese besaß so viel Charakter, dass sie sich für die Verdächtigung, die sie Jutta gegenüber ausgesprochen hatte, entschuldigte. Die Mutter kam nun jeden Tag, und manchmal war auch der Vater dabei. Nach zwei Wochen nahmen sie ihre Tochter im Wagen mit nach Hause. Nicht nur Jutta bedankte sich beim Abschied herzlich bei mir, auch ihre Eltern sprachen mir ihren Dank aus und überreichten mir einen pompösen Blumenstrauß, dem ein Kuvert mit barem

Inhalt beigefügt war. Damit war das Kapitel Jutta für mich beendet.

Wir selbst waren inzwischen auch Großeltern geworden. Wir hatten jedoch mehr Glück gehabt als die Eltern unserer Mieterin. Diese hatten ihr Enkelkind nur tot sehen können, wir aber hielten ein quicklebendiges Enkelchen in den Armen. Unser Sohn war 1974 Papa einer süßen Simone geworden. Immer wenn es meine Zeit erlaubte, machte ich Besuch bei der jungen Familie, um die Fortschritte bei unserer ersten Enkeltochter mitzubekommen. Manchmal machten ihre Eltern mit ihr auch Besuch bei uns, doch zu meinem Bedauern wurden die Besuche immer seltener, denn jedes Mal, wenn das Kind bei uns war, bekam es einen Asthma-Anfall. Zu Hause dagegen passierte so etwas nicht. Es dauerte geraume Zeit, bis ein Arzt dahinterkam, was die Ursache für Simones Anfälle war. Wir hatten einen Hund, auf den sie allergisch reagierte. Auch wenn sie in andere Wohnungen kam, in denen es einen Hund gab, litt sie furchtbar. Der Arzt versuchte mit verschiedenen Medikamenten sie zu desensibilisieren, doch nichts schlug an. Erst als sie 16 war, verschrieb er ihr ein Medikament, das neu auf dem Markt war. Damit ging es ihr schlagartig besser.

Das Zimmer, in dem unsere Mieterin Jutta gewohnt hatte, war 1977 frei geworden. Nun stellte sich die Frage: Wieder vermieten oder nicht vermieten?

Unsere Tochter war mittlerweile erwachsen geworden und ging auf Freiersfüßen.

Mit 17 hatte sie ihren ersten Freund gehabt, einen netten Burschen, der sechs Jahre älter war als sie. Der Altersunterschied hatte sie nicht weiter gestört. Doch als sie erfuhr, dass er in absehbarer Zeit einen Bauernhof erben würde, bekam sie kalte Füße. In diesem Punkt war sie mir nachgeraten. Sie wollte auf keinen Fall Bäuerin werden, obwohl sie sich im Gegensatz zu mir als Kind gerne im Kuh- oder Schweinestall herumgetrieben hatte. Ihr Kommentar: »Das ist doch ein gewaltiger Unterschied, ob man als Kind gerne im Stall spielt oder ob man als Erwachsene darin arbeiten muss.«

Kurzerhand gab sie dem Bauernsohn den Laufpass, ohne ihm eine Erklärung abzugeben. Statt mit ihrem Freund ging sie nur noch mit ihren Freundinnen aus. An Verehrern mangelte es ihr in dieser Zeit nicht, aber sie mochte sich noch nicht festlegen. Auf welche Weise sie dann ihren Zukünftigen gefunden hat, ist erwähnenswert.

Im Mai 1977 wollte sie mit einer Freundin in einem Dorf eine Bauernwirtschaft besuchen. Sie hatten den Geheimtipp bekommen, dass dort etwas los sei. Dorthin zu gelangen, war für Annemie kein Problem. Sie besaß längst einen Führerschein und ein Auto, mit dem sie am Haus der Freundin vorbeifuhr und sie abholte. Im Keller des Gasthauses gab es einen Party-Raum. Kellerbars und Party-Räume waren in den siebziger Jahren der letzte Schrei. Jeder, der etwas auf sich hielt, ob im Privathaus oder in einer Wirtschaft, richtete sich einen Party-Keller ein. In der Kellerbar des Gasthauses trafen die beiden Freundinnen an diesem Abend auf eine Gruppe von befreundeten jungen Männern. Man kam ins Gespräch, man lachte und alberte herum. Es dauerte nicht lange, da kam jemand auf die Idee, man könne ein Trinkspiel machen, um die Trinkfestigkeit der Anwesenden zu testen. Dabei wurden keine harmlosen Sachen getrunken wie Bier oder gar Cola, sondern harte Drinks wie Schnaps und Likör. Wie das genau ablief, weiß ich nicht. Jedenfalls verspürte Annemie nach einiger Zeit Druck auf der Blase. Sie erhob sich, um das bewusste Örtchen aufzusuchen. Da merkte sie, dass sie schon einen ganz ordentlichen Schwips hatte, denn sie war sehr wackelig auf den Beinen. Um einigermaßen sicher zur Toilette zu gelangen, tastete sie sich Halt suchend an der Wand entlang. Einer von den Freunden verspürte offenbar zur selben Zeit ebenfalls ein menschliches Bedürfnis und schwankte hinter ihr her. Auch er tastete sich an der Wand entlang. Doch ehe sie es sich versahen, landeten beide unsanft auf dem Boden der Herrentoilette. Was war geschehen? Die sichere Wand war zu Ende gewesen und hatte einer Schwingtür Platz gemacht, die den Eingang zur Herrentoilette bildete. Als sich die beiden Torkelnden dagegen lehnten, hatte diese verständlicherweise nachgegeben. Erschrocken und peinlich berührt rappelten sich die beiden hoch. Sie müssen dann doch noch das jeweils passende Häuschen erreicht und ihre Notdurft verrichtet haben. Als sie zum Tisch zurückgeschwankt waren, gaben sie dieses Erlebnis zum Besten, worüber sich alle vor Lachen schüttelten. Weit nach Mitternacht war die Party zu Ende und man brach allgemein auf. Gerade als unsere Tochter in ihren Wagen steigen wollte, richtete einer der Freunde das Wort an sie: »Dirndl, in dem Zustand kannst du auf keinen Fall Auto fahren.«

»Und wie sollen wir nach Hause kommen?«, sprach die Angesprochene mit schwerer Zunge.

»An dem Trinkspiel habe ich nicht teilgenommen, also bin ich stocknüchtern«, antwortete der Kavalier. »Ich bringe euch mit meinem Wagen heim.«

»Aber was wird dann mit meinem Auto?«, lallte Annemie.

»Mach dir keine Sorgen, das bleibt stehen. Morgen, wenn du wieder nüchtern bist, hole ich dich ab und bring dich zu deinem Wagen. Dann kannst du ihn heil nach Hause fahren.«

Wohlbehalten setzte der junge Mann, der sich als Erich vorgestellt hatte, die beiden jungen Damen vor ihren Elternhäusern ab. Am anderen Morgen, als Annemie wieder klar denken konnte, dachte sie: Den siehst du nie wieder. Und wie komme ich nun an mein kostbares Fahrzeug? Doch Erich hielt Wort. Nach dem Mittagessen stand er mit seinem Wagen vor unserer Tür. Beschwingt stieg sie zu ihm ein. Erleichtert war sie, als sie ihr Auto wohlbehalten auf dem Parkplatz des Gasthauses wiedersah. Ehe sie in getrennten Autos nach Hause fuhren, machte er gleich ein Rendezvous mit ihr aus. Von da an trafen sie sich regelmäßig, besuchten die eine oder andere Tanzveranstaltung, gingen ins Kino oder spazieren. Schon nach wenigen Wochen stellte sie ihn uns vor. Wir waren beide sofort von ihm angetan. Er war freundlich, höflich, schien ein fleißiger Mann zu sein und verdiente als Fliesenleger gutes Geld. Bei ihm würde unsere Tochter nicht Hunger leiden müssen. Schon bald hatte das junge Paar den Wunsch, zusammenzuziehen. Also brauchten sie eine Wohnung. Warum sollte man also nicht gleich die nehmen, die wir ursprünglich mit dem Gedanken gebaut hatten, dass mal eines unserer

Kinder dort einziehen könne? Wir kündigten also umgehend unseren Mietern, sodass die ganze Mansarden-Etage frei wurde. Es waren nur kleine Umbaumaßnahmen nötig, die der Papa und der Zukünftige übernahmen, und schon hatte das junge Paar ein komfortables Liebesnest.

Kaum hatten sie die Dachwohnung bezogen, bekamen wir Besuch. Diesen Besuch, obwohl er uns fremd war, hatten wir selbst eingeladen. Und das kam so: Eines Tages erhielten wir einen Brief von einem Hans aus Polen. Er schrieb, er sei unser Schwiegersohn, denn er sei seit 1962 mit Lisbeth, der Tochter von Bernhard, verheiratet. Er bat uns, ihm eine Einladung zu schicken. In Polen bekomme man nur ein Besuchsvisum für Westdeutschland, wenn man die schriftliche Einladung von Verwandten vorlegen könne. Freudig überrascht, nach so langer Funkstille endlich wieder etwas über unsere Tochter, bzw. Stieftochter, zu hören, schickten wir sofort eine herzlich verfasste Einladung los. Mein Mann freute sich riesig darauf, endlich seine Tochter wiedersehen zu können.

Als es an dem bewussten Spätnachmittag an unserer Haustür läutete, eilte ich freudig erregt hin, um zu öffnen. »Du musst Hans sein, unser Schwiegersohn«, stellte ich lapidar fest. »Und du musst Ursula sein, meine Schwiegermutter.« Dann neigte ich den Kopf zur Seite, um hinter ihn blicken zu können. Doch da stand niemand.

»Was hat das zu bedeuten? Warum ist Lisbeth nicht dabei«, fragte ich enttäuscht.

»Das möchte ich nicht zwischen Tür und Angel erklären. Nachher, wenn wir gemütlich beisammensitzen, sollst du alles erfahren.«

Wir nahmen ihn auch ohne Lisbeth herzlich auf, obwohl wir wieder mal auf einer Baustelle lebten. Wir hätten ihm kurzfristig telegrafisch absagen können. Das hatten wir nicht getan, zum einen wussten wir ja, wie schwierig es gewesen war, die Besuchserlaubnis überhaupt zu bekommen; und zum anderen hätten er und Lisbeth sonst meinen können, wir hätten etwas gegen sie. Wir hatten ja fest damit gerechnet, dass sie zu zweit kommen würden.

Als wir unser Haus bauten, hatten wir es mit Ölöfen ausgestattet, von denen in jedem Zimmer einer stand. Wollte man es warm haben, musste man rechtzeitig mit einer Kanne Öl aus dem Kellertank holen. Hatte man das vergessen, merkte man es spätestens, wenn man im Kalten saß. Ölöfen waren für mich schon ein enormer Fortschritt gewesen. Denn ein voller Ölofentank hielt ein oder zwei Tage, je nachdem, wie stark man heizte. Von daheim kannte ich nur Holzöfen, bei denen man ständig nachlegen musste.

Nun sollte es aber etwas noch Besseres geben, das noch moderner und bequemer war, damit man an kalten Tagen nicht frieren musste. Annemie und Erich hatten schon vor längerer Zeit davon gesprochen, dass sie eine Gaszentralheizung einbauen lassen wollten. Das bedeutete Unannehmlichkeiten: Man musste Wände durchbrechen, Leitungen legen lassen und Heizkörper anschließen. Neben dem Dreck, den das verursachte, kostete das Ganze auch noch einen Haufen Geld. Dafür hatte man es in Zukunft aber stets gemütlich warm, ohne die schwere Ölkanne aus dem Keller schleppen zu müssen, und man konnte das Nachfüllen nicht mehr vergessen. Außerdem blieb einem der üble Geruch, den das Öl verbreitete, in der Wohnung erspart.

An dem Spätnachmittag eines Samstags also, an dem unser Schwiegersohn mit seinem Koffer vor unserer Tür stand – er hatte sich mit einem Taxi vom Bahnhof herbringen lassen –, waren unsere Männer gerade damit beschäftigt, Löcher für die Heizungsrohre in die Wände zu stemmen. Sie ließen alles liegen und stehen, um den Gast zu begrüßen. Während ich diesen an den Küchentisch führte, der reichhaltiger beladen war als sonst bei uns üblich, entledigten sich Bernhard und Erich ihrer staubigen Kleidung und wuschen sich, ehe sie sich zum Nachtessen niederließen.

Dem Gast waren unsere Baumaßnahmen nicht entgangen. Daher äußerte er allen Ernstes: »Wegen mir hättet ihr einen solchen Aufwand nicht zu machen brauchen.«

»Aber geh, Hans, das machen wir doch nicht wegen dir«, entgegnete mein Mann. »Das machen wir, weil wir unsere Art zu heizen schon längst modernisieren wollten, aber erst nächste Woche können wir den Heizungsmonteur endlich kriegen.«

Nach dem Essen saßen wir bei einem Glas Bier im Wohnzimmer noch lange beisammen. Nachdem wir ein bisschen Small Talk gemacht hatten, beantwortete Hans endlich die Fragen, die uns unter den Nägeln brannten. Vor allem Bernhards enttäuschte Nachfragen im Hinblick auf Lisbeth. Hans drückte wortreich sein Bedauern aus und versicherte uns, er wäre gerne mit seiner Frau gekommen, aber leider werde in Polen staatlicherseits nur einem von beiden Ehepartnern eine Besuchserlaubnis für den Westen erteilt. Man befürchte, wenn beide ausreisen, kämen sie möglicherweise nicht mehr zurück. Bernhards nächste Frage war: »Warum ist die eine Person, die reisen durfte, nicht Lisbeth? Nicht, dass wir etwas gegen dich hätten, aber ich hatte mich so darauf gefreut, meine Tochter nach so vielen Jahren endlich in die Arme schließen zu können.«

Dafür hatte der Schwiegersohn ebenfalls eine glaubhafte Erklärung. Seine Frau spreche so gut wie kein Deutsch, und er hatte Bedenken gehabt, sie würde sich mit uns kaum verständigen können. Er dagegen spreche ebenso gut Deutsch wie Polnisch, was die Verständigung mit uns einfacher mache. Zudem sei er gekommen, um die Lage zu sondieren. Er wolle erkunden, welche beruflichen Möglichkeiten es in Deutschland für ihn gebe und ob die Chance bestehe, mit seiner Familie nach Westdeutschland auszuwandern. Dann könnten wir Lisbeth so oft sehen wie wir wollten. Sie sei jetzt eifrig dabei Deutsch zu lernen, damit sie sich dann mit uns unterhalten könne. Das waren erfreuliche Aussichten. Dennoch hatte Bernhard eine weitere Frage: »Warum hast du uns das nicht vorab mitgeteilt?«

Hans hielt einen Finger auf den Mund und senkte seine Stimme zu einem Flüstern: »So etwas kann man nicht schreiben. Mit Sicherheit werden alle Briefe von und nach Westdeutschland kontrolliert. Damit könnte ich in Teufels Küche kommen.«

Dafür hatten wir volles Verständnis. Nachdem das alles geklärt war, erkundigte ich mich nach seiner Familie. Demnach hatten sie zwei Söhne. Norbert war 1963 geboren und Alfred drei Jahre später. Danach erzählten wir ein bisschen aus unserem Leben.

Als der Uhrzeiger schon weit vorgerückt war, verabschiedeten sich unsere jungen Leute, um sich ins Dachgeschoss zurückzuziehen. Das war für mich das Zeichen, das Bettzeug herzuholen und die Couch auszuziehen, damit ich für unseren Besuch den Schlafplatz richten konnte. »Wie? Soll ich etwa hier schlafen?«, fragte er befremdet. »Habt ihr kein Gästezimmer?«

Diese Frage wiederum befremdete mich, sodass ich mit einer Gegenfrage antwortete: »Ja, habt ihr denn bei euch ein Gästezimmer?«

»Nein, natürlich nicht«, gab er unumwunden zu.

»Warum erwartest du dann eines bei uns?«, fragte ich leicht pikiert.

»Zwischen unserem und eurem Leben besteht doch ein großer Unterschied. Wir in Polen sind ein armes Volk, bei euch aber im goldenen Westen lebt man im Wohlstand.«

Diese Feststellung ließ ich für diesen Abend unkommentiert. Müde, wie ich war, wollte ich keine Diskussion heraufbeschwören. Unserem Gast wünschten wir eine angenehme Nacht und zogen uns in unsere Kammer zurück. Dort musste ich meinem Herzen aber erst einmal Luft machen, sonst hätte ich nicht einschlafen können: »Was bildet der sich ein? Soll er doch froh sein, dass wir ihn trotz unserer Baustelle so herzlich aufgenommen haben. Stattdessen kommt er daher und muss meckern!« Mein friedliebender Bernhard nickte nur vielsagend.

Damit es am nächsten Morgen im Bad kein Gedränge gab, standen wir beide früher auf als üblich. Daher war das Bad für unseren Gast frei, als der seine Morgentoilette machen wollte. Nach dem Frühstück, das ebenfalls üppiger ausfiel, als das bei uns sonst der Fall war, nahm Hans seinen Koffer und verabschiedete sich mit den Worten: »Auf einer Baustelle zu wohnen, macht keinen Spaß. Außerdem will ich euch nicht länger zur Last fallen. Heute möchte ich Alois und Klara besuchen und in den nächsten Tagen deren Kinder Erika, Rosa und Gerhard, die sollen ja in der Nähe wohnen. Tochter Traudl lebt leider, wie ich erfahren habe, in den USA, nachdem sie in Deutschland einen amerikanischen Soldaten geheiratet hat.« Er holte kurz Luft und fügte dann an: »Würdet ihr mir bitte ein Fahrrad leihen, damit ich meine Besuchsrunde leichter drehen kann?«

Diesem Wunsch kamen wir nur zu gern nach. Hauptsache, er zog ab. »Ist schon recht«, antwortete ich. »Richte bitte allen Verwandten schöne Grüße von uns aus.«

Als er die Tür hinter sich geschlossen hatte, atmete ich auf: »Das hätten wir überstanden!« Auch dazu nickte mein Mann nur vielsagend.

Wir hatten uns zu früh gefreut. Nach drei Tagen stand Hans mit Sack und Pack wieder vor unserer Tür.

»Wie? Du bist schon zurück?«, zeigte ich mich überrascht.

»Man hatte leider keine Zeit für mich, weil alle berufstätig sind.«

»Dein Schwiegervater ist auch noch berufstätig und ist zudem mit der Installation unserer neuen Heizung beschäftigt. Um mit dir zusammen sein zu können, hat er sich extra ein paar Tage freigenommen. Du bist aber einfach auf und davon.« Das musste ich ihm einfach unter die Nase reiben. Doch darauf reagierte er gar nicht. Deshalb fuhr ich fort: »Tante Klara und Onkel Alois hätten eigentlich Zeit für dich haben müssen. Er ist längst in Rente.«

»Ach, bei denen habe ich mich nur ein paar Stunden aufgehalten. Die leben ja in einer Mietwohnung und wohnen noch beengter als ihr. Deshalb bin ich am selben Tag weiter zu Erika. Die hat ein schönes großes Haus, ebenso wie Rosa und Gerhard. Bei jedem hatte ich ein eigenes Zimmer mit eigenem Bad. Warum habt ihr so ein kleines Haus?«

Da riss mir doch glatt die Hutschnur. Ich musste mich mächtig zusammenreißen, um ihm in ruhigem Ton zu antworten: »Im Westen ist eben nicht alles so golden, wie das im Osten vielleicht verbreitet wird. Nachdem dein Schwiegervater aus der Kriegsgefangenschaft entlassen worden war, haben wir beide mit nichts angefangen. Unser kleines Haus haben wir mit viel Herzblut, Schweiß und großen Entbehrungen gebaut. Wir sind glücklich und zufrieden damit. Da braucht niemand daherkommen und es uns madig machen.«

Da ich gerade in Fahrt war, klärte ich ihn weiter auf: »Was Klara und Alois betrifft, so hatten sie keine Möglichkeit zu bauen. Klara konnte nie berufstätig sein, weil sie ihre vier Kinder großziehen musste. Zudem haben sie viel Geld in deren Ausbildung investiert, damit diese es einmal besser haben würden als sie selbst. Ihre Nachkommen konnten natürlich großzügig bauen, weil sie durch ihre guten Berufe ganz andere Verdienstmöglichkeiten haben als wir. Außerdem haben sie Ehepartner gefunden, die nicht nur von zu Hause was mitgebracht haben, sondern die zusätzlich gut verdienen.« Diese Worte schienen unserem Schwiegersohn doch zu denken zu geben.

»Ach, Ulla, das war doch nicht bös gemeint. Ehrlich gesagt, auf eurer Couch gefällt es mir besser als in den prächtigen Gästezimmern der anderen Verwandten. Im Gegensatz zu euch haben sie mich sehr unterkühlt aufgenommen.«

Nach diesem ehrlichen Bekenntnis wurden es dann doch noch zwei vergnügte Tage mit Hans, ehe wir ihn entließen, mit lieben Grüßen und üppigen Geschenken ausgestattet für seine Lieben daheim. Die restlichen Tage seines Aufenthalts in der BRD wollte Hans nutzen, um in Würzburg mit meinem Bruder, dem Transportunternehmer, zu erörtern, welche Chancen es für ihn in Westdeutschland gebe. Als er längst wieder in Polen zurück sein musste, hörten wir absolut nichts mehr von ihm und seiner Familie. Vermutlich waren sie damit beschäftigt, ihre Übersiedlung zu organisieren. Dass sie uns darüber nichts schreiben konnten, versteht sich, weil man ja befürchten musste, die Post werde kontrolliert. Es sollten weitere Jahre vergehen, bis Bernhard seine Tochter Lisbeth endlich wiedersehen würde.

Hans war nicht der einzige Besucher, den wir im Laufe der Jahre hatten. Auch unsere Nichten und Neffen, Großnichten und Großneffen, also die

Nachkommen meiner Geschwister und jene von Bernhards Bruder Josef, tauchten gelegentlich bei uns auf. Dazu einige Episoden.

Einmal war Onkel Sepp mit seiner Frau Gretl und den Kindern Michael und Paul zu Besuch. Zur Feier des Tages gab es Schnitzel. Da Schnitzel aber eine teure Fleischspeise sind, panierte ich für die Kinder Leberscheiben. Die werden den Unterschied schon nicht merken, redete ich mir ein. Doch kaum hatte Neffe Paul den ersten Bissen im Mund, hörte ich von ihm ein leises »Iii, das schmeckt aber komisch.«

Ehe er seinen Unmut über die Leber laut kundtat und womöglich auch noch sein Bruder aufmerksam wurde, machte ich schnell einen Deal mit ihm. »Hier nimm das meine«, flüsterte ich ihm zu. »Und ich nehme das deine.«

Im Nu hatte ich mein Schnitzel auf seinen Teller und seine Leber auf meinen Teller geschoben. Das Mittagessen verlief dann ganz friedlich, zumal es als Nachtisch ganz viel Lieblingspudding gab. Später ist dieser Neffe ein begeisterter Leber-Esser geworden.

Eine andere Geschichte gibt's noch vom Neffen Marco. Als er drei Jahre alt war, besuchten wir mit seinen Eltern das Oktoberfest in Erding. Es war saukalt. Marco wollte aber ohne Unterlass Ponyreiten. Wir anderen standen frierend drum herum. Endlich sprach ich ein Machtwort. »Jetzt ist aber Schluss. Du reitest und wir frieren uns den Popo ab.«

Dann sind wir zu einem Verkaufsstand mit heißer Hühnersuppe. So ein Supperl für alle war für mich noch erschwinglich. Danach war es uns wieder warm ums Herz.

Neue Geldquellen – neue Aufgaben

Da unsere Mansarden nun durch Annemie und ihren Freund belegt waren, hatten wir keine Mieteinnahmen mehr. Was tun, um wieder an mehr Geld zu kommen? Mittlerweile war ich 54 Jahre alt, da war es nicht so einfach, ins Berufsleben zurückzukehren. Beim Fliegerhorst brauchte ich erst gar nicht anzufragen, im Bürobereich hatte sich derartig viel geändert, dass ich den Anschluss nicht mehr schaffen würde. Außerdem stellte man lieber junges Personal ein. Es hieß also, andere Geldquellen zu erschließen.

Gewiss, so dringend wie zu Beginn unserer Ehe waren wir auf zusätzliche Einnahmen nicht mehr angewiesen. Wir waren aber ein bisschen anspruchsvoller als früher und wollten auch dem Enkelkind mal etwas zustecken können. Während ich noch überlegte, wie wir zu einer zusätzlichen Einnahme kommen könnten, kam mir erneut ein Zufall zu Hilfe. An einem Dienstagvormittag läutete es an der Tür. Vorsichtig schaute ich durch den Spion. Eine gutgekleidete Dame stand davor. Die wird mir gewiss nichts Böses tun, dachte ich und öffnete. Sie stellte sich als Vertreterin einer Kosmetikfirma vor und bot mir mit beredten Worten ihre Produkte an. Warum sollte ich nicht auch mal was für meine Schönheit tun? Also kaufte ich spontan einige ihrer Tuben und Döschen. Nachdem ich bezahlt hatte, stellte sie fest: »Sie sehen nicht aus, als ob Sie schon im Rentenalter wären, und da Sie an einem Wochentag vormittags zu Hause sind, gehe ich davon aus, dass Sie nicht berufstätig sind.«

»Scharf beobachtet«, stellte ich fest. »Seit einigen Tagen bin ich aber auf der Suche nach einem einträglichen Job.«

»Das trifft sich ja gut. Hätten Sie nicht Lust, bei uns einzusteigen? Wir suchen noch Mitarbeiterinnen, die, wie ich, die Kunden zu Hause besuchen.«

Da ich sogleich Interesse bekundete, erklärte sie mir, dass man von der Firma eine kostenlose Schulung bekomme und bei seinen ersten Hausbesuchen mit einer erfahrenen Mitarbeiterin unterwegs sei, um von ihr zu lernen. Danach könne man seine Arbeitszeiten selbst bestimmen. Das hörte sich alles gut an. Weiter erklärte sie, dass für jede Vertreterin ein Bezirk festgelegt sei, damit man sich nicht gegenseitig ins Gehege käme. In diesem Fall sei das sogar der Bezirk, in dem ich wohne. Sie werde nämlich in den nächsten Wochen wegziehen, weil ihr Mann beruflich versetzt worden sei. Für meine Tätigkeit würde ich also noch nicht einmal ein Auto benötigen. Das war von großem Vorteil, denn ich besaß keinen Führerschein. Zum Schluss nannte sie mir noch die Verdienstmöglichkeiten. Diese überzeugten mich restlos, und ich sagte zu. Am Abend berichtete ich meinem Angetrauten davon, er hieß meinen Entschluss gut.

Es verlief dann alles so, wie es mir die Vertreterin geschildert hatte, bald war ich ebenfalls eine selbstständige Vertreterin. Es machte mir Spaß, von Haus zu Haus zu gehen und den Frauen meine Waren anzubieten. Dabei entstanden auch viele private Gespräche.

Schon nach wenigen Monaten hatte ich einen festen Kundenstamm. Dennoch war ich stets eifrig auf der Suche nach neuen Kundinnen. Wo auch immer ich hinging, sei es zum Einkaufen, zum Arzt, zum Friseur, zur Gymnastik, irgendwie kam ich immer mit einer Frau ins Gespräch, und schon wieder konnte ich eine neue Kundin in mein »Biachl« (Büchlein), das mein ständiger Begleiter war, eintragen. Natürlich verwendete ich meine Produkte auch selbst, und wenn ich zu irgendeinem Anlass ein Geschenk brauchte in meinem Verwandten- und Bekanntenkreis, brachte ich etwas aus meiner Kollektion mit. Diese Geschenke wurden stets begeistert angenommen, und schon wieder hatte ich eine neue Kundin. Selbst meine kleinen Großnichten schwärmten für meine Produkte. Wenn sie zu Besuch kamen, steckte ich ihnen immer ein Pröbchen zu, und zum Geburtstag gab es einen Lippenstift oder Nagellack.

Dennoch fühlte ich mich nach einiger Zeit mit dieser Tätigkeit nicht ausgelastet. Auch hegte ich die Sorge, die Geschäfte könnten langsam oder ganz plötzlich zurückgehen. Schönheitsprodukte waren ja etwas, was man nicht unbedingt brauchte. Wäre also eine Frau zum Sparen genötigt, würde sie an erster Stelle hier anfangen. Dann war es von Vorteil, ein zweites Standbein zu haben. Am besten sollte es etwas sein, das krisensicher war. Dank intensiver Gymnastik und regelmäßigem Schwimmen ging es mir gesundheitlich so gut, dass ich mir eine weitere Aufgabe zutraute. Mein Rückenleiden machte mir nicht mehr so oft zu schaffen, und die Kopfschmerzen attackierten mich immer seltener. Da ergab sich zufällig wieder etwas Interessantes, und ich griff mit beiden Händen zu. In der Parallelstraße betrieb eine Frau seit Jahren eine Heißmangel. Zu ihr kamen private Kunden, die ihre Bett- und Tischwäsche nicht selbst bügeln wollten. Aber auch Gastwirte ließen ihre Tischdecken dort mangeln, und sogar ein Hotelier brachte seine gesamte Bettwäsche zu ihr. So hatte sie einen ganz schönen Kundenkreis beieinander. Eines Morgens, als ich vom Einkaufen kam, stand die Frau, die ich vom Sehen kannte, vor ihrer Haustür, und wir kamen ins Gespräch. So erfuhr ich, dass sie aus Altersgründen den Betrieb aufgeben wolle. Hellhörig geworden, hakte ich nach. Was man zum Betreiben brauche, ob es schwer sei, das zu erlernen, und was es einbringen würde. Ihre Antworten fielen zu meiner Zufriedenheit aus. Da sie mein Interesse bemerkte, nahm sie mich gleich mit ins Haus. Sie zeigte mir die Maschine und führte mir vor, wie sie zu bedienen sei. Dann durfte ich selbst einige Bettlaken durchlaufen lassen. Das war wirklich kinderleicht.

Wenn ich in das Geschäft einsteigen wolle, könne ich gleich ihren Kundenstamm übernehmen und ihr die Heißmangel abkaufen. Über den Preis wurden wir uns schnell einig. Allerdings erklärte ich ihr, dass ich nicht über so viel Bargeld verfüge. Auch in diesem Punkt erfolgte eine schnelle Einigung, mit der beide Seiten zufrieden waren. Die Mangel durfte ich in monatlichen Raten »abstottern«. Das Schild mit der Aufschrift »Heißmangel«, das neben ihrer Haustür prangte, bekam ich gratis dazu. Bernhard musste es nur abschrauben und bei uns wieder anschrauben.

Das Geschäft ließ sich wirklich gut an. Wenn ich nicht in Sachen Kosmetik unterwegs war, ließ ich Tisch- und Bettwäsche, die mir die Kunden gewaschen und in feuchtem Zustand anlieferten, durch die Mangel laufen.

Wohlhabend wurde ich durch meine beiden »Berufe« nicht, doch wir konnten uns so manche Extras leisten. Dieser Nebenerwerb brachte mir noch einen weiteren zu. Eine Hausfrau, die ihre gemangelte Wäsche abholte, fragte mich, ob ich nicht die Oberhemden ihres Mannes bügeln wolle. Ich wollte. Als die nächste Kundin mich beim Hemdenbügeln antraf, wollte sie auch ihre Hemden gebügelt haben. Das zog weitere Kreise. So entwickelte ich mich zusätzlich zur gefragten Hemdenbüglerin. Eine dieser Kundinnen, die auch in unserer Siedlung lebte, fragte nach einiger Zeit bescheiden bei mir an, ob ich am Samstagnachmittag zwei Stunden bei ihr putzen könne. Freudig übernahm ich auch diesen Job, denn dadurch gingen zusätzlich ein paar Mark ein. Obendrein bekam ich eine deftige Brotzeit, wodurch ich zu Hause das Abendessen einsparte.

In jener Zeit bestand mein Leben aber nicht nur aus Arbeit. Es wurde auch bereichert durch Feste und Feiern. Innerhalb der Großfamilie gab es immer wieder mal einen runden Geburtstag oder Feiern anderer Art. Unser Sohn hatte mittlerweile ein eigenes Haus gebaut, das mit einer gebührenden Feier 1980 eingeweiht wurde. Den Höhepunkt aber bildete in diesem Jahr die Hochzeit von Annemie und Erich. Es gab ein großes Fest, zu dem alle Verwandten und viele

Freunde eingeladen waren. Im Jahr darauf kam Sandra zur Welt, unser zweites Enkelkind. Nun wurde es der jungen Familie zu eng im Obergeschoss. Sie planten, unser Haus um- und auszubauen. Auf einer Baustelle aber wohnt es sich schlecht, noch dazu mit einem Baby. Damit das arme Kind, gerade einmal zwei Monate alt, nicht so viel Staub schlucken musste, zogen sie zu Erichs Schwester. Danach ging es aber rund. Sogar die drei Apfelbäume mussten dem Anbau weichen. Das ganze Bauvorhaben verursachte unbeschreiblich viel Staub und Dreck. Mein Mann, der sich seit Kurzem im Ruhestand befand, war ständig auf der Baustelle. Aber auch unser Schwiegersohn, der als Fliesenleger voll berufstätig war, erschien jeden Abend und baute fleißig mit. Er war so eingespannt, dass er gar nicht mehr dazu kam, sich regelmäßig zu rasieren. Der Einfachheit halber ließ er sich einen Bart wachsen, und jedem, der es hören wollte, verkündete er: »Ich werde mich erst wieder rasieren, wenn der Bau fertig ist.«

Das hat er tatsächlich durchgehalten. Nach acht Monaten war alles fertig, die junge Familie zog wieder bei uns ein und der Bart war ab. Für mich war es die größte Freude, dass es nicht mehr so staubig war.

Im Sommer 1982 erhielten wir einen Brief aus Würzburg, der von unserem Schwiegersohn Hans stammte. Darin berichtete er, dass es mit der Umsiedlung endlich geklappt habe. Mit der ganzen Familie, inklusive Lisbeths Großtanten Helena und Johanna, seien sie in Würzburg eingetroffen. Wie sie das geschafft hatten, erwähnte er allerdings nicht. Bernhard verfasste sofort einen Antwortbrief, versicherte ihm, dass wir uns über diese Nachricht sehr freuen würden, und lud die ganze Familie herzlich zu uns ein. Auf dieses Schreiben erfolgte keine Antwort, es herrschte wieder die übliche Funkstille. Darüber wunderten wir uns zwar, aber es störte uns nicht wirklich, wir waren mit Arbeit und vielen anderen Dingen voll ausgelastet.

Im Jahre 1986 wurde Kerstin geboren, Annemies zweites Kind. Nun hatte Sandra also ein Schwesterchen und wir unser drittes Enkelkind. Wir Großeltern waren überglücklich.

Voller Stolz führte ich die beiden Kleinen an schönen Tagen im Stadtpark spazieren. Ständiger Begleiter war unser Hund Susi. Sie »beschützte« uns nicht nur gewissenhaft, sie profitierte auch von diesen Spaziergängen. Es blieb nicht aus, dass die Oma den Enkelinnen immer wieder mal Naschwerk zusteckte. Davon ließen die tollpatschigen Kinderhände so manches fallen. Susi war es dann, die sich darauf stürzte und den Weg gewissenhaft von den Resten reinigte.

Trotz meiner diversen beruflichen Tätigkeiten, gönnte ich es mir hin und wieder, an einem Tagesausflug teilzunehmen. Diese wurden zum Teil von Busunternehmen angeboten oder sie wurden vom Schützenverein organisiert. Bernhard lag an solchen Touren nichts. Er blieb daheim und ließ sich von seiner Tochter versorgen. An manchen dieser Ausflüge nahm auch meine Freundin Hanni teil. Am 31. August 1959 hatte sie in Erding geheiratet, wo ich auf dem Standesamt und auch in der Kirche Trauzeugin gewesen war. Anschließend wurde in Wartenberg, wo sie beheimatet war, groß gefeiert. Als sie nach einiger Zeit ebenfalls eine Tochter bekam, gab es für uns zusätzliche Themen, über die wir uns austauschen konnten. Auch als ich nicht mehr auf dem Fliegerhorst arbeitete, pflegten wir lebhaften Kontakt. Sie versorgte mich regelmäßig mit Tratsch und Klatsch, sodass ich stets auf dem Laufenden war, was am Fliegerhorst vor sich ging. Von meinem Mann war in dieser Hinsicht nicht viel herauszukriegen.

Als es uns finanziell besser ging, hatte sich mein Mann das Vergnügen gegönnt, dem Schützenverein »Gamsjäger Klettham e. V.« beizutreten. In diesem war bereits sein bester Freund und Arbeitskollege Peter Mitglied. Bis zum Vereinshaus hatte Bernhard es nicht weit. Das war nämlich genau das Wirtshaus bei uns an der Ecke, in dem wir jedes Jahr den Faschingsball besuchten. Mit Peters Frau Rosina verband mich bald auch eine herzliche Freundschaft. Bei besonderen Veranstaltungen durften wir Ehefrauen dabei sein. Wir waren deshalb gern gesehen, weil wir immer etwas zum leiblichen Wohl beitrugen. Von mir erwartete man stets meinen »legendären« Kartoffelsalat.

Meist aber gingen die beiden Freunde allein ins Vereinshaus. Sie saßen dann still in einer Ecke und beobachteten das Geschehen. Während Peter genüsslich seine Zigarre rauchte, trank Bernhard das eine oder andere Bierchen. In Gesellschaft schmeckte es halt doch besser als daheim. Da mein Mann ein ausgesprochen geselliger Typ war, trat er bald auch dem »Sportverein Rot-Weiß Klettham« bei. Nicht, dass er sich groß sportlich betätigen wollte, ihm ging es um Kameradschaft und um das Beisammensein mit Nachbarn. Wenn der Sportverein etwas zu feiern hatte, wurde auch ich stets eingeladen und hatte Freude daran. Aber nicht nur das. Für mich war diese Vereinszugehörigkeit der reinste Glücksfall. Nach kurzer Zeit wurde ich aktives Mitglied in der Turnabteilung und zog für mich daraus besonderen Gewinn. Nach meinem Fahrradunfall hatte mir mein Arzt geraten: »Immer in Bewegung bleiben.« Damit war der Turnverein genau die richtige Medizin für mich.

Mein Leben beschränkte sich aber nicht nur darauf, für meine Familie zu sorgen, ich engagierte mich auch sozial. Der Pfarrer der Pfarrei St. Vinzenz in Kletthalt hatte mich eines Tages angesprochen, ob ich nicht im Sozialkreis mitarbeiten wolle. Dieser Kreis habe es sich zur Aufgabe gemacht, Alten und Kranken in ihren Wohnungen zu helfen. Darüber hinaus organisiere der Kreis auch Besuche in Altenheimen bei Menschen, die sonst keinen Besuch kriegen. Sie bräuchten halt dringend noch jemanden, der sie bei so wichtigen Aufgaben unterstütze. Da habe ich nicht lange gezögert. Es musste jemand diese Aufgabe übernehmen, also war ich der Jemand.

Dieses Ehrenamt machte mir dann wirklich Freude. Es war schön zu sehen, wie sich die Einsamen über einen Besuch freuten. Bei diesen Einsätzen gab ich nicht nur, ich bekam auch viel zurück. Manchmal wurde ich zu Haussammlungen eingesetzt. Mit den gesammelten Geldern wurden Bedürftige unterstützt.

Das Wort Urlaub kannten wir lange Zeit nur vom Hörensagen. Mein Mann und ich waren nie auf die Idee gekommen, in seiner arbeitsfreien Zeit wegzufahren. Abgesehen davon, dass uns immer das Geld dazu gefehlt hatte, lag Bernhard auch nichts am Reisen. Er verbrachte seinen ganzen Jahresurlaub, auch als es uns besser ging, vorwiegend in unserem Garten. Er schnitt Sträucher und Bäume, er grub um, er säte, er pflanzte, er jätete. Diese Mühen wurden jedes Jahr durch eine reiche Ernte belohnt. Sein größtes Vergnügen war es, sich zwischen den Arbeiten im Liegestuhl auszuruhen.

»Warum soll ich wegfahren?«, fragte er, wenn jemand wissen wollte, wo wir unseren Urlaub verbringen werden. »Hier fühle ich mich so wohl, wie ich mich sonst nirgends fühlen könnte.«

Im Gegensatz zu ihm, hatte ich schon immer ein bisschen Urlaubssehnsucht. Diese stillte ich, indem ich, wie gesagt, immer wieder an einer Tagestour teilnahm. Seit aber Peter, Bernhards bester Freund, im Ruhestand war, bekam unser Leben eine Wende. Peter war 1925 geboren, also zwölf Jahre jünger als mein Mann. Da er eine körperliche Behinderung hatte – er war mit einem Klumpfuß zur Welt gekommen –, durfte er schon mit sechzig Jahren in Rente gehen. Das Laufen war ihm zeitlebens schwer gefallen, deshalb hatte er sich schon früh ein Auto angeschafft. Wir dagegen besaßen nie ein solches Fahrzeug. Mit Peters Eintritt in den Ruhestand kamen wir öfters in den Genuss eines Sonntagsausflugs. Immer wieder lud er uns zu einer Spritztour in die Umgebung ein. Rosina, seine Frau, war acht Jahre älter als er. Vermutlich war er aufgrund seines Gebrechens bei jüngeren Frauen nicht angekommen. Mit Rosina hatte er keinen Fehler gemacht. In ihr hatte er eine herzensgute, fleißige und geschickte Gefährtin gefunden, die ihn rundum bemutterte. Sie sorgte aber nicht nur liebevoll für ihren Mann, sie war auch für Helmut, den gemeinsamen Sohn, eine aufopfernde Mutter. Dieser Sohn, 1953 geboren, hatte leider die körperliche Behinderung vom Vater geerbt. Doch nicht nur das, er war auch geistig behindert und würde niemals ein selbstständiges Leben führen können. Zum Glück für ihn und seine Eltern durfte er die Werktage in einer Behindertenwerkstatt verbringen. Damit Helmut mal hinauskam und etwas anderes sah als die heimischen vier Wände und die Wände der Werkstatt, unternahmen seine Eltern am Sonntag oft Autoausflüge in die Umgebung. Daran durften wir häufig teilnehmen, was uns sehr gefiel. Helmut freute sich immer, wenn wir mit von der Partie waren. Für Rosina und Peter war es ebenfalls schön, uns als Gesprächspartner dabei zu haben. Einige Jahre genossen wir alle fünf diese Abwechslung.

Endlich standen wir finanziell so solide da, dass wir das Leben genießen konnten. Doch das Schicksal hatte etwas anderes für uns vorgesehen. Anfang 1989 fing mein Mann an zu kränkeln. Zunächst nicht körperlich, sondern nur geistig. Das zeigte sich als leichte Vergesslichkeit. Diese schritt jedoch immer schneller voran, sodass ich es für ratsam hielt, einen Arzt aufzusuchen. Leider konnte dieser nichts dagegen tun. Er vermochte lediglich der Erkrankung einen Namen zu geben: Demenz.

Das war für uns alle erschütternd. Es folgte eine schlimme Zeit für mich. Für einen Ehepartner ist es gar nicht so einfach, zu akzeptieren, dass der andere, der bisher der Kluge, der Entscheidungsfähige, der Tatkräftige gewesen war, immer mehr herabsinkt auf das geistige Niveau eines kleinen Kindes, und hundertmal am Tag dasselbe fragt, nichts mehr kann und nichts mehr weiß.

In dieser Zeit erreichte uns endlich wieder ein Brief aus Würzburg, er stammte diesmal von Lisbeth. Ich hoffte, wir würden den Brief überhaupt lesen können, denn Bernhard hatte in seiner Kindheit vielleicht Polnisch gesprochen, ob davon aber etwas hängen geblieben war, war fraglich, noch dazu, weil er mittlerweile ja unter Demenz litt. Mit gemischten Gefühlen schlitzte ich das Kuvert auf. Den Brief hatte tatsächlich Lisbeth verfasst. Zu meiner Erleichterung war er in erstaunlich gutem Deutsch geschrieben. Demnach hatte sie in der Zwischenzeit wirklich Fortschritte in ihrer »Vatersprache« gemacht. Sie schrieb, dass sie uns endlich kennenlernen wolle, und fragte an, wann sie uns besuchen dürfe. Das erzählte ich sofort meinem Mann, er freute sich, aber die Information kam nicht wirklich an ihn heran. Immer wieder fragte er: »Wer will uns besuchen?«

Da ihr Vater nicht mehr in der Lage war, zu schreiben, übernahm ich das an seiner Stelle. Ich schrieb seiner Tochter, dass uns ihr Besuch jederzeit recht wäre, wir würden uns ganz nach ihr richten. Sie solle aber möglichst bald kommen, damit ihr Vater sie noch erkennen könne, denn seine Demenz schreite rasch voran. Diesen Brief gab ich umgehend zur Post und wartete ungeduldig auf Nachricht. In meiner Begeisterung berichtete ich auch Annemie von dem zu erwartenden Besuch. Diese freute sich darauf, ihre Halbschwester endlich kennenzulernen, und ich freute mich auf meine Stieftochter.

Deren Antwort blieb aber aus. Was hat das jetzt wieder zu bedeuten?, fragte ich mich. Sind die so wetterwendisch oder ist etwas Ernstes dazwischengekommen?

Mittlerweile hatten wir uns einen Telefonanschluss legen lassen. Für den Fall, dass mit Bernhard mal etwas sein sollte, wollte ich schnell einen Arzt oder Krankenwagen herbeirufen können. Weil so lange keine Antwort von Lisbeth kam, war ich schon wild entschlossen, mich bei der Telefongesellschaft zu erkundigen, ob ihre Familie Fernsprechanschluss hatte. Gegebenenfalls hätte ich mir die Nummer nennen lassen. Diesen Gedanken verwarf ich aber wieder, damit wäre ich mir zu aufdringlich vorgekommen.

Bis April 1990 verfiel Bernhard auch körperlich so sehr, dass er auf den Rollstuhl angewiesen war. Es war am Ostersonntag, als ich ihn nach seinem Mittagsschlaf mit Annemies Hilfe gerade wieder in den Rollstuhl geschafft und ins Wohnzimmer geschoben hatte, weil wir dort mit ihrer Familie den Osterkaffee trinken wollten. Da läutete es an der Haustür. Wer mochte um diese Zeit kommen? Wir erwarteten niemanden. Vor der Tür stand eine mir völlig fremde Dame. »Sind Sie die Ursula?«, fragte sie.

Ich bejahte. »Und wer sind Sie?«

»Ich bin Lisbeth, Bernhards Tochter.«

»Das ist aber mal eine freudige Überraschung! Komm rein! Dein Vater wird Augen machen. Und Annemie natürlich auch, wir sitzen gerade am Kaffeetisch.«

Lisbeth folgte mir und trat sehr verhalten auf uns zu. Kein Wunder, dachte ich. Ihren Vater hat sie das letzte Mal gesehen, als sie drei Jahre alt war, und wir anderen sind wildfremde Menschen für sie. An der Kaffeetafel bemühten wir uns vergeblich, ein Gespräch in Gang zu bringen. Eigenartigerweise hatte ich das Gefühl, dass dies nicht allein an Lisbeths lückenhaften Deutschkenntnissen lag. Nun ja, vielleicht wird sie zutraulicher, wenn der Kreis kleiner wird. Nach dem Kaffeetrinken verzog sich unsere junge Familie wieder nach oben. Jetzt können wir zum gemütlichen Teil des Tages übergehen, dachte ich. Für mich völlig unerwartet legte Bernhards Tochter auf einmal auf Polnisch los. Davon verstand ich nur Bahnhof, aber an dem Tonfall und der Lautstärke glaubte ich zu erkennen, dass es keine Liebenswürdigkeiten waren, die sie hervorbrachte. Ihr Vater schien von dem Wortschwall auch nicht viel zu verstehen, denn Hilfe suchend schaute er mich an. Deshalb griff ich ein: »Lisbeth, würdest du bitte Deutsch mit uns reden. Abgesehen davon, dass ich kein Polnisch verstehe, scheint dein Vater auch nicht viel von deiner Rede mitzubekommen. Immerhin ist er fast fünfzig Jahre aus Polen weg und hat wohl viel von eurer Sprache vergessen.«

Daraufhin bemühte sie sich, Deutsch zu reden. So kamen ihre Worte zwar nicht so flüssig wie in ihrer »Muttersprache«, und auch nicht so lautstark; aber immerhin verstand ich, dass sie ihrem Vater massive Vorwürfe machte, weil er sich nach dem Krieg nicht bei ihr gemeldet habe, nicht zu ihr zurückgekehrt sei und sie einfach im Stich gelassen habe. Vor allem warf sie ihm vor, dass er nie einen Versuch gemacht habe, sie zu sich nach Deutschland zu holen. Als besonders schlimm sah sie es an, dass er es noch nicht mal für nötig gehalten hatte, ihr einige Zeilen zu schreiben.

Zunächst glaubte ich – obwohl sie Deutsch redete –, nicht richtig verstanden zu haben. Deshalb fragte ich noch mal nach. Demnach hatte ich sie doch richtig verstanden. Als ich begriffen hatte, was sie da von sich gab, war ich wie vor den Kopf geschlagen. Ihr Vater lächelte nur milde, der Inhalt ihrer Vorwürfe war nicht bei ihm angekommen. Deshalb sah ich mich genötigt, für Aufklärung zu sorgen: »Lisbeth, jetzt halt mal die Luft an! Wie kommst du dazu, deinem Vater solche Vorhaltungen zu machen? Weißt du denn nicht, was er alles unternommen hat, um dich zu uns zu holen?«

Ihr betretenes Schweigen deutete ich richtig. Sie schien tatsächlich ahnungslos zu sein.

»Warte einen Moment«, rief ich ihr zu, indem ich mich erhob. »Gleich werde ich dir die Beweise vorlegen.«

Ein Griff in den Wohnzimmerschrank und ich hatte den Aktenordner in der Hand, der außer anderen wichtigen Sachen die ganze Korrespondenz enthielt, die wir in Sachen Lisbeth geführt hatten. Vom ersten Antrag, den Bernhard bereits 1950 in dieser Angelegenheit gestellt hatte, über den »netten« Brief der Tanten, in dem sie die Herausgabe des Kindes verweigerten, bis zu deren mageren Dankesbriefen aus späterer Zeit, hatte ich alles abgeheftet. In dem Ordner befanden sich nicht nur die amtlichen Antwortschreiben, auch Bernhards handschriftliche Briefe waren lückenlos vorhanden. Beim Schreiben hatte er nämlich immer Kopierpapier untergelegt, damit er für sich Belege hatte. In einem Anfall von Aufräumwut hatte er diese Unterlagen nach dreißig Jahren vernichten wollen mit der Bemerkung: »Was soll das alte Zeug noch? Das interessiert doch niemanden mehr.«

Aus einem Bauchgefühl heraus hatte ich ihn daran gehindert: »Lass nur. Vielleicht können die Papiere noch mal wichtig werden. Und viel Platz nehmen sie ja nicht weg.«

Also hatte er sie gelassen, wo sie waren. Was war ich nun froh, dass noch alles fein säuberlich beisammen war. Als ich zu ihm gesagt hatte, dass sie vielleicht mal wichtig sein könnten, hatte ich nicht im Entferntesten an diese Möglichkeit gedacht. Nun nahm ich die entsprechenden Blätter aus dem Ordner und legte sie meiner Stieftochter vor: »Ich hoffe, dass deine Deutschkenntnisse ausreichen, um das alles zu verstehen.«

Lisbeth studierte jedes Schreiben sehr sorgfältig, vom ersten Ausreiseantrag bis zum letzten »liebenswürdigen« Brief ihrer Großtanten. Da die amtlichen Schreiben jeweils auf Deutsch und Polnisch verfasst waren, verstand sie alles einwandfrei. Nachdem sie auch gelesen hatte, mit welch hinterhältigen Worten Helena und Johanna ihre Ausreise verhindert hatten, schüttelte Lisbeth ungläubig den Kopf. Dann platzte es aus ihr heraus: »Nein, davon hatte ich keine Ahnung. Über all die Jahre habe ich so sehr auf ein Lebenszeichen von meinem Vater gehofft. Immer, wenn ich bei meinen Tanten das Thema anschnitt, erklärten sie mir: ›Er will nichts von dir wissen, sonst würde er sich ja melden.‹ Später erzählten sie mir, von Verwandten hätten sie erfahren, dass er jetzt eine neue Frau und eine neue Tochter habe. Deshalb sei er an seiner ersten Tochter nicht mehr interessiert.«

»An den Paketen und den Päckchen, die wir dir zu Weihnachten und zum Geburtstag geschickt haben, hättest du doch erkennen müssen, dass nicht nur dein Vater an dich denkt, sondern auch seine neue Frau.«

»Pakete? Päckchen? Bei mir ist nie eines angekommen.«

»Das gibt es doch nicht! Jedes Einzelne hatte ich mit viel Liebe und Sorgfalt verpackt. Bei jedem Paket hatte ich mir überlegt, womit ich einem Mädchen in deinem Alter eine Freude machen würde, was es brauchen könne und welche Kleidungsstücke ihm gefallen würden. Solange du noch ein Kind warst, befanden sich in jedem Paket außer Süßigkeiten auch Spielzeug und immer ein Kleidungsstück. Mal war es ein T-Shirt, mal ein Pullover, mal eine Bluse. Als du im Teenager-Alter warst, fragte ich die Tanten nach deiner Kleidergröße, schickte Nylonstrümpfe, schickte Unterwäsche und sogar einige Jeans. Immer waren wir bemüht, dir eine Freude zu machen. Wir scheuten uns nicht, Geld für dich auszugeben, das wir eigentlich selbst gut hätten brauchen können. Außerdem lag jeder Sendung ein lieber Brief bei, von deinem Vater eigenhändig geschrieben.«

Da ich sehr lange am Stück gesprochen hatte, war ich mir nicht sicher, ob meine Stieftochter alles verstanden hatte. Man sah ihr an, dass es in ihr arbeitete, deshalb ließ ich ihr Zeit. An ihrer Antwort war zu erkennen, dass sie in ihren Gedanken sehr weit zurückgegangen war. Zaghaft brachte sie hervor: »Solche Geschenke habe ich zwar bekommen, aber sie waren nicht verpackt. Sie lagen auf meinem Geburtstagstisch oder unter dem Weihnachtsbaum. Einen Brief habe ich nie dabei entdeckt. Daher war ich der festen Überzeugung, die Geschenke stammten von meinen Tanten. Helena und Johanna haben mich also jahrelang hinters Licht geführt.« Erschüttert von dieser Erkenntnis, brach sie in Tränen aus. Die beiden Menschen, denen sie ihr Leben lang vertraut hatte, hatten sie belogen und betrogen. Ihr Vater schaute sie nur verständnislos an.

Als sich Lisbeth einigermaßen gefasst hatte, entschuldigte sie sich förmlich bei ihrem Vater und mir. Im weiteren Gespräch erfuhren wir, dass die Tanten Bernhard jahrelang nach Strich und Faden schlecht gemacht hatten, wenn die Nichte auch nur die geringste Andeutung machte, sie wolle ihren Vater aufsuchen.

»Und was war mit den Geschenken, die wir deinem Mann 1978 nach seinem Besuch bei uns mitgegeben haben?«, wollte ich wissen. Lisbeth wusste noch nicht mal, dass ihr Ehemann uns damals besucht hatte, und von Geschenken wusste sie erst recht nichts. Wieso er seinen Besuch vor ihr verheimlicht hatte und wie ihm das gelungen war, sollten wir erst später durch ihn erfahren.

An diesem Abend wurde jedoch noch mehr aufgedeckt. »Ihr seid doch Anfang der achtziger Jahre mit den Tanten nach Würzburg übersiedelt. Dein Mann schrieb uns 1982, dass er uns bald besuchen wolle. Auf unsere herzliche Einladung erfolgte jedoch keine

Reaktion. Deshalb waren wir alle sehr enttäuscht«, klärte ich meine Stieftochter weiter auf.

»Das gibt es doch nicht!«, stieß sie hervor. »Sehnsüchtig haben wir auf eure Antwort gewartet, die zu unserer großen Enttäuschung ausblieb. Dann wurde ich von anderen Problemen gefangen genommen. Noch im selben Jahr wurde Helena, die ältere der beiden Schwestern, bettlägerig. Es folgte eine lange und anstrengende Pflegezeit für mich. Nach einem Jahr ist sie im Alter von achtzig Jahren gestorben.«

Dazu sprach ich ihr mein Mitgefühl aus.

»Das brauchst du nicht. Inzwischen sehe ich meine Tanten in einem anderen Licht. Sie haben mein und euer Mitleid nicht verdient.«

»Warum hast du nach dem Tod von Tante Helena nicht versucht, Kontakt mit uns aufzunehmen?«

»Das habe ich. Bei jedem meiner Versuche, die ich gewagt habe, ist es Tante Johanna gelungen, mir das auszureden: ›Mach das bloß nicht! Du hast es nicht nötig, deinem Vater nachzulaufen wie eine Bettlerin. Dazu musst du zu stolz sein. Dass er auf den Brief deines Mannes nicht geantwortet hat, ist doch ein deutliches Zeichen dafür, dass er nichts von dir wissen will. Vaterliebe kann man nicht erzwingen.‹ Nach solchen Reden wurde ich richtig wütend auf meinen Vater. Deshalb antwortete ich meiner Tante: ›Keine Sorge, ich will nicht um seine Liebe buhlen. Ich will ihm nur an den Kopf werfen, wie schäbig ich das von ihm finde, dass er nichts von mir wissen will.‹ – ›Tu das bloß nicht!‹, hatte mich Johanna gewarnt. ›Das bringt dir nicht die erhoffte Genugtuung. Im Gegenteil, nachher wirst du noch unglücklicher sein als zuvor.‹

Von solchen Worten ließ ich mich immer wieder beeinflussen.«

»Und was war mit meinem Brief, den ich dir letztes Jahr zu Weihnachten geschickt habe?«

Wieder war das Erstaunen auf Lisbeths Seite: »Ein Brief? Zu Weihnachten? Da ist keiner bei mir angekommen.«

»Wie kommt es dann, dass du, wenn auch mit Verspätung, trotzdem bei uns gelandet bist?«, wollte ich wissen.

»Tante Johanna hatte im letzten Jahr kurz vor Weihnachten einen Schlaganfall erlitten und wurde von heute auf morgen ein Pflegefall. Am Silvestertag starb sie, ohne das Bewusstsein wiedererlangt zu haben. Sie wurde 83 Jahre alt. Nach ihrer Beerdigung stand mein Entschluss fest: Jetzt muss ich zu meinem Vater fahren und ihm sagen, wie unglücklich ich all die Jahre darüber war, dass er sich nie bei mir gemeldet hat. Dass sich die Situation nun ganz anders darstellt, als ich immer geglaubt hatte, freut mich sehr. Leider bin ich zu spät gekommen, was meinen Vater betrifft«, endete sie ihre lange Rede mit Bedauern.

Wie es aussah, rauschten unsere Gespräche tatsächlich an ihm vorbei. Zwischendurch fragte er immer wieder: »Wer ist die Frau? Was tut sie bei uns?«

Geduldig wiederholte ich jedes Mal: »Bernhard, das ist Lisbeth, deine Tochter.«

Dann lächelte er ihr zu. Schließlich ergriff er ihre Hand, hielt sie lange fest und schaute sie liebevoll an. Vielleicht erinnerte sie ihn an seine erste Frau.

Unsere Unterhaltung zog sich bis weit in die Nacht hinein. Dann half mir Lisbeth, ihren Vater zu Bett zu bringen, glücklich darüber, ihm diesen Dienst erweisen zu können. Sie beschwerte sich nicht, als ich ihr auf der Ausziehcouch ihr Nachtlager herrichtete.

Am anderen Morgen setzten wir unsere Gespräche fort. Meine Stieftochter wollte möglichst viel über ihren Vater erfahren. Ebenso wollte ich einiges über ihr Leben wissen. Es waren ja fast fünfzig Jahre verlorenes Leben nachzuholen.

Wie wir das am Vortag ausgemacht hatten, kam Annemie rechtzeitig herunter, um für uns alle zu kochen. Daher konnte ich mich weiterhin ungestört mit Lisbeth unterhalten.

Auf einmal fragte sie: »Was glaubst du, Ulla, warum meine Tanten so gemein an mir gehandelt haben?«

»Darüber habe ich mir vor dem Einschlafen auch Gedanken gemacht und habe mir eine Meinung gebildet. Ob die aber hundertprozentig der Wahrheit entspricht, kann ich dir nicht sagen.«

»Sag's mir bitte trotzdem. Vielleicht hilft es mir weiter. Gestern Abend habe ich lange nicht einschlafen können, weil dieser Gedanke immer wieder in meinem Kopf kreiste.«

»Helena und Johanna haben aus Eifersucht gehandelt. Nach dem Tod deiner Mutter haben sie dich liebevoll aufgezogen. Seitdem warst du für die ledigen Tanten ihr Ein und Alles. Als dein Vater 1950 den Ausreiseantrag stellte, wollten sie sich von ihm ›ihr‹ Kind nicht wegnehmen lassen. Das ist ihrem Brief eindeutig zu entnehmen. Damit du nur ja nicht eines Tages auf die Idee kommen könntest, von dir aus Kontakt zu ihm aufzunehmen, taten sie alles, um bei dir die Erinnerung an ihn zu löschen. Sie unterschlugen unsere Pakete, sie ließen seine Briefe verschwinden und stellten ihn immer wieder in schlechtem Licht dar, wenn du trotzdem auf ihn zu sprechen kamst. Während sie dich großzogen, hatten sie vermutlich bereits den Hintergedanken, dass du ihre Stütze im Alter sein würdest.«

»Danke, Ulla, für diese Erklärung. Mir scheint, du hast recht. Dass sie mich nicht verlieren wollten, zeigte sich auch, als ich meinen Mann kennenlernte. Sie intrigierten ständig gegen ihn. Als sie jedoch erkennen mussten, dass ich mir meinen Hans von ihnen nicht ausreden lasse, fanden sie eine Lösung, wie ich weiterhin mit ihnen zusammen sein konnte. Sie mieteten eine Wohnung, die groß genug war, dass wir alle darin Platz hatten, auch als die Kinder kamen. Das Zusammenleben mit ihnen war für uns nicht immer einfach. Vieles musste ich einstecken. Doch ich sagte mir immer: Die Tanten haben dich mutterloses Kind in schwerer Zeit aufgezogen. Sie haben sehr viel für dich getan. Jetzt bist du an der Reihe, ihnen das zu vergelten.«

Meine Stieftochter und ich gingen am Nachmittag des Ostermontags in bestem Einvernehmen auseinander und mit der gegenseitigen Versicherung, dass wir einander hin und wieder besuchen und zwischendurch brieflich und telefonisch in Kontakt bleiben wollten.

Etwa ein halbes Jahr später machte ich mein Versprechen wahr. An einem Wochenende besuchte ich die Würzburger. Annemie hatte mir immer wieder versichert, ich bräuchte mir keine Sorgen zu machen, sie werde sich um ihren Papa kümmern und Erich werde ihr dabei helfen. So fuhr ich einigermaßen beruhigt los.

Von Hans erfuhr ich nun endlich, wieso Lisbeth nichts davon gewusst hatte, dass er 1978 bei uns zu Besuch gewesen war. Seiner Erklärung nach hatte er sich schon seit längerer Zeit mit dem Gedanken getragen, sich nach Westdeutschland abzusetzen. Weil er aber seine Frau und die Tanten nicht beunruhigen wollte, hatte er nichts von seinen Absichten verlauten lassen. Für seine Familie war er angeblich auf Geschäftsreise innerhalb Polens gewesen. Das war ihnen glaubhaft erschienen, weil so etwas öfters vorkam. Nach seiner Rückkehr hatte er auch nichts von seinem Besuch im Westen erwähnt, weil er nicht sicher war, ob sich seine Pläne verwirklichen lassen würden. Er wollte bei seinen Lieben weder falsche Hoffnungen wecken noch irgendwelche Ängste schüren. Außerdem dachte er, wenn Lisbeth von nichts etwas weiß, kann sie sich auch nicht verplappern.

»Haben dich denn die Geschenke nicht verraten, die wir dir für deine Familie mitgegeben hatten?«

Er lachte: »Damit mich diese nicht verraten konnten, habe ich sie gleich in Würzburg bei deinem Bruder gelassen.«

Mit dieser Erklärung war meine Neugier noch immer nicht befriedigt. »Wie ich weiß, hat es 1982 mit eurer Übersiedlung nach Würzburg geklappt. Danach hättest du deiner Frau doch von deinem Besuch bei uns berichten können.«

»Wozu sollte ich alte Geschichten aufwärmen? Nach unserer Ankunft im Westen hatte ich genug anderes um die Ohren.«

Während meiner Abwesenheit hatte meine Tochter ihren Vater vorbildlich versorgt. Dennoch wagte ich es nicht mehr, ihn für mehr als ein paar Stunden zu verlassen. Wer konnte schon wissen, wie viel gemeinsame Zeit uns noch bleiben würde. Davon wollte ich nichts versäumen. Also beschränkte sich mein Kontakt mit Lisbeth auf Briefe und gelegentliche Anrufe. Sie besuchte uns auch nicht, denn sie hatte selbst viel zu tun. Sie schätzte das auch richtig ein, dass weder sie noch ihr Vater viel von ihrem Besuch bei uns haben würde. Meinen siebzigsten Geburtstag am 25. Mai 1993 gedachte ich aber groß zu feiern. Dazu lud ich Lisbeth mit ihrem Mann und ihren Söhnen ein. Sie kamen tatsächlich. Es wurde ein wunderbares Fest. Nicht nur die Verwandtschaft war fast vollzählig erschienen, sondern auch zahlreiche Freunde. Hanni und ihre Tochter waren selbstverständlich mit von der Partie und Freund Peter mit Frau und Sohn ebenfalls. Obwohl bei Bernhard die Demenz noch weiter fortgeschritten war, hatte er seine Freude an der Feier. Er wusste das gute Essen zu schätzen, genoss den Kuchen und das eine oder andere Bierchen. Zwar fragte er immer wieder: »Warum sind die vielen Menschen da?«, aber es gab genug Leute, die ihm seine Frage stets geduldig beantworteten.

Nach dieser Feier ging der Alltag weiter. Damit mein Mann an die Luft kam und etwas vom Leben außerhalb des Hauses zu sehen bekam, schob ich ihn bei trockenem Wetter oft im Rollstuhl durch den Stadtpark. Für eine Siebzigjährige war es ganz schön anstrengend und kräftezehrend, den schweren Mann im Rollstuhl zu schieben. Ihm zuliebe nahm ich das aber gerne auf mich. Denn den Mann, den ich seinerzeit aus Vernunftgründen geheiratet hatte, liebte ich seit Jahrzehnten von ganzem Herzen. Deshalb tat es mir auch weh, als er seine Familie und mich nicht mehr erkannte. Vor allem schmerzte es mich, wenn er jammerte: »Ich will heim zu meiner Frau.«

Dabei saß er doch mit mir zusammen im Wohnzimmer unseres Hauses, das wir unter so viel Mühen und Entbehrungen gebaut hatten. Mir war klar, dass er mit diesen Äußerungen nicht mich meinte, sondern Martha, seine erste Frau, obwohl er mit dieser nur fünf Jahre verheiratet gewesen war, während unsere Ehe bereits seit 43 Jahren bestand. Außerdem hatte er die meiste Zeit der beiden letzten Jahre seiner ersten Ehe im Kriegsgebiet verbracht. So scheint aber das menschliche Gehirn beschaffen zu sein. Wenn es nachlässt, bleiben die frühen Eindrücke am längsten erhalten, weil sie fester gespeichert sind. Dieser Gedankengang half mir etwas über meine Enttäuschung hinweg.

Am 25. Mai 1994 war wieder mein Geburtstag. Diesen feierten wir im kleinen Kreis, es war ja nur der 71. Gewiss, ich hätte auf eine Feier ganz verzichten können, aber ein kleines Fest hob mich ein wenig aus dem Alltagstrott heraus, und auch für meinen Mann bedeutete es eine schöne Abwechslung. Er war nämlich ein Süßmäulchen und freute sich immer, wenn es Kuchen gab. Zu dieser Zeit war der Rhabarber in unserem Garten, den er viele Jahre zuvor eigenhändig gepflanzt hatte, in Hochform. Unsere Tochter erntete ein paar kräftige Stangen davon und backte dem Papa zu Ehren einen wunderbaren Rhabarberkuchen.

Er war insofern wunderbar, als sie ihn mit einer Baiser-Masse überzog, die ihm etwas die Säure nahm. An der Kaffeetafel saßen nur wir sowie unsere Tochter und ihre Kinder. Daher blieben von dem Kuchen einige Stücke übrig.

Weil Bernhard ihn gar so gerne mochte, bot ich ihm am folgenden Nachmittag ein Stück davon an. Ob er ihn zu hastig gegessen hat, oder ob er gleichzeitig versucht hat zu reden und zu essen, weiß ich nicht mehr. Offensichtlich hatte er sich verschluckt, denn er hustete plötzlich mächtig los. Instinktiv klopfte ich ihm auf den Rücken, wie ich das auch bei meinen Kindern und wie es meine Mutter schon bei ihren Kindern getan hatte. Diese »Therapie« hat immer geholfen. Bei meinem Mann aber wirkte sie nicht. Er hustete immer stärker, und als er gar laut Luft zog und blau anlief, rannte ich in Panik zum Nachbarn hinüber. Auf die Idee, unseren Arzt anzurufen oder gar einen Krankenwagen anzufordern, kam ich gar nicht. In meiner Hilflosigkeit muss ich von dem Gedanken besessen gewesen sein, der Nachbar könne helfen. Dieser ließ mich gar nicht zu Ende reden und wählte gleich die Notfall-Nummer, damit man umgehend einen Sanka mit Notarzt schicke. Sofort rannte ich zurück ins Haus, wo ich meinen Mann schon bewusstlos vorfand. Mein nächster Gedanke war, unsere Tochter zu alarmieren, die wieder berufstätig war. Am Telefon stieß ich hastig hervor: »Du musst sofort kommen! Dein Vater liegt im Sterben.«

Wie ich nachher von ihr erfuhr, konnte sie von ihrer Arbeit nicht stehenden Fußes weg. Nach bestandener Gesellenprüfung hatte sie in der Kleiderfabrik im Akkord gearbeitet. Das hatte zwar ganz schön was eingebracht, aber es war sehr stressig gewesen. Deshalb war sie nach zehnjähriger Babypause nicht mehr dorthin zurückgekehrt. Stattdessen hatte sie einen wesentlich ruhigeren Job angenommen, nämlich in einer Videothek. Dort arbeitete sie nur an einigen Tagen in der Woche, damit ihr mehr Zeit für ihre Kinder blieb. Als ich sie angerufen hatte, musste sie ihren Chef telefonisch herbitten, und konnte erst nach dessen Eintreffen weg.

Obwohl der Krankenwagen sehr schnell bei uns eintraf, kam es mir vor, als hätte er eine Ewigkeit gebraucht. Der Notarzt und ein Sanitäter stürmten gleich ins Haus, legten den Patienten auf den Boden und begannen mit Wiederbelebungsversuchen. Seit meinem Anruf bei meiner Tochter war etwa eine halbe Stunde vergangen, da fuhr sie bei uns vor. In dem Moment wurde ihr Vater nach erfolgreicher Reanimation gerade in den Sanka geschoben. Schon brauste er los. Wenig später fuhren wir hinterher. Von Bernhard bekamen wir aber nichts mehr zu sehen. Durch die Hintertür hatte man ihn gleich in die Notaufnahme gebracht und auf die Intensivstation gelegt. Wir aber mussten vorschriftsmäßig durch die Vordertür das Krankenhaus betreten. Es dauerte eine Weile, bis wir durch eine Glasscheibe unseren Patienten sehen durften. Er war an verschiedene Kabel und Schläuche angeschlossen. Am nächsten Tag durften wir sogar zu ihm ins Zimmer der Intensivstation. Da lag er mit geschlossenen Augen, er wurde künstlich beatmet, künstlich ernährt, und ein Apparat zeichnete seine Hirn- und Herzströme auf. Anschließend bat uns der Stationsarzt zu einem Gespräch. Was er alles sagte und erklärte, habe ich vergessen. Nur den einen Satz habe ich mir gemerkt: »Wenn wir gewusst hätten, dass bei Ihrem Mann schon so viele Gehirnzellen abgestorben sind, hätten wir ihn nicht zurückgeholt und ihn nicht an diese Geräte angeschlossen.«

Meine Tochter und ich schauten uns nur entsetzt an. Diese Aussage fanden wir so ungeheuerlich, dass uns die Worte fehlten. In den folgenden Tagen fanden wir Bernhard unverändert vor. Nur fiel mir auf, dass immer dann, wenn ich zu ihm sprach oder wenn ich seine Hand nahm, die Ausschläge auf dem Aufzeichnungsapparat heftiger waren. Für mich war das ein Zeichen, dass er etwas mitbekam. Jedes Mal, wenn wir die Intensivstation betraten, weinte meine Tochter. Das bekam einer der Pfleger mit, ein sehr netter Mensch, der nicht nur seinen Job machte, sondern auch Mitgefühl und Anteilnahme zeigte. Er fragte Annemie: »Nimmt dich das so mit?«

»Was für eine Frage«, antwortete sie. »Er ist mein Vater.«

Während der wenigen Tage, in denen uns dieser Pfleger immer wieder begegnet war, hatten wir so viel Vertrauen zu ihm gewonnen, dass ich auch mal ein persönliches Wort an ihn richtete. Bei ihm traute ich mich, meinem Herzen Luft zu machen, indem ich ihm die ungeheuerliche Äußerung des Stationsarztes wiederholte. Der junge Pfleger sah mich eine Weile schweigend an, schüttelte dann den Kopf und sagte: »Eine solche Äußerung ist taktlos. Leider ist es die Realität.«

Da begriff ich, dass genau das eingetreten war, was Bernhard nie gewollt hatte, nämlich künstlich am Leben erhalten zu werden durch Apparate und Schläuche. Deshalb widersprach ich nicht, als man mich nach einer Woche um Zustimmung bat, weil mein Mann aus der Intensivstation herausmüsse. Dennoch erkundigte ich mich mit tonloser Stimme: »Und was geschieht dann?«
»Wenn wir die Apparate abschalten, kann es ganz schnell zu Ende gehen. Es kann sich aber auch noch hinziehen.«
Bei unserem nächsten Besuch führte man uns in ein abgedunkeltes Zimmer. Auf dem Nachttisch stand ein Kreuz, daneben flackerte eine Kerze. Bernhard lag in seinem Bett, völlig teilnahmslos, aber er atmete selbstständig. Nach einer halben Stunde verließen wir den Raum wieder. Da flüsterte meine Tochter mir zu: »Nein, Mama, da gehe ich nicht mehr rein, das ist mir zu gruselig.« Diese Entscheidung akzeptierte ich und trat von da an täglich meinen schweren Gang allein an. Normalerweise tat ich das am Vormittag. Am 5. Juni bin ich zusätzlich am Nachmittag noch mal bei ihm gewesen. Alles unverändert.
Am anderen Morgen um 7 Uhr erhielt ich einen Anruf vom Krankenhaus. In der Nacht vom 5. auf den 6. Juni 1994 habe er um 3 Uhr seinen letzten Atemzug getan. 16 Tage später, am 22. Juni, wäre er 81 Jahre alt geworden.
Das kennt wohl jeder, der einen geliebten Menschen verloren hat, dass einem zunächst keine Zeit zum Trauern bleibt. Man ist so davon in Anspruch genommen, alles zu organisieren, dass man nicht weiß, wo einem der Kopf steht. Und das ist auch gut so.

Es war ein langer Trauerzug, der dem Sarg folgte. Außer den Verwandten aus der näheren Umgebung waren auch alle Würzburger da und viele Mitglieder des Schützen- und des Sportvereins. Ja, sogar zahlreiche ehemalige Kollegen vom Fliegerhorst konnte ich begrüßen.

Beim Frühstück am Tag nach der Beisetzung kamen wir endlich zum Nachdenken. Bis dahin hatten wir nur funktioniert. »Schuld ist nur der Rhabarberkuchen«, konstatierte Annemie. »Ohne den könnte der Papa noch am Leben sein.«

»Aber geh, Annemie, dein Vater hätte ebenso gut von einem anderen Kuchen ein Stück in die falsche Kehle kriegen können.«

Davon wollte meine Tochter aber nichts wissen. Impulsiv sprang sie auf und stürmte in den Garten. Dort riss sie die Rhabarberstaude mit Stumpf und Stiel aus und warf sie auf den Komposthaufen. An der unschuldigen Stelle, wo sie gestanden hatte, hackte sie aus Leibeskräften herum, wobei sie ihre ganze Wut und Trauer herausließ. An dieser Stelle sollte sich kein Rhabarber mehr breit machen können. Annemie hat auch nie wieder einen Rhabarberkuchen gebacken, geschweige denn einen gegessen, bis auf den heutigen Tag.

Meine Gedanken wanderten an diesem Morgen in eine andere Richtung. Jetzt ist er wieder bei seiner ersten Frau, dachte ich wehmütig, und ich bleibe allein zurück. So ganz verlassen war ich dann aber doch nicht, wie ich schon bald mit dankbarem Herzen erkannte. In Annemie hatte mir Bernhard eine wunderbare Tochter hinterlassen, die in jeder Lebenslage für mich da war. Dann hatte ich noch George, meinen Sohn, auf den ich zählen konnte. Auch meine drei süßen Enkelinnen bereiteten mir viel Freude und verscheuchten so manchen trüben Gedanken.

Unruhiger Lebensabend

Nach Bernhards Beerdigung musste das Leben ja irgendwie weitergehen. Es war nicht mein Ding, mich in eine Ecke zu verkriechen und den Rest meines Lebens zu vertrauern. Während Bernhards letzten beiden Lebensjahren hatte ich in meinen beruflichen Aktivitäten etwas kürzer getreten. Nun aber, trotz meines Alters von 71 Jahren, stieg ich noch einmal voll in meine vier Jobs ein. Ich zog wieder eifrig los als Kosmetikberaterin, ich bediente die Heißmangel, ich bügelte Oberhemden und Schürzen für meine Kunden und betätigte mich weiterhin als Putzfee. Letztgenannte Stelle hatte ich trotz schwerer Zeiten immer beibehalten. Dazu kam noch mein Ehrenamt in der Pfarrei. Für mich war es gut, dass ich so ausgelastet war. All diese Aufgaben halfen mir über meinen Trübsinn hinweg. Wie bisher hastete ich von einer »Baustelle« zur anderen. Jetzt ging es mir nicht mehr darum, Geld zu verdienen, damit ich über die Runden kam. Vielmehr bedeutete jede Mark, die ich einnahm, für mich Luxus. Davon konnte ich mir endlich etwas leisten, wozu unser Geld bisher nie gereicht hatte, zum Beispiel mal in den Urlaub zu fahren. Zusätzliches Geld in Händen zu halten bedeutete auch, dass ich meinen anspruchsvoller werdenden Enkelkindern einiges zustecken konnte. Hier waren es mal zehn Mark, dort waren es zwanzig Mark oder sogar fünfzig, je nachdem, welche Wünsche die Dirndl mit zunehmendem Alter hatten.

Aber nicht nur des Geldes wegen behielt ich meine Jobs bei, sondern vor allem, um aktiv zu bleiben und um noch etwas Sinnvolles zu tun. Dazu gehörte eben auch, dass ich etwas für Herz und Gemüt tat. In dieser Hinsicht kann ich meine Freundin Hanni nicht genug loben.

Nachdem sie ebenfalls verwitwet war, haben wir uns oft an einem Sonntag getroffen. Wir haben gemeinsam an Ausflügen teilgenommen, wir haben uns zu einem Plauderstündchen ins Café gesetzt, wir haben uns gegenseitig aufgemuntert und haben miteinander geweint und gelacht. Wir kennen uns nun über siebzig Jahre lang, das ist für uns beide ein großes Glück, das wir sehr zu schätzen wissen.

Über Bernhards Tod hinaus blieb auch die Freundschaft zu Peter erhalten. Er und Rosina waren immer für mich da, wenn ich Hilfe brauchte. Bevor sie etwas unternahmen, fragten sie mich jedes Mal, ob ich nicht mitkommen wolle. Freilich wollte ich, und es war eine schöne Zeit für mich. Wir verlebten viele fröhliche Stunden miteinander.

In dieser Zeit entstanden sogar neue Freundschaften. Im Sommer 1993 war eine Familie aus dem Schwarzwald in unsere Nachbarschaft gezogen. Das war das Ehepaar Doris und Günter mit Sohn Uwe, der am Fliegerhorst arbeitete, dessen Ehefrau Gudrun und die Oma. Nach Bernhards Tod entwickelte sich über das nachbarschaftliche Verhältnis hinaus ein freundschaftliches, obwohl die neuen Nachbarn ein gutes Stück jünger waren als ich. Die Freundschaft ging sogar so weit, dass sie mich im Sommer 1997 in ihrem Wagen mit in den Urlaub nahmen. Deren Oma hatte nämlich keine Lust mitzufahren, und so hatten sie Platz für mich. Es ging für zwei Wochen nach Kärnten. Dort verlebte ich einen wunderbaren Urlaub, den ersten meines Lebens.

In den Sommerferien 1998 wollte meine Tochter mit ihrer Familie Urlaub auf Mallorca machen. Dabei wollten sie mich unbedingt mitnehmen.
»Nein, nein«, lehnte ich ab. »Fahrt ihr mal schön ohne mich. Ich brauche keinen Urlaub.«
»Aber Mama«, protestierte Annemie. »Dann bist du ja ganz allein im Haus.«
»Bin ich nicht. Susi bewacht mich ja.«
»Warum sträubst du dich denn so gegen einen Urlaub mit uns? Voriges Jahr bist du ja auch verreist – mit Doris und Günter.«
»Das war etwas ganz anderes. Nach Kärnten konnten wir mit dem Auto fahren. Nach Mallorca aber muss man fliegen.«
Doch Annemie ließ nicht locker: »Was ist daran so schrecklich?«
»Ein Flugzeug kann abstürzen oder entführt werden.«
»Deine Ängste sind völlig unbegründet. Bei uns werden die Flugzeuge gut gewartet, und Entführungen sind so gut wie ausgeschlossen. Die Sicherheitskontrollen an den Flughäfen sind heutzutage sehr streng.«
All ihr Reden half nichts, ich weigerte mich mitzufliegen. Um meine Enkelin Sandra machte ich mir allerdings Sorgen. Mit ihren 16 Jahren war sie ein flotter Teenager und würde abends bestimmt in die Disco

gehen wollen. Vor dem Abflug nahm ich sie mir beiseite: »Sandra, du bist jung und hübsch. Wenn du in eine Disco gehst, werden dich die Männer umschwärmen wie Motten das Licht. Manch einer wird dich nach der Tanzerei nach Hause begleiten wollen. Das ist nicht weiter schlimm. Für den Fall, dass dir einer zu nahe treten sollte, brauchst du eine Waffe.«

»Eine Waffe? Ich kann doch nicht mit einem Messer oder einer Pistole in der Handtasche in die Disco gehen.«

»Nein, natürlich nicht. Hier hast du etwas, das völlig unauffällig und ungefährlich ist.« Dabei drückte ich ihr eine Dose Pfefferspray in die Hand. Die hatte ich mir besorgt, weil ich das im Fernsehen gesehen hatte. »Die trägst du in deiner Handtasche immer bei dir, und wenn einer zu aufdringlich wird, sprühst du ihm damit ins Gesicht. Was meinst du, wie der dann davonrennt.«

Die Familie flog also ohne mich. Nach ihrer Rückkehr fragte ich Sandra: »Hast du deine Waffe mal einsetzen müssen?«

»Nein, zum Glück bin ich nie in eine solche Situation geraten. Und wenn, hätte mir dein Pfefferspray auch nichts genützt.«

»Wieso das?«, fragte ich irritiert.

»Am Flughafen bei der Handgepäckkontrolle hat man es mir als gefährliche Waffe weggenommen.«

Etwa zwei Jahre nach unserem Urlaub in Kärnten starb die Oma unserer Nachbarn, und da Günter mittlerweile im Ruhestand war, überschrieben sie das Haus in Erding ihrem Sohn und wanderten aus nach

Südspanien, wo sie zunächst in einem gemieteten Ferienhaus wohnten. Für den Rest ihres Lebens wollten sie die südliche Sonne genießen. Dadurch verlor ich sie für eine Weile aus den Augen. Bald aber telefonierten wir fleißig miteinander, und sie schickten bunte Postkarten, mit denen sie mich verlocken wollten, sie in ihrer neuen Heimat zu besuchen. Einen Besuch bei ihnen verschob ich einstweilen auf die Zukunft, weil ich ja noch »so viel« zu tun hatte.

Über dieser neuen Freundschaft hatte ich meine alten Freunde keineswegs vernachlässigt. Mit Hanni und Peters Familie traf ich mich nach wie vor regelmäßig. Auch tat ich ständig etwas für meine Gesundheit. Meinen Heimtrainer benutzte ich täglich und zweimal in der Woche ging ich in die Therme zum Schwimmen. Doch wie es das Schicksal so wollte, eines Tages bin ich wohl zu hastig aus dem Becken gestiegen, bin ausgerutscht und hingefallen. Sofort eilte der Bademeister hinzu. Doch als er mir auf die Beine helfen wollte, jammerte ich mächtig. Das veranlasste ihn, für mich einen Krankenwagen zu bestellen. In der Klinik wurde ich geröntgt, und man stellte einen Schlüsselbeinbruch fest. Eingipsen konnte man es nicht, stattdessen musste ich ein rucksackartiges Gebilde tragen, damit mein Schlüsselbein ruhiggestellt war. Zusätzlich wurde der linke Arm in eine Schlinge gelegt. Dann durfte ich heim. Zwar konnte ich nicht viel tun, aber ein Krankenhausaufenthalt blieb mir wenigstens erspart.

Danach hieß es für mich, noch ausgiebiger zu trainieren, damit ich wieder voll beweglich wurde und meine alten Aktivitäten wieder aufnehmen konnte.

Am frühen Morgen des 17. Juni 1999 rief Peter mich an. Er wirkte völlig aufgelöst. Es dauerte eine Weile, bis ich begriff, was passiert war. An diesem Morgen war seine Frau nicht, wie gewohnt, vor ihm aufgestanden. Deshalb war er, als er aus dem Bad kam, an ihr Bett getreten. Da hatte er den Eindruck, dass sie nicht mehr atmete. Beunruhigt griff er nach ihrem Puls und zuckte erschrocken zurück, ihre Hand war nämlich schon eiskalt. Statt einen Arzt anzurufen, rief er bei mir an. Als gute Freundin der Familie ließ ich alles liegen und stehen und radelte zu Peters Haus. Dort fand ich neben einem verzweifelten Witwer ein ziemliches Chaos vor. Wo sollte ich zuerst anfangen? Den Totenschein ausstellen konnte der Arzt auch später noch. Wichtig war erst einmal, dass Helmut versorgt war. Durch meine beherzte Mithilfe stand er »gestiefelt und gespornt« bereit, als der Fahrdienst der Behindertenwerkstätte ihn abholte.

Dann rief ich den Hausarzt an. Nach einer kurzen Untersuchung der Verstorbenen stellte er die Diagnose »Herzinfarkt« und füllte den Totenschein entsprechend aus. Das sei ziemlich eindeutig, erklärte er dem verzweifelten Witwer, deshalb sei eine Obduktion nicht notwendig.

Die Verzweiflung des Mannes war verständlich, denn er war hilflos wie ein kleines Kind. Seine Frau hatte ihn nicht nur von aller Hausarbeit verschont, sie hatte ihm auch stets alle Entscheidungen abgenommen. Sie hatte nicht nur ihren Sohn verwöhnt, sondern auch ihren Mann.

Dann regelte ich alles für die Beerdigung. Anrufe beim Bestatter und beim Pfarramt. Peter stand nur staunend dabei, und ich musste froh sein, dass er mir die notwendigen Papiere aus seinem Schreibtisch heraussuchte.

Damit war es aber nicht getan. Peter flehte mich an, ihn nicht im Stich zu lassen. Das versprach ich ihm. Ihm zu helfen war für mich Nächstenliebe im eigentlichen Sinne des Wortes. Peters Haushalt zu übernehmen war ein Fulltime-Job und hatte für mich Vorrang vor allem anderen.

Also musste ich mein Leben neu ordnen und einige meiner Jobs aufgeben. Als erstes kündigte ich meine Putzstelle. Die Frau sah ein, dass Peter mich dringender brauchte als sie. Mein zweiter Schritt war, dass ich die Hemden bügelte, die noch bei mir gestapelt lagen, und den Hausfrauen, als sie diese abholten, erklärte, ich könne keine neuen mehr annehmen. Meine dritte »Amtshandlung« war, dass ich von meinem Schwiegersohn das Schild »Heißmangel« abmontieren und im hintersten Winkel des Geräteschuppens verstauen ließ, wohin er auch die Heißmangel schaffte. Dort steht sie heute noch. Ich habe sie nie wieder zum Leben erweckt und machte auch nicht den Versuch, sie zu verkaufen. Heißmangeln war »out«. Das hatte ich in letzter Zeit schon zu spüren bekommen, meine Kundschaft war immer weniger geworden. Die Leute benutzten immer mehr bügelfreie Bettwäsche oder schafften sich eine Bügelmaschine an. Wenn meine Heißmangel noch ein paar Jahre in ihrer Ecke steht, ist sie bestimmt reif für ein Museum.

Mit Peters Haushalt war ich, wie bereits erwähnt, voll ausgelastet. Das lag daran, dass ich zusätzlich versuchte, ihm so einiges beizubringen, etwa wie man eine Waschmaschine einräumt und welches Programm man wählt. Wenn ich für ihn Lebensmittel einkaufte, nahm ich ihn mit, damit er das Einkaufen lernte. Stand ich am Herd, ließ ich ihn zuschauen oder auch mal eine Handreichung machen, damit er in der Lage sein würde, ein einfaches Gericht selbst zu kochen. Nicht zuletzt zeigte ich ihm, wie er seinen Sohn waschen und anziehen müsse und wie er das Frühstück für ihn bereite. »Wozu das alles?«, fragte Peter genervt. »Willst du mich etwa verlassen?«

»Das nicht, Peter. Aber es kann doch mal eine Situation eintreten, dass ich nicht kommen kann. Dann sollst du dir auch allein helfen können.«

Mir blieb kaum Zeit, meinen eigenen Haushalt aufrechtzuerhalten. Das war auch nicht nötig, denn wenn ich für Peter und seinen Sohn gekocht hatte, aß ich anschließend mit. Für meinen Einsatz in Peters Haus nahm ich kein Geld. »Nein, Peter, das ist Ehrensache, dass man Freunden in der Not hilft.«

Dabei wollte er es nicht ganz bewenden lassen. »Schau, Ulla, in meiner Lage müsste ich mir eine Haushälterin nehmen, die müsste ich auch bezahlen.«

»Die brauchst du aber nicht, du hast ja mich. Also spare dein Geld, du weißt ja nicht, was noch alles auf dich zukommt.« Dabei dachte ich vor allem an seinen Sohn. Noch kamen Peter und ich ganz gut mit ihm zurecht. Doch wenn für Helmut mal eine Heimunterbringung erforderlich wäre, würde das ganz schön ins Geld gehen. Um Peter nicht zu beunruhigen, behielt ich diese Meinung aber für mich.

Doch der ließ nicht locker: »Dann lass dich wenigstens jeden Sonntag zum Mittagessen einladen.« Dieses

Angebot nahm ich gerne an, zumal das in unserem Stammlokal stattfand.

Ebenso freute ich mich, wenn er mit seinem Sohn und mir ab und zu eine Fahrt ins Blaue unternahm oder mich zu Vereinsfeiern begleitete. Denn als Frau kann man – trotz aller Emanzipation – nicht gut allein wo hingehen.

So wurden wir mit der Zeit immer bessere Freunde, und alle dachten, wir seien ein Liebespaar. Das waren wir aber nicht. Jeder hing noch so sehr an seinem verstorbenen Partner, dass wir keine neue Bindung eingehen wollten. Es tat uns beiden aber unendlich gut, jemanden zu haben, mit dem wir über unser verlorenes Glück reden konnten. Das kann man nur mit den wenigsten. Die meisten Menschen schalten sofort ab, sobald man mit diesem Thema anfängt. Peter aber hatte meinen Bernhard so gut gekannt, dass sein Tod auch für ihn einen Verlust bedeutete und er gerne über ihn sprach. Umgekehrt war es genauso. Rosina war mir eine liebe Freundin geworden, die ich sehr vermisste und an die ich mich gerne erinnerte, indem ich mich mit ihrem Mann über sie unterhielt.

Peters größte Sorge war – dieses Thema schnitt er eines Tages von sich aus an –, was aus seinem Sohn werden sollte, wenn er nicht mehr wäre. Er machte keineswegs den Versuch, mich als Betreuerin für Helmut zu gewinnen. Da ich zwei Jahre älter war als Peter, hielt er meine Tage ebenfalls für gezählt.

»Eine private Betreuungsperson wirst du schwerlich für ihn finden. Die einzige Möglichkeit, die ich sehe, wäre eine Heimunterbringung.« Diesem Gedanken war er tatsächlich zugänglich. Also begaben wir uns gemeinsam auf die Suche nach einem Heim, in dem sein Sohn gut versorgt sein würde. Als wir eines gefunden hatten, das Peter zusagte, wirkte er richtig erleichtert. Damit sich der »Bub«, 1953 geboren – mittlerweile war er vierzig –, schon mal an das Heimleben gewöhnen konnte, brachte sein Vater ihn für eine Woche dort unter.

Diese Zeit wollte Peter nutzen, um nach Lourdes zu fliegen, in den bekannten Wallfahrtsort in Südfrankreich. Er bat mich, mitzukommen. Eingedenk meiner Flugangst überlegte ich mir das reiflich und sagte schließlich schweren Herzens zu. Als ich meiner Familie berichtete, dass ich mit Peter nach Lourdes fliegen werde, hagelte es Proteste: »Wie? Was soll das?« – »Mit Peter fliegst du?« – »Mit uns nach Mallorca zu fliegen, hast du strikt abgelehnt.«

»Das ist was ganz anderes. Ihr seid zu viert geflogen. Der arme Peter ist aber ganz allein. Er möchte so gerne wieder mal nach Lourdes, weil er vor vielen Jahren mit seiner Frau dort gewesen ist. Da er nicht allein fliegen möchte, hat er mich gebeten, ihn zu begleiten.«

»Hast du plötzlich keine Angst mehr vorm Fliegen?«

»Doch, schon. Aber wenn man eine Pilgerreise macht, wird schon alles gut gehen. In dem Fall wird der liebe Gott seine Hand besonders schützend über uns halten.«

Im September 2003 ging es los. So machte ich im Alter von achtzig Jahren meine erste Flugreise. Wie ich befürchtet hatte, war es kein Vergnügen für mich. Als die Maschine abhob, starb ich fast vor Angst. Während meiner Zeit auf dem Fliegerhorst hatte ich unzählige Flugzeuge starten und landen gesehen und hatte nie daran gedacht, dass ich selbst eines Tages mal in einem solchen sitzen würde. Während des ganzen Fluges klammerte ich mich an meinen Armlehnen fest und wagte es nicht, aus dem Fenster zu schauen. Dabei hatte mir Peter, ganz Kavalier, den Fensterplatz überlassen. Als das fliegende Ungeheuer am Zielflughafen sanft aufsetzte, war ich ungemein erleichtert.

Dafür war Lourdes aber wunderbar. Endlich bekam ich die Pilgerstätten, von denen ich bisher nur in der Kirchenzeitung gelesen hatte, mit eigenen Augen zu sehen. Die Ausflüge in die Umgebung genoss ich ebenfalls. Als es an den Heimflug ging, war ich nicht mehr ganz so ängstlich. Mutig stieg ich in die Maschine und klammerte mich auch nicht mehr an den Armlehnen fest. Nur nach unten zu schauen, traute ich mich noch immer nicht. Daher hatte ich Peter den Fensterplatz überlassen, was dieser ausgesprochen zu schätzen wusste. Nach halber Flugzeit hieß es auf einmal: »Bitte anschnallen!« Das brauchte ich gar nicht zu tun, denn ängstlich, wie ich noch immer war, hatte ich meinen Gurt erst gar nicht geöffnet. »Was hat das zu bedeuten?«, fragte ich meinen Begleiter, der schon öfter geflogen war.

»Ach, nichts Schlimmes. Wahrscheinlich kommen wir in Turbulenzen.«

Dann ging es auch schon los. Das Flugzeug holperte und stolperte wie ein Auto auf einem Schotterweg. Deshalb krallte ich mich noch fester an meine Armlehnen als beim Hinflug, obwohl mir bewusst war, dass dies im Ernstfall nichts nützen würde. Plötzlich sackte das Flugzeug auch noch ab. In Panik schrie ich auf: »Jetzt stürzen wir ab! Jetzt ist es aus! Wäre ich doch nur daheim geblieben!« Doch Peter legte seinen Arm um mich und redete mit ruhiger Stimme auf mich ein: »Reg dich nicht auf, Ulla. Das ist ganz normal. Wir stürzen nicht ab. Der Pilot hat die Maschine voll im Griff.«

So war es dann auch. Bald lag die Maschine wieder völlig ruhig in der Luft. Dennoch kam mir der Rest des Fluges vor wie eine Ewigkeit. Als wir in München wohlbehalten gelandet waren, schickte ich zunächst ein Dankgebet gen Himmel. Dann stieg ich mit schlotternden Knien aus und schwor mir: Du fliegst nie wieder!

Peters Sohn hatte es in dem Heim gut gefallen. In seiner unbeholfenen Sprache berichtete er uns, dass er sogar einen Freund gefunden habe. Dennoch freute er sich, dass wir ihn mit nach Hause nahmen. Wieder pendelte ich täglich zwischen meiner Wohnung und der von Peter hin und her, und zwar immer mit dem Fahrrad. Per Radl erledigte ich auch alles, was sonst zu erledigen war, den Besuch auf dem Friedhof, das Treffen mit Freundin Hanni, meine Einkäufe auf dem Markt und in den Geschäften. Doch eines Mittwochmorgens, als ich zu Peter fahren wollte, hatte mein Rad einen Platten. Das konnte ich nicht selbst reparieren, solche Aufgaben hatte immer mein Bernhard übernommen. Auf Hilfe hoffend, begab ich mich zu meiner Tochter und berichtete von meinem Malheur. Diese hatte aber ebenso wenig Ahnung davon wie ich, wie man einen Schlauch flickt.

»Mach dir keine Sorgen, Mama, wenn der Erich heute Abend heimkommt, wird er sich drum kümmern«, vertröstete sie mich. Mir blieb also nichts anderes übrig, als mich zu Fuß auf den Weg zu machen. Bis zu Peters Haus benötigte ich etwa 15 Minuten.

Am folgenden Morgen wollte ich wieder mein Rad benutzen. Enttäuscht stellte ich fest, dass der Schlauch noch nicht repariert war, und stürmte zu meiner Tochter.

»Ach ja, Erich hat es gestern Abend zeitlich nicht geschafft«, entschuldigte sie ihren Mann. »Am Samstag wird er dein Rad richten. Ganz gewiss. Bis dahin musst du halt zu Fuß gehen. Das wird dir nicht schaden.«

Damit gab ich mich scheinbar zufrieden. Doch so lange wollte ich nicht auf meinen fahrbaren Untersatz verzichten. Im Schuppen musste doch noch ein anderes Rad zu finden sein. Suchend schaute ich mich um und sah nur unbrauchbare Rosthaufen. Daneben fiel mir ein farbenfrohes, neu wirkendes Rad auf. Das war Kerstins Mountain-Bike. Sie wird nichts dagegen haben, wenn ich mir das mal ausleihe. Schließlich habe ich ja meinen finanziellen Beitrag dazu geleistet. Nun ist ein Mountain-Bike aber anders konstruiert als ein normales Damenfahrrad. Zwischen Sitz und Lenker befindet sich eine Stange. Mit Schwung schaffte ich es, trotz dieses Hindernisses aufzusteigen, und radelte munter zu meinem Ziel. Vielleicht bot ich einen sonderbaren Anblick, eine Oma auf einem Mountain-Bike. Das störte mich aber nicht. Ein Problem ergab sich erst, als ich an Peters Haus ankam. Wie sollte ich absteigen? Mit einem seitlichen Schwung, wie bei meinem Rad, war das nicht möglich. Während ich herumexperimentierte, landete ich mitsamt dem Rad unsanft auf dem Boden. Zum Glück hatte mich niemand beobachtet. Erleichtert krabbelte ich unter dem Gestänge hervor. Obwohl ich starke Rückenschmerzen verspürte, machte ich mich in Peters Haus an die Arbeit. Bei Tätigkeiten, die ich im Stehen oder im Sitzen verrichten konnte, ging das noch. Als ich aber das Bad putzen wollte, musste ich mich notgedrungen bücken. Dabei empfand ich einen höllischen Schmerz im Kreuz. Dieser erinnerte mich an einen Schmerz, den ich schon einmal erlebt hatte, nämlich vor vierzig Jahren bei meinem ersten Fahrradunfall. In dem Moment fielen mir die Worte des Arztes von damals ein: »Sie hatten großes Glück. Eine falsche Bewegung und Sie wären querschnittsgelähmt gewesen.« Deshalb unterließ ich jede weitere Bewegung. In Zeitlupentempo ließ ich mich auf einen Stuhl nieder und bat Peter, er möge meine Tochter anrufen. Dieser erzählte ihr mit wenigen Worten, was geschehen war. In größter Sorge kam sie mit dem Auto herüber. »Bleib sitzen!«, rief sie mir zu. »Und rühr dich nicht vom Fleck.«

Per Handy rief sie sofort beim Krankenhaus an und schilderte kurz, was passiert war. Daraufhin schickte man gleich einen Krankenwagen. Ganz behutsam schafften mich die beiden Sanitäter in ihr Fahrzeug. Dass ihre Vorsicht angebracht gewesen war, zeigte sich wenig später auf dem Röntgenschirm. Zwei Rückenwirbel waren angeknackst, und jede unbedachte Bewegung hätte bei mir zur Querschnittslähmung führen können. Wieder musste ich wochenlang unbeweglich im Krankenhaus liegen bleiben. Bei ihrem ersten Besuch an meinem Krankenbett fragte meine Tochter, auf meine Fahrt mit dem Mountain-Bike anspielend: »Und – hat es sich rentiert?«

»Nicht wirklich«, gab ich mit schmerzlichem Lächeln zu.

»Wenn du nicht wieder zu Fuß zu Peters Haus hättest gehen wollen, hättest du mich nur zu fragen brauchen, ob ich dich hinfahre. Das wäre für mich doch ein Klacks gewesen.«

»Ja, ja, nachher ist man immer schlauer als vorher«, gestand ich ein.

Peter besuchte mich am folgenden Tag. »Was für ein Glück, dass du mir so einiges im Haushalt beigebracht hast. Als ob du es geahnt hättest!«, waren seine ersten Worte nach der Begrüßung. »Jetzt ist der Fall, dass du mich nicht versorgen kannst, schneller eingetreten, als wir uns das hätten träumen lassen.«

Danach besuchte er mich noch einige Male und erklärte, dass er nicht lange bleiben könne, schließlich müsse er seinen Haushalt machen. So viel Zeit nahm er sich aber, mir voller Stolz zu berichten, was er alles geschafft hatte.

»Das freut mich, dass du so gut zurecht kommst«, sparte ich nicht mit Anerkennung. »Dann wirst du mich in Zukunft wohl nicht mehr brauchen.«

Doch davon wollte er nichts wissen.

Bevor ich aus der Klinik entlassen wurde, sprach der Chefarzt ein ernstes Wörtchen mit mir: »Sie haben riesiges Glück gehabt, dass Sie nicht im Rollstuhl gelandet sind. In Zukunft sollten Sie Ihr Schicksal nicht mehr herausfordern.« Augenzwinkernd fügte er hinzu: »Das Mountain-Bike-Fahren sollten Sie jüngeren Semestern überlassen. Aber im Ernst, in Ihrem Alter und nach Ihren Stürzen sollten Sie überhaupt nicht mehr Radfahren.«

Das versprach ich ihm. Schließlich hatte ich genug Lehrgeld gezahlt. Neugierig, wie ich nun mal bin, wollte ich aber noch wissen, ob diesmal dieselben Wirbel gebrochen waren wie bei meinem ersten Sturz.

»Nein, es sind zwei andere. Das ist auf der Röntgenaufnahme einwandfrei zu erkennen. Die alten Brüche sind so fest verheilt, dass an denen vermutlich nichts mehr passieren wird. Für Sie sollte das aber kein Grund sein, leichtsinnig zu werden. Sie haben noch genug andere Wirbel, die brechen und zu einer Querschnittslähmung führen können.«

Kaum war ich wieder auf den Beinen, nahm ich meine Arbeit bei Peter wieder auf. Er und sein Sohn waren überglücklich. »So ein reiner Männerhaushalt ist doch nicht das Wahre«, gestand er mir unter Freudentränen. Dass er mit seiner Äußerung nicht übertrieben hatte, davon konnte ich mich bereits in den nächsten Stunden überzeugen. Die Wohnung war wirklich nur notdürftig sauber gemacht worden. Wo ich auch hinlangte, fand ich Staub und Dreck. Die Bettwäsche hatte er nie gewechselt, und es war kein Hemd gebügelt worden. Die trockenen Hemden hatte er nur unordentlich gefaltet in den Schrank gelegt. Im Kühlschrank lag vergammeltes Zeug, Toiletten und Waschbecken waren lange nicht mehr gereinigt worden. In wenigen Tagen hatte ich sein Haus auf Hochglanz gebracht. »Jetzt fühle ich mich wieder richtig wohl hier«, war Peters Kommentar.

Leider sollte er sich in seinen eigenen vier Wänden nicht mehr lange wohlfühlen. In der zweiten Märzwoche 2004, als ich am Morgen meine Arbeit aufnehmen wollte, öffnete mir niemand auf mein Klingeln.

Für Notfälle hatte ich einen eigenen Schlüssel, und so betrat ich mit ungutem Gefühl das Haus. Der Sohn saß im Schlafanzug am Küchentisch und wartete auf sein Frühstück. Auf meine Frage nach dem Papa, antwortete er: »Bett.«

Dort fand ich Peter tatsächlich vor und war erleichtert, dass er am Leben war. Er klagte aber, dass er sich schlecht fühle, kaum Luft bekomme und deshalb nicht aufstehen könne.

Nun stand ich vor dem Problem: Erst einen Arzt anrufen oder erst den Helmut versorgen? Er sollte ja fertig sein, wenn der Fahrdienst kam. Aus dem Bauch heraus entschied ich mich dafür, erst den Arzt anzurufen. Bis der hier war, würde es eine Weile dauern. In dieser Zeit konnte ich Helmut mit Kleidung und Nahrung versorgen. Als er fertig war, fuhr der Abholdienst vor, und fast gleichzeitig mit ihm traf auch der Arzt ein.

»Hier kann ich nicht viel machen. Peter muss umgehend ins Krankenhaus.« Er rief telefonisch einen Krankenwagen, der erstaunlich schnell da war. Die Zeit hatte mir gerade gereicht, um etwas Unterwäsche, ein paar Schlafanzüge sowie Peters Wasch- und Rasierzeug in eine Reisetasche zu packen.

»Kümmere dich um Helmut«, rief mir der Patient noch mit schwacher Stimme zu, als man ihn in den Wagen schob.

»Das ist doch selbstverständlich. Mach dir um ihn keine Sorgen!« Dann schloss sich die Hecktür und schon brauste der Krankenwagen davon.

So, als ob nichts gewesen wäre, erledigte ich die Hausarbeit, die üblicherweise am Vormittag anfiel. Nur musste ich nicht einkaufen und kein Mittagessen zubereiten. Daheim für mich allein zu kochen, dazu hatte ich auch keine Lust. Deshalb rief ich rechtzeitig bei meiner Tochter an, sie solle für mich ein paar Kartöffelchen mitkochen. Am Nachmittag besuchte ich Peter im Krankenhaus. Man hatte ihm bereits eine Diagnose gestellt: Wasser in der Lunge.

»Woher kommt denn so was?«, wollte ich von ihm wissen.

»Das habe ich den Arzt auch gefragt.«

»Und was war seine Antwort?«

»Er meinte, mein Herz arbeite nicht richtig. Deshalb sei es notwendig, dass ich einige Tage in der Klinik bleibe.«

Peter wollte mir nicht zumuten, dass ich bei seinem Sohn über Nacht im Haus bleibe. Allein konnte man ihn aber auch nicht lassen. Deshalb bat er mich, Helmut noch am selben Tag in das vorgesehene Heim zu bringen. Das versprach ich ihm.

Wieder zu Hause, rief ich in der Behindertenwerkstatt an und erklärte, dass Helmuts Vater im Krankenhaus liege. Deshalb bat ich darum, den jungen Mann am Abend zu mir zu bringen. Wenn möglich, sollten sie mit ihm schon etwas früher kommen und mich abholen, damit ich ihn ins Heim begleiten könne. Das klappte einwandfrei. Helmut freute sich, dass er gleich im Hausgang seinem neuen Freund begegnete. Davon berichtete ich Peter anderntags. Da fiel ihm ein Stein vom Herzen. Am übernächsten Tag ließ ich Helmut und mich von meiner Tochter ins Krankenhaus bringen. Vater und Sohn freuten sich sehr.

Bei jedem Besuch, den ich an den folgenden Tagen bei meinem Patienten machte, ging es mit ihm nicht aufwärts, er wirkte stattdessen noch schwächer. Am 18. März raunte er mir mit matter Stimme zu, dass in seinem Schreibtisch eine Mappe mit allen wichtigen Verfügungen liege. Am 19. März war er nicht mehr ansprechbar. Als ich am Morgen des 20. März an sein Krankenbett trat, erklärte mir die Schwester, der Patient sei vor wenigen Minuten in ihrem Beisein gestorben. Wie froh war ich in dem Moment, dass der »Bub« gut untergebracht war.

In Peters Schreibtisch fand ich die angegebene Mappe, in der zuoberst die Adresse seines Rechtsanwalts lag. Peter hatte ihn schon vor langer Zeit damit betraut, sich nach seinem Tode um seine Vermögensverhältnisse zu kümmern. Der Anwalt würde das Haus verkaufen, um von dem Erlös Helmuts Heimaufenthalt zu finanzieren. Unter anderem lag ein Schreiben dabei, wie sich Peter seine Beerdigung wünsche und dass er im Familiengrab neben seiner Frau bestattet werden möchte. Später solle auch sein Sohn in diesem Grab beigesetzt werden. Es war auch eine gewisse Summe genannt, die der Rechtsanwalt vom Konto abheben solle, um die Beerdigungskosten zu begleichen. Zudem hatte Peter bereits ein Unternehmen mit der Grabpflege beauftragt. Das Geld für rund 25 Jahre Pflege war hinterlegt. Es war sogar eine Summe bereitgestellt für das Mahl nach der Beisetzung.

Alles war genauestens geregelt. Doch es war niemand benannt, der die Beerdigung organisieren sollte. Offensichtlich gab es keine nahen Verwandten. Ehe nun der Rechtsbeistand jemand Wildfremdes bestimmte, bot ich ihm an, diese Aufgabe zu übernehmen. Das war ich meinen guten Freunden schuldig.

Helmut überlebte seinen Vater nur um sieben Jahre. Er starb am 5. Februar 2011. Seine Urne ließ ich im Grab seiner Eltern beisetzen, wie sein Vater dies gewünscht hatte.

Nach der Beerdigung wollte ich gleich wieder meine Aktivitäten aufnehmen, die geruht hatten, während ich bei Peter in vollem Einsatz war. In diesem Zusammenhang sprach ich leichtsinnigerweise den Satz aus: »Eigentlich fühle ich mich jetzt urlaubsreif.«

Das war das richtige Stichwort für meine Tochter. »Mama, du musst in Urlaub fahren. Du musst mal aus allem hier raus.«

Mit solchen Aussprüchen hatte sie mir schon lange in den Ohren gelegen. Denn aus Spanien trafen nach wie vor Einladungen bei uns ein. Dass ich diese nicht annahm, hatte ich mit meiner Flugangst begründet. Seit ich mich um Peters Haushalt kümmerte, hatte ich ein neues Argument: »Ich kann doch den armen Witwer mit seinem behinderten Sohn nicht für 14 Tage allein lassen.« Darauf Annemie: »Während du mit deinen gebrochenen Wirbeln im Krankenhaus lagst, ging das auch.«

»Das war schon schlimm genug. Aber das war höhere Macht. Die beiden Männer im Stich zu lassen, nur weil ich Urlaub machen will, das wäre egoistisch.«

Diese Ausrede fiel nun weg. Deshalb gab meine Tochter keine Ruhe. Meine Flugangst ließ sie nicht gelten und organisierte trotz meines Protestes eine gemeinsame Reise nach Spanien. Sie kümmerte sich um die Pässe, legte den Reisetermin fest und buchte die Tickets. Was blieb mir anderes übrig, als mich zu fügen. Vielleicht war es auch gar nicht so verkehrt, mal

Urlaub unter südlicher Sonne zu machen. Außerdem war es bestimmt wunderbar, unsere ehemaligen Nachbarn wiederzusehen. Also begann ich damit, meinen Koffer zu packen. Dabei beherzigte ich die Empfehlung meiner Tochter: »Mama, nimm nur leichte Kleidung mit. Drunten ist es wärmer, als du dir vorstellen kannst. Vergiss auch deinen Badeanzug nicht. Du weißt, das Häuschen von Doris und Günter liegt direkt am Mittelmeer. Dort können wir uns, wenn es uns zu heiß wird, in die Fluten stürzen.«

Brav befolgte ich alle Anweisungen meiner Tochter und freute mich allmählich auf das große Abenteuer. Doch als uns mein Schwiegersohn in München am Flughafen absetzte, wurde mir doch ganz anders zumute. Die Flugangst überfiel mich von Neuem. Am liebsten wäre ich wieder mit Erich nach Hause gefahren. »Nichts da! Wer A sagt, muss auch B sagen«, blieb Annemie hart. »Die Koffer sind gepackt, die Tickets sind bezahlt, wir sind bei unseren Freunden angemeldet, also wird geflogen.«

Schon ging es zum Einchecken, zur Handgepäck-Kontrolle und zur Leibesvisitation. Daher blieb mir keine Zeit zum Angst haben. Endlich gingen wir an Bord. Zuvorkommend, wie meine Tochter war, wollte sie mir den Fensterplatz überlassen.

»Nein, nein«, wehrte ich ab. »Vor lauter Angst werde ich eh nicht aus dem Fenster schauen.«

Als die Stewardess begann, die Schwimmwesten vorzuführen und zu erklären, wie man sich im Notfall verhalten sollte, war es völlig aus mit meiner Courage. Wäre ich doch nur daheim geblieben! Warum hab ich mich überreden lassen, murmelte ich lautlos vor mich hin. Bis zur glücklichen Landung in Alicante hatte ich mich wieder an meinem Sitz festgekrallt und immer wieder ein Stoßgebet zum Himmel geschickt.

Doris und Günter holten uns mit ihrem Wagen ab. Damit waren es bis Calabardina noch anderthalb Stunden zu fahren. Die zwei Wochen mit ihnen waren dann wunderbar und entschädigten mich für meine ausgestandenen Ängste. Täglich genoss ich es, mich im Meer zu tummeln. Das war doch etwas anderes als das Schwimmen in unserem städtischen Hallenbad.

Ums Haus herum wuselten einige streunende Katzen. Für diese kaufte ich in dem kleinen »Supermarkt« Dosenfutter und setzte es den dankbaren Tieren vor. Vor allem aber verbrachten wir herrliche Abende mit unseren Gastgebern bei Paella und Sangria. An dieses Getränk konnte ich mich regelrecht gewöhnen. Ein anderes Highlight in diesem Urlaub war, dass ich Gerlinde kennenlernte. Sie stammte auch aus Erding, wir waren uns aber noch nie begegnet. Sie kam zwei Tage vor unserer Abreise in Calabardina an. Es stellte sich heraus, dass sie ebenfalls am Fliegerhorst gearbeitet hatte, aber nach meiner Zeit. Also hatten wir gleich ein Thema. Wir tauschten unsere Adressen, ehe wir den Heimflug antraten.

Auf dem Rückflug war ich wesentlich entspannter, zumal es auf dem Hinflug nicht die befürchteten Turbulenzen gegeben hatte. Dennoch atmete ich auf, als wir deutschen Boden unter den Füßen hatten. Noch erleichterter war ich, als ich endlich wieder in meinem Haus war und in meinem eigenen Bett schlafen konnte. Nach zwei Wochen war auch Gerlinde wieder zu

Hause und meldete sich recht bald. Obwohl sie einige Jahre jünger war als ich, war sie bereits im Ruhestand und ebenfalls verwitwet. So besuchten wir gemeinsam den Friedhof und machten anschließend im Blumenhof Brotzeit, wo wir über alte Zeiten redeten. Von da an durfte Gerlinde auf keinem Geburtstag fehlen. Apropos Geburtstag. Als Günter seinen achtzigsten Geburtstag feierte, war ich wieder mit Annemie in Spanien, und auch Gerlinde war wieder mit von der Partie. Diesmal sahen wir unsere Freunde an einem anderen Ort wieder, denn inzwischen hatten sie sich eine Finca gekauft. Damit wir sie finden würden, hatten sie uns vor unserer Abreise folgende Wegbeschreibung geschickt: »Hoch oben in den Bergen, beim zweiten Stein rechts ab.«

Ob wir das Anwesen aufgrund dieser Wegbeschreibung gefunden hätten, ist mehr als fraglich. Zum Glück waren wir nicht darauf angewiesen, denn der Jubilar holte uns höchstpersönlich mit seinem Wagen ab. Wie sie uns erzählten, war es ihnen auf die Dauer im Flachland doch zu heiß gewesen. Das Klima in den Bergen sagte ihnen mehr zu. Als Ausgleich dafür, dass sie nun nicht mehr am Meer wohnten, hatten sie einen großen Swimmingpool, von dem ich jeden Tag Gebrauch machte.

Nun habe ich lange genug von anderen Leuten erzählt, jetzt möchte ich wieder auf meine Familie zu sprechen kommen. Dort gab es immer wieder freudige Ereignisse, die mich fröhlich stimmten. Im Jahre 2000 machte mich meine Enkelin Simone zur Uroma der kleinen Philomena. Was für ein erhebendes Gefühl,

Uroma zu sein! Im Jahr darauf heirateten die jungen Eltern mit viel Pomp und Gloria. Bei dieser Gelegenheit sah man auch viele Verwandte wieder. Bei dem jungen Paar kam 2002 Sohn Kilian an und fünf Jahre später noch Emma. Nun war ich stolze Urgroßmutter von drei Urenkeln! Bei jedem dieser Ereignisse dachte ich, schade, dass Bernhard das nicht mehr erleben darf.

Im Laufe der letzten Jahre hatten wir auch einige andere Familienmitglieder beerdigen müssen. Das war der ganz normale Lauf der Dinge. So waren alle meine Geschwister von uns gegangen. Maria starb 2002 in Alter von 93 Jahren. Lena folgte ihr im selben Jahr, sie erreichte ein Alter von 84 Jahren. Unser Bruder Sepp war ebenfalls 84, als er im Jahr darauf starb. Bruder Hans dagegen erreichte das gesegnete Alter von 94 Jahren und verließ uns 2014. Von den zehn Kindern, die meine Mutter zur Welt gebracht hat, bin jetzt nur noch ich übrig.

Selbst in die nächste Generation hatte der Tod schon übergegriffen. Wie bereits erwähnt, war mein Neffe Matthias, also derjenige, dessen zwei älteste Söhne eine Weile bei mir als Pflegekinder gewesen waren, 1990 im Alter von 52 Jahren gestorben. Sein Bruder Hermann starb 2016 und wurde immerhin 79 Jahre alt. Auch Wolfgang, der Sohn meines Bruders Hans, war bereits 2002 gestorben mit nur 48 Jahren.

Was ich an Aktivitäten immer beibehalten hatte, auch in der Zeit, als ich bei Peter die »Haushälterin« spielte, war mein sozialer Dienst und meine Vertretertätigkeit in Sachen Kosmetik. Letztere gab ich erst im

Alter von 89 Jahren auf, nachdem ich 35 Jahre lang für diese Firma gearbeitet hatte. Zum Abschied erhielt ich eine Urkunde als dienstälteste Beraterin in Sachen Schönheit. Diese hängt seitdem über meinem Bett.

Aus dem sozialen Dienst schied ich ein Jahr später aus. Diesem hatte ich gleichfalls 35 Jahre angehört. Inzwischen war ich neunzig und dachte: Jetzt bist du in einem Alter, in dem du dich nicht mehr um alte Leute kümmern musst, du gehörst selbst zu ihnen. Nun können sich die Mitglieder des Sozialkreises um mich kümmern. Dazu kamen sie aber gar nicht. Zu Hause war ich ja kaum anzutreffen, weil ich immer auf Achse war. Entweder unternahm ich etwas mit Hanni oder mit Gerlinde, war beim Schwimmen oder zur Gymnastik bei der Rheumaliga. Zwischendurch machte ich Besuch bei meinen Enkeln oder sie waren bei mir zu Besuch.

»Wenn alle Senioren so aktiv wären wie du«, stellte eine Dame des Sozialkreises fest, als sie mich zufällig mal zu Hause antraf, »dann wären wir glatt überflüssig.«

Leider war er das aber nicht. Denn es gibt genug Menschen, die sich zu früh in eine Ecke setzen und andere für sich alles erledigen lassen, statt sich zu bewegen und in ihrem Leben noch etwas Sinnvolles zu tun.

Wie unterschiedlich die Interessen bei Menschen liegen können, zeigt sich oft schon im Kindesalter. Dabei muss ich an meine Enkelin Kerstin denken. In der Wahl ihres Hobbys war sie mir in keiner Weise nachgeraten. Auf dem Hof meiner Eltern hatte es nie Pferde gegeben, weil wir uns keine leisten konnten. Hätten wir aber Pferde gehabt, wäre ich diesen mit

Sicherheit aus dem Weg gegangen. Mir waren ja schon die Kühe unheimlich wegen ihrer Größe und ihrer Hufe. Rösser dagegen waren noch größer, und ihre Tritte mit den eisenbeschlagenen Hufen erschienen mir wesentlich gefährlicher. Also hatte ich um alle Pferde, wo immer sie mir begegneten, einen Bogen gemacht. Das war sogar während meiner Zeit bei der Reichsbahn so gewesen. Wenn dort ein Pferd zu verladen war, hielt ich mich immer bescheiden zurück und überließ es einer Kollegin, das Tier auf dem Bahnhofsvorplatz in Augenschein zu nehmen.

Wie erstaunt war ich daher, dass meine Enkelin Kerstin von klein auf verrückt nach Pferden war. Auf dem Erdinger Volksfest konnte ich das zum ersten Mal beobachten. Dort gab es ein Unternehmen, das Pony-Reiten für Kinder anbot.

Als Kerstin sechs Jahre alt war, gab sie nicht eher Ruhe, bis sie dort auf einem Pony sitzen durfte. Stolz wie Oskar drehte sie ihre Runden, während das Tier von einem jungen Burschen geführt wurde. Viel zu schnell war für sie das Vergnügen vorbei. Sie bettelte so lange, bis der Vater für eine zweite Runde bezahlte. Danach wollte er nicht mehr, deshalb spendierte ich die nächste Runde und noch eine. Dann sprach der Papa ein Machtwort, und wir gingen heim.

Im Jahr darauf steuerte die Kleine zielbewusst auf die Pony-Ecke zu. An allen anderen Ständen lief sie achtlos vorbei. Sie wollte nicht Karussellfahren, nicht auf die Schiffschaukel, an keiner Süßigkeiten-Bude machte sie Halt. Nur reiten, reiten, reiten.

Wie viele Runden ich ihr an diesem Tag spendiert habe, weiß ich nicht mehr. Ihre Eltern besuchten während dieser Zeit mit der älteren Tochter andere Attraktionen. Für Sandra, die Größere, wäre es stinklangweilig gewesen, nur zuzuschauen, wie ihre kleine Schwester auf einem Pony herumgeführt wird. Irgendwann machte aber auch ich meinen Geldbeutel zu. Zum Abschied tätschelte Kerstin »ihrem« Pony den Hals und ging traurig mit mir von dannen, weil sie dachte, sie werde erst wieder in einem Jahr reiten können. Doch so lange brauchte sie nicht zu warten. Von einer Klassenkameradin, die ebenfalls eine Pferdenärrin war, erfuhr sie von einem Hof mit richtigen, großen Pferden. Der lag nur einige Kilometer von Erding entfernt, sodass die beiden Mädchen mit dem Radl hinfahren konnten. Das durften sie einmal in der Woche, denn die Schule sollte nicht zu kurz kommen. Bezahlen brauchten die Mädchen auf diesem Hof nichts und konnten doch für einige Stunden mit ihren geliebten Vierbeinern zusammen sein. Ihre Aufgabe war es, den ganzen Nachmittag lang die Rösser, auf denen ein zahlendes Kind saß, am Zügel herumzuführen. Am Abend durften sie dann auch eine Runde auf dem Pferd drehen. Das war ihnen Lohn genug.

Zu ihrem zehnten Geburtstag wünschte sich Kerstin nichts anderes als einen Reitkursus. Ihre Eltern und ich legten zusammen, um ihr diesen Herzenswunsch zu erfüllen, obwohl ich ihre Pferdebegeisterung in keiner Weise nachvollziehen konnte. Den Kurs machte sie in einem Reitstall in Walpertskirchen, zufällig genau in dem Ort, in dem ich mein Pflichtjahr absolviert hatte. Sie würde auf einem Isländer reiten lernen, wie sie mir sachkundig erklärte. Ansehen mochte ich mir das nicht. Hätte ich das kleine Dirndl auf dem hohen Ross gesehen, hätte ich Angst gehabt, es könne jederzeit abgeworfen werden. Ihre Mutter fuhr sie immer hin. Während der Reitstunde führte sie den Hund spazieren und holte nachher ihre Tochter wieder ab, die mit hochroten Bäckchen berichtete, wie die Stunde verlaufen war.

Ab ihrem zwölften Lebensjahr durfte Kerstin jedes Jahr in den Sommerferien an einer Reitwoche teilnehmen. Ihre Klassenkameradin – sie waren mittlerweile dicke Freunde – war auch immer dabei. Alle Kinder schliefen im Heu. Das war schon ein Erlebnis für sich. Jeden Tag durfte jede eine Stunde reiten. Die übrige Zeit war damit ausgefüllt, die Ställe auszumisten, neu einzustreuen, den Tieren Futter zu geben und sie zur Tränke zu führen. Zum Ferienprogramm gehörte es auch, die Pferde zu putzen. Sie zu striegeln und zu schniegeln bezeichnete meine Enkelin als die schönste Aufgabe. Die Mädchen wetteiferten darin, welches Pferd das glänzendste Fell hatte.

Nach ihrer Schulentlassung machte Kerstin eine Lehre als Schuhverkäuferin. Bereits in dieser Zeit sparte sie eisern, und erst recht, als sie nach glänzend bestandener Prüfung von dem Geschäft übernommen wurde. Zu Weihnachten und zu allen Geburtstagen wünschte sie sich von ihren Eltern und beiden Omas Bargeld. Alles legte sie auf die hohe Kante, sie hatte nämlich einen großen Wunsch. Ihre Schwester sparte ebenso fleißig, hatte aber ein ganz anderes Ziel vor Augen. Fast gleichzeitig im Jahre 2013 konnten sich beide Schwestern ihren Traum erfüllen, aber nur, weil ihre Eltern und ich einen ordentlichen Beitrag dazu geleistet hatten. Kerstin kaufte sich ein Reitpferd, und

Sandra leistete sich etwas mit wesentlich mehr PS, nämlich ein Auto.

Neben Kerstins Liebe zu Pferden kam aber auch ihre Liebe zu einem Mann nicht zu kurz. Im Juli 2015 heiratete sie ihren Nick. Wie sich das für eine leidenschaftliche Reiterin gehört, wurde die weiße Kutsche, die das Paar zur Kirche brachte, von zwei prächtigen Schimmeln gezogen. Es folgte ein riesiges Fest. Außer allen Verwandten und Freunden des Brautpaares nahmen auch zahlreiche Reiterfreunde der Braut teil. Das war eine Feier so recht nach meinem Herzen.

Etwa einen Monat nach ihrer Rückkehr aus den Flitterwochen in Sri Lanka vertraute Kerstin mir an, dass sie Mutterfreuden entgegensehe. Wir freuten uns alle mit ihr. Doch kaum zwei Monate später kam die enttäuschende Mitteilung, dass sie eine Fehlgeburt erlitten hatte. Ihre Ärztin wollte das nicht auf sich beruhen lassen und ließ den Embryo untersuchen. Man fand heraus, dass etwas mit den Chromosomen nicht stimmte. Davon verstand ich nichts. Doch ich verstand, dass sich meine Enkelin keine Sorgen machen müsse, sie könne durchaus gesunde Kinder kriegen. Bald erzählte sie mir glücklich, dass sie wieder guter Hoffnung sei. Doch schon nach wenigen Monaten hatte sie erneut einen Abgang. Kerstin ist eine Kämpfernatur und gab nicht so leicht auf. Sie wurde ein drittes Mal schwanger und wir alle beteten, dass es diesmal gut gehen möge. Ihre Mutter, also meine Tochter Annemie, tat noch mehr. Sie machte einen Deal mit dem lieben Gott: »Wenn Kerstin diesmal ein gesundes Kind zur Welt bringt, mache ich eine Wallfahrt nach Altötting.«

Gott hat unsere Gebete erhört. Am 4. Juli 2018 brachte Kerstin ein kerngesundes Mädchen zur Welt: Laura.

Annemie, die glückliche Großmutter, löste ihr Versprechen ein. Am Pfingstfest des folgenden Jahres nahm sie an einer Sternwallfahrt nach Altötting teil. Von überall her pilgerten Gruppen auf den Wallfahrtsort zu. Auch von Erding aus wanderte eine Gruppe los. Von den fast achtzig Kilometern wurde das erste Viertel zu Fuß zurückgelegt. Die nächste Hälfte ging mit dem Bus weiter und den Rest marschierte man wieder. Abgesehen davon, dass sich meine Tochter in Altötting bei Gott für seine Hilfe bedankte, war es ein großartiges Erlebnis für sie. In jedem Jahr wird die Schwarze Madonna an Pfingsten aus der Gnadenkapelle in feierlicher Prozession in eine andere Kirche getragen, wo man ihr huldigt. Das ist der Grund, warum zu diesem Tag immer Tausende Menschen nach Altötting strömen.

Im selben Jahr gab es wieder ein großes Familienfest, nämlich die Goldene Hochzeit meines Sohnes. Er und seine Annemarie waren am 18. Dezember 2018 fünfzig Jahre verheiratet. Das war ein Anlass, ausgiebig zu feiern. Doch wieder lagen Freud und Leid dicht beieinander. Nachdem wir die Goldene Hochzeit gefeiert hatten, war noch kein halbes Jahr vergangen, da erreichte mich per Telefon eine erschütternde Nachricht. George, mein Sohn, war im 72. Lebensjahr ganz plötzlich verstorben. Herzversagen war die Diagnose. Das war für mich ein harter Schlag. Es ist nicht normal, dass ein Kind vor der Mutter stirbt, noch dazu, wenn es nie krank gewesen ist. Ich hatte immer gedacht, Schorsch habe eine Bärennatur und würde leicht die Hundert erreichen. Von meiner Schwiegertochter erfuhr ich Näheres. Am Vatertag 2019 hatte er am Nachmittag mit seinen Nachkommen an der Kaffeetafel gesessen. Nachdem diese das Haus verlassen hatten, schaute er sich mit seiner Frau noch einen Film im Fernsehen an. Danach begab sie sich zu Bett. Er aber wollte auf der Terrasse noch eine rauchen und bald nachkommen. Doch er kam und kam nicht. So lange kann es doch nicht dauern, eine Zigarette zu rauchen, dachte seine Frau. Da stimmt etwas nicht. Beunruhigt schaute sie auf der Terrasse nach und fand dort ihren Mann leblos am Boden liegend vor. In Panik wählte sie die Nummer des Notarztes, der nur noch den Tod feststellen konnte. Ja, wenn ich es so recht bedenke, war es wohl sein Rauchen, das ihm den frühen Tod gebracht hat.

Obwohl ich 1961 vom Fliegerhorst Abschied genommen hatte, wollte ich weiterhin wissen, was dort geschah. Meine liebe Hanni hielt mich lange Zeit auf dem Laufenden. Als sie aber in Rente ging, musste ich meine Informationen der Zeitung entnehmen. Zeitung lesen ist für mich ein wichtiger Bestandteil des Tages. Dabei schaue ich auch über den Tellerrand. Was in der großen weiten Welt geschieht, interessiert mich genauso wie alles, was in meiner näheren Umgebung passiert. Vor allem lese ich nach wie vor gerne Informationen über den Fliegerhorst. Schließlich hatte er viele Jahre lang für mich und zahlreiche Verwandte und Bekannte die Welt bedeutet. Bis 1990 war er immer weiter ausgebaut worden. Doch dann begann sein langsames Sterben. Immer mehr Soldaten wurden abgezogen, bis nur noch ein ziviler Flughafen übrig war, einer für Segelflieger. Es wurde still um den Fliegerhorst. Erst 2015 kam er wieder in die Schlagzeilen, als auf dem Gelände Zelte errichtet wurden, als Auffanglager für Flüchtlinge, die aus vielen Regionen der Welt nach Erding strömten.

Mit dem Jahr 2020 kam auch Corona in unser Land und bereitete meinen Aktivitäten ein jähes Ende. Man durfte niemanden besuchen, man durfte keinen Besuch empfangen, man durfte nirgends mehr hin. Zu meinem geliebten Sportverein »Rot-Weiß Klettham« durfte ich auch nicht mehr. Seitdem bin ich nur noch zahlendes Mitglied. Leider kann ich auch nicht mehr die Wasser- und Trockengymnastik der Rheumaliga mitmachen. Umso mehr weiß ich nun meinen Heimtrainer zu schätzen, auf dem ich jeden Morgen und jeden Abend eine Viertelstunde lang strample. Doch schon vor dem Aufstehen tue ich etwas, um mich fit zu halten. Im Bett mache ich zunächst Luftradl-Fahren und danach Handgymnastik.

Nachdem ich etwas unsicher auf den Beinen geworden war, hatte ich mich täglich mit meinem Rollator durch die Stadt bewegt, um meine Erledigungen zu machen. Danach hatte ich mich gerne in ein Café gesetzt, mir einen Kaffee genehmigt und Leute beobachtet. Auch das war mit dem Ausbruch der Pandemie zunächst vorbei. Mein Radius blieb auf mein Haus und meinen Garten beschränkt. Für eine Person wie mich, die immer gesellig war, die immer gerne gefeiert hat, bedeutete das schon einen Einschnitt.

Zum Glück hatte man bis Anfang 2021 bereits Impfstoffe gegen Corona entwickelt. Auf dem Fliegerhorst war ein riesiges Impfzentrum errichtet worden. Dorthin brachte mich Annemie im März zur ersten Impfung. Das hätte ich nicht gedacht, dass ich noch mal auf das Gelände meiner alten Wirkungsstätte kommen werde. Aufmerksam schaute ich mich um. Nein, es war nichts mehr wiederzuerkennen. Im April bekam ich die zweite Impfung und nahm Abschied vom guten alten Fliegerhorst mit dem Gedanken, dass dies wohl mein letzter Besuch dort war. Wie ich der Zeitung entnehmen konnte, ist das Impfzentrum schon wieder abgebaut worden, und es sollen tausende von Wohnungen auf dem Gelände errichtet werden.

Das war nun ein langer Rückblick auf mein Leben. Es hat mir Spaß gemacht, in meinen Erinnerungen zu kramen. Trotz vieler Einschränkungen, welche die Corona-Pandemie mir im Alter gebracht hat, bin ich mit meinem Leben zufrieden. Schon dass ich überdurchschnittlich alt werden durfte und das bei ziemlich guter Gesundheit, ist eine Gnade. Dafür danke ich dem Herrgott jeden Tag. Ich darf meine Tochter um mich haben, die mich rundum versorgt und mich überall hinfährt, wo ich hin muss. Dankbar denke ich auch daran, dass ich meinen Bernhard 44 Jahre lang haben durfte, und an alles, was wir uns in diesen Jahren aufgebaut haben. Dass ich Enkel und Urenkel habe, ist ebenfalls ein großes Geschenk. So kann ich zufrieden auf mein Leben zurückschauen.

Nachtrag
(Roswitha Gruber erzählt)

Am 4. Mai 2021 hatte ich Ursula besucht, um sie zu interviewen. Bereits am folgenden Tag begann ich damit, ihre Lebensgeschichte aufzuschreiben. Bei einer Frau von 97 Jahren wollte ich das nicht auf die lange Bank schieben.

Wie immer merkte ich beim Schreiben, dass mir noch einige Informationen fehlen. Deshalb rief ich die alte Dame an mehreren Tagen nacheinander an. Geduldig beantwortete sie alle meine Fragen.

Nach einer Woche hatte ich alles beisammen, was ich brauchte. Deshalb nahm ich mir vor, sie erst wieder am 25. Mai anzurufen, um ihr zum Geburtstag zu gratulieren. Diesen Anruf tätigte ich abends, weil ich die nachmittägliche Geburtstagsfeier nicht stören wollte. Wie immer war zunächst Tochter Annemie am Apparat. Bevor ich nach der Jubilarin verlangte, erkundigte ich mich erst nach deren Befinden.

»Meine Mutter ist heute um 15 Uhr gestorben.«

Spontan sprach ich mein Beileid aus und fügte hinzu, dass mich Ursulas Tod sehr überrasche, denn bei meinem Besuch und den anschließenden Telefonaten hatte sie noch recht munter gewirkt. Da ich mich in den verflossenen drei Wochen intensiv in die Lebensgeschichte ihrer Mutter vertieft hatte, war ich auch daran interessiert, Näheres über ihre letzten Tage zu erfahren. Dafür hatte Annemie durchaus Verständnis und beantwortete alle meine Fragen.

Dafür möchte ich ihr an dieser Stelle ganz herzlich danken.

Annemies Erzählung zufolge zeigte die Mutter etwa zwei Wochen vor ihrem Geburtstag immer weniger Appetit, bis sie die Nahrungsaufnahme und sogar das Trinken ganz verweigerte. Wenn die Tochter sie dazu nötigen wollte, machte sie Äußerungen wie: »I koo nimma.« »I mog nimma.« Es schien, als habe sie keinen Lebenswillen mehr. Nun kann man als Tochter doch nicht tatenlos zusehen, wie die Mutter verhungert oder verdurstet. In heller Aufregung rief sie den Hausarzt an, der die alte Dame umgehend in die Klinik überwies. Die Tochter fuhr im Krankenwagen mit. Aufgrund der Corona-Regelungen durfte Annemie nicht mit ins Krankenhaus. Sie durfte ihre Mutter auch später nicht besuchen, also rief sie jeden Tag an, um den neuesten Befund zu erfragen. Als erstes stellte man bei der Mutter fest, dass sie dehydriert war, also ausgetrocknet. Das wunderte die Tochter nicht. Um das Flüssigkeitsdefizit auszugleichen wurde die Mutter sofort an den Tropf gehängt.

Danach hatte man alle möglichen Untersuchungen durchgeführt, aber kein organisches Leiden gefunden. Auch ihr Blutbild zeigte keine Auffälligkeiten. Ja, man versicherte der Tochter, die Mutter habe für ihr Alter ein ausgesprochen gutes Blutbild. Nach Beschwerden befragt, klagte die Mutter über Bauchweh, konnte das aber nicht genau lokalisieren. Man vermutete Herzbeschwerden. Aber auch eine Herzuntersuchung brachte keinen krankhaften Befund. Am Vormittag des 23. Mai, dem Sonntag vor Ursulas Geburtstag, hatte Annemie wie immer nachgefragt. Es sei alles gut, der Zustand der Patientin unverändert. Sie bekomme weiterhin Infusionen.

Am Nachmittag rief man von der Klinik aus an, dass Annemie ihre Mutter ausnahmsweise besuchen dürfte. Bei Betreten der Klinik musste sie sich auf das Corona-Virus testen lassen und einen Schutzanzug anziehen. Beim Anblick der Mutter war die Tochter angenehm überrascht. Sie sah wesentlich besser aus als am Tag ihrer Einlieferung. Ursula erkannte ihre Tochter auf Anhieb und war ansprechbar. »Warum bin ich hier? Warum liege ich im Bett?«, wollte sie wissen.

Annemie versuchte, ihr das zu erklären.

»Ach, Schmarrn«, reagierte die Mama heftig. »Mir fehlt doch nichts. Gib mir meinen Stock, ich will aufs Klo und dann gehen wir heim.«

Nach dieser Begegnung mit der Mutter war die Tochter optimistisch gestimmt, suchte ein Gespräch mit dem Stationsarzt und fragte: »Wann kommt meine Mutter heim?«

»Daran ist nicht zu denken«, entgegnete der Mediziner. »In dem Zustand kann ich sie nicht nach Hause lassen.«

»Aber sie macht doch einen guten Eindruck. Sie spricht normal und will aufstehen.«

»Das täuscht. Sie hat keine Lebenskraft mehr. Sie isst und trinkt nicht. Hier halten wir sie mit Infusionen am Leben.«

»Infusionen könnte ihr auch unser Hausarzt geben. Der hat sich dazu schon bereit erklärt. Und damit ich die Mutter daheim besser pflegen kann, habe ich ein Krankenbett bestellt.«

»So leid es mir tut, Ihnen das sagen zu müssen, mit der Pflege Ihrer Mutter wären Sie trotzdem überfordert. Bestellen Sie das Bett wieder ab. Mit Ihrer Mutter kann es ganz schnell zu Ende gehen. Es kann sich allerdings auch noch einige Tage hinziehen. Was Sie an ihr gesehen haben, ist nur ein Aufflackern. Stellen Sie sich darauf ein, sich von Ihrer Mutter zu verabschieden. Falls Ihre Mutter ein gläubiger Mensch ist, sollten Sie bald einen Priester bestellen.«

Diesen Rat befolgte Annemie umgehend und rief den Stadtpfarrer an, der nach zehn Minuten da war. Er sprach mit der Mutter, er betete mit ihr, er segnete sie. Kaum war er gegangen, fragte Ursula: »Wer war das? Und was wollte der bei mir?«

Darauf wagte ihr die Tochter keine Antwort zu geben. Vermutlich hätte sie diese ohnehin nicht verstanden.

Von dieser Stunde an erlaubte man der Tochter, die Mutter jeden Tag zu besuchen, immer mit derselben Prozedur: täglich einen Corona-Test, immer mit Schutzanzug, stets gründliches Desinfizieren der Hände vor und nach Betreten des Krankenzimmers.

An Ursulas Geburtstag kam die Tochter bereits am Vormittag, mit einem Blumenstrauß aus dem eigenen Garten. Es waren Bartnelken, die Ursula besonders liebte. Deshalb hatte sie diese in allen Ecken im Garten ausgesät. Um der Mutter zum Geburtstag eine besondere Freude zu machen, hatte die Tochter eine CD mitgebracht mit Liedern von Hansi Hinterseer, die ihre Mutter so gern mochte. Auf dem CD-Player, auf dem die Krankenschwester der Mutter schon einige Male etwas vorgespielt hatte, legte Annemie der Mutter ihre Lieblingsmelodien auf. Sie schien die Musik zu genießen. Mit geschlossenen Augen wiegte sie den Kopf leicht hin und her.

Um 12.30 Uhr verabschiedete sich die Tochter, weil sie ab 13 Uhr ihre Enkelin Laura hüten musste. Kerstin, die junge Mutter, war seit einem Jahr wieder tageweise berufstätig. Und Oma Annemie hatte sich bereit erklärt, dienstags und freitags auf die kleine Laura aufzupassen.

Was die Tochter ein wenig befremdete, dass ihr die Mutter beim Abschied nicht die Hände drückte, was sie sonst immer getan hatte. Das war für Annemie aber kein Grund, besorgt zu sein.

Wenige Minuten nach 15 Uhr läutete Annemies Handy. Mit einem kurzen Blick auf das Display wusste sie, dass es ein Anruf vom Krankenhaus war. Mit wenigen Worten teilte eine Krankenschwester ihr mit, dass die Mutter genau um 15 Uhr in ihrem Beisein entschlafen war. Ursula hatte sich also genau an ihrem 98. Geburtstag von dieser Welt verabschiedet. Viele Familienmitglieder waren der Überzeugung, dass sie dieses Ziel noch hatte erreichen wollen.

Leider befand man sich noch immer in der Corona-Zeit. Deshalb durfte die Beerdigung nicht in dem großen Rahmen stattfinden, den sich Ursula gewünscht und wie sie ihn verdient hätte. Denn sie war ihr Leben lang eine Freundin von großen Feiern gewesen. In der Kirche hätten sich nur die engsten Familienmitglieder treffen dürfen, um Abschied von ihr zu nehmen. Nach der Beisetzung hätte man auch nur im kleinen Kreis in einem Wirtshaus zu einem Mahl beisammen sein dürfen.

Doch Tochter Annemie wusste Rat. Davon berichtete sie mir später. Sie benachrichtigte alle Verwandten und Bekannten, mit dem Hinweis, dass man sich vor der Aussegnungshalle – in gebührendem Abstand natürlich – treffen würde, um der Mutter die letzte Ehre zu erweisen. Um diesem Anlass trotz aller Beschränkungen einen feierlichen Rahmen zu geben, engagierte Annemie eine professionelle Geigerin. Diese spielte zwischen den Gebeten und Ansprachen immer wieder eines der Stücke, die Ursula zu Lebzeiten gerne gehört hatte. Es waren erstaunlich viele Menschen gekommen, die der teuren Verstorbenen das letzte Geleit gaben. Viele schöne Kränze und Gestecke hatte man mitgebracht. Statt eines Kranzes hatte die Tochter ein großes Herz binden lassen, aus Bartnelken, Rosen und anderen Sommerblumen.

Nach der Beisetzung waren sich alle einig, dass diese etwas Besonderes gewesen war und dass sie der Verstorbenen bestimmt gefallen hätte. »Was heißt hier hätte?«, widersprach einer ihrer Großneffen. »Sie hat ihr gefallen. Sie hat doch vom Himmel aus zugeschaut und hat ihre helle Freude daran gehabt.«

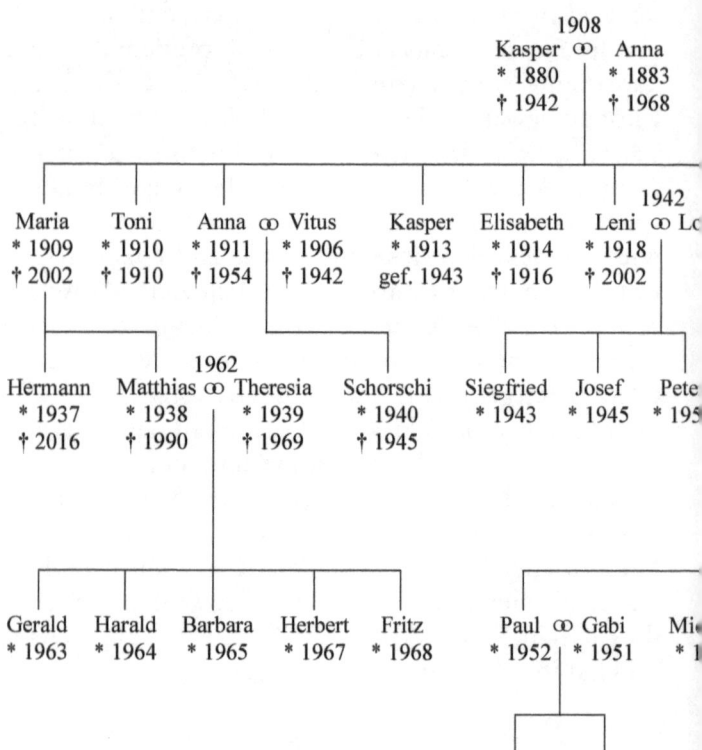

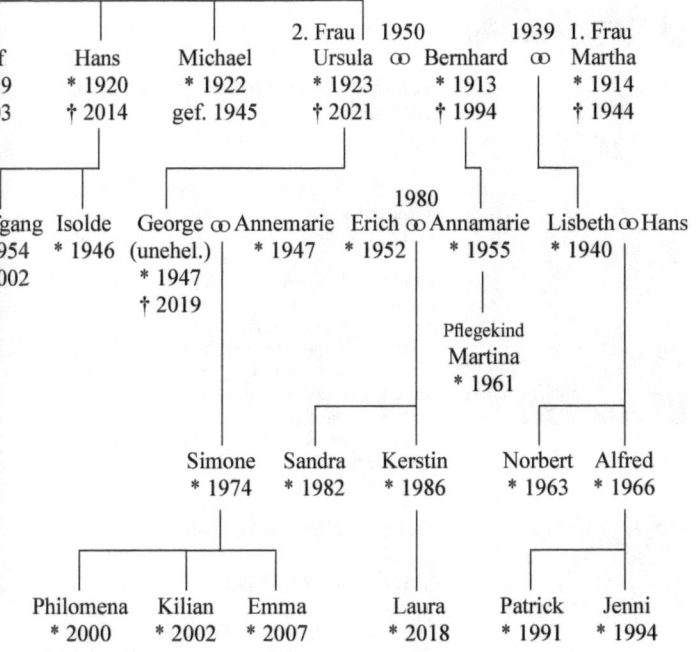

Weitere Bücher von Roswitha Gruber

Die verheimlichte Großmutter
240 Seiten
ISBN 978-3-475-54919-9

Helene, ein aufgewecktes Mädchen, stellt im Alter von acht oder neun Jahren fest, dass sie zwar zwei Großväter, aber nur eine Großmutter hat. Auf ihre Fragen an die Familie erhält sie nur ausweichende Antworten. Also versucht sie auf andere Weise an Informationen zu kommen. Dabei stößt sie auf ein schreckliches Geheimnis. Nun beginnen ihre Nachforschungen erst recht.

Vom harten Leben einer Bauernmagd
272 Seiten
ISBN 978-3-475-55469-8

Nach dem Tod ihrer geliebten Großmutter kommt Franziska auf den Hof ihrer Tante, wo sie klaglos alle Schikanen erträgt, die ihr überwiegend vonseiten des Onkels zuteilwerden. Doch mit 21 flüchtet sie zu einem Großbauern, bei dem sie mit offenen Armen aufgenommen wird. Obwohl sie auch hier hart arbeiten muss, gefällt es ihr auf dem Berghof, denn Die Bauersleute sind sehr nett zu ihr. Doch als nach dreißig Jahren der Hof an die Jungbauern übergeht, wird sie erneut schikaniert. Aber sie ist nicht gewillt, die Demütigungen und die Ausbeutung durch den Jungbauern und seine Frau länger zu ertragen.

Der Einödhof und sieben Töchter
272 Seiten
ISBN 978-3-475-55453-7

Liesi wächst auf einem Einödhof im oberbayerischen Dorfen als älteste von acht Geschwistern auf. Von klein auf besteht ihr Leben aus Arbeit und Pflichten. Mit vierzehn Jahren wird sie Dirn bei einem Großbauern. Schon bald lernt sie Hans kennen, ihre große Liebe. Für die junge Frau könnte das Leben mit ihm auf seinem Einödhof trotz aller Arbeit und Mühen sehr glücklich sein, wenn da nicht seine Stiefmutter wäre, die ihr das Leben immer wieder schwer macht.

Informationen zu unserem Verlagsprogramm finden Sie unter www.rosenheimer.com